낮은 해상도로부터

낮은 해상도로부터

서이제 소설

문학동네

차례

#바보상자스타

∞ 태양 ∞

∞ 각자의 궤도를 따라 ∞

∞ 태양 주변을 도는 소행성들 ∞

∞ 천만 년 동안의 평화 ∞

∞ 그러던 어느 날 ∞

∞ 서로의 중력에 의해 ∞

∞ 무너진 궤도 ∞

∞ 행성 ∞ 쾅 ∞ 행성 ∞

∞ 충돌 ∞

∞ 먼지 ∞ 운석 ∞ 파편 ∞

∞ 충돌 ∞

∞ 충돌 ∞ 반복 ∞ 충돌 ∞

∞ 뜨거워져 녹았다가 늘어졌다가 뭉쳐지며 ∞

∞ 커지기 ∞ 하나 되어 ∞ 더 커지기 ∞

∞ 행성 ∞ 쾅 ∞ 행성 ∞

∞ 지구 ∞

∞ 쾅 ∞

∞ 대충돌 ∞

∞ 녹아버린 암석들 ∞

∞ 산산조각 ∞

∞ 우주 공간에 흩어진 암석들 ∞

∞ 중력에 의해 다시 지구로 ∞

∞ 돌아오지 못한 파편의 일부 ∞

∞ 파편 ∞ 쾅 ∞ 파편 ∞

∞ 뜨거워져 녹았다가 늘어졌다가 뭉쳐지면서 ∞

∞ 커지기 ∞ 하나 되어 ∞ 더 커지기 ∞

∞ 달 ∞

● 태양 ○ 수성 ○ 금성 ○ 지구 ◑ 달 ○ (아마, 단 한 번의
충돌 없이) 화성 ○ 목성 ○ 토성 ○ 천왕성 ○ 해왕성 ∞ 그 밖
에 우주를 떠도는 천체 ∞ 기나긴 우연의 역사.

2020CD3

빛나는 디스플레이를 바라보다가, 태양으로부터 1초에 30만 킬로미터를 달려, 지금 이 순간에 도달한 빛에 대해 생각했다. 내가 태어나기도 전에 지구 궤도로 발사된 허블우주망원경에 대해 생각했고, 지금 이 순간에도 고독한 항해를 계속하고 있을 보이저호에 대해 생각했는데, 괜히 그런 걸 생각하고 있자니, 새삼 내가 백수라는 사실을 다시 한번 새기게 되고 그랬다. 한숨이 절로 나왔는데, 한숨 같은 걸 쉰다고 땅이 꺼지는 것도 아니었다. 땅이라도 꺼졌으면. 땅이라도 꺼져서, 명절이 오기 전에 세상이 멸망했으면. 멸망이라도 해서, 명절이 오지 않았으면. 이왕이면, 친척도 오지 않았으면. 그러나 그날은 오고 있었다. 한숨이 절로 나왔는데, 그건 나를 보는 아버지도 마찬가지였을 것이다.

1999RQ36

노스트라다무스의 예언이 빗나간 해, 미항공우주국 NASA는 소행성 베누를 발견했고, 나는 텔레비전 앞에서 Y2K*의 노래를 따라 불렀다. 고재근, 우리 재근이 형 잘 지낼까. 이제 와 그런 생각을 하면, 실제로 만나본 적 없는 재근이 형이 괜히 더 보고 싶어지고 그랬다. 어린 시절, 재근이 형은 나의 우상이었다. 재근이 형은

---

* 1999년 데뷔한 한일 합동 3인조 밴드.

텔레비전 속에서 Y2K의 리드보컬로서의 역할을 다했고, 발성만으로 무대를 압도하며, 유이치와 코지의 형으로서의 역할도 다했다. 재근이 형은 누구에게든 멋진 형이 되기 충분했다. 나는 형 같은 형이 되고 싶었다. 그래서 매년 명절마다 친척들 앞에서 Y2K의 노래를 따라 불렀다. 그 순간만큼은 내가 고재근이었고, 슈퍼스타였지만. 가족들의 사랑을 독차지했지만. 그 꿈은 그리 오래가지 못했다. 이후 Y2K는 소속사 계약 문제로 활동을 중단하게 되었고, 나는 더이상 노래를 부르지 않게 되었다. 나는 노래를 불러 사랑받는 대신 공부를 해서 사랑받는 쪽을 선택했다. 내가 그러고 사는 동안, NASA는 소행성 베누에 대한 연구를 계속했다. 베누는 지구와 충돌할 가능성이 매우 높은 소행성이었다.

2018VP1

어떤 소행성들은 시시때때로 지구를 스쳐지나갔다. 지구에 근접한 궤도를 도는 소행성들이었는데, 어떤 이들은 그저 스쳐지나가는, 그러니까 그저 자기 갈 길을 가는 소행성을 두고 지구를 위협한다며 호들갑을 떨기도 했다. 소행성이나 그보다 작은 크기의 유성체들은 언제든 지구로 떨어질 수 있었다. 지금 이 순간에도. 다만 그것들은 대기권에 진입하면서 대기의 저항을 받아 사람들이 사는 곳에 이르기도 전에 녹아 없어질 뿐이었다. 만약 중생대 백악기 말의 경우와 같이 소행성 충돌이 지구 생명체의 대멸종을 초래하더라도, 그건 아마 내가 죽은 이후일 것이기 때문에 걱정할 일은 아니었다. 나는 인류의 미래를 걱정하기 전에 나 자신을 걱정해야 했다. 그러니까 나에게 곧 다가올 미래를. 설날에 고향집에 가지 않는 방법을. 자고로 가족이란 멀리 떨어져 지낼 때 더 가까워지는 거라고, 나는 믿고 있었기 때문에 될 수 있는 한 그들과 멀리멀리 떨어져, 잘 지내고 싶었다.

(진지한 생각)
매진 (현실적인 생각) 유학 (꿈같은 생각)
이민 (막연한 생각) 연휴 기간 노동 (우울한 생각)
야근 (슬픈 생각) 입원 (위험한 생각)
지구 멸망 (최후의 생각)
(생각을 해봤자 소용없는 생각)

언제 어디서든 인터넷으로 티켓을 예매하거나 취소할 수 있는 시대에 티켓이 매진되어 고향에 갈 수 없다는 거짓말은 할 수 없겠지. 아버지에게 괜히 그런 거짓말을 했다가 욕을 얻어먹을 게 뻔했다. 유학을 가기에는 돈이 없었고, 이민을 가기에는 구실이 없었으며, 설날을 일주일 앞두고 유학이나 이민을 가는 것 자체가 말이 되지 않았다. 취직을 못해서 연휴 동안 일을 할 수 없었고, 야근도 꿈꾸지 못했다. 그나마 가장 가능성 있어 보이는 건 가벼운 골절로 입원하는 방법이었는데. 아니, 근데 내가 그렇게까지 해야 되나? 고향에 가지 않으려고 내 뼈까지 바쳐야 하나? 갑자기 화가 났는데, 괜히 혼자 화를 내다보니 내가 지금 왜 이러고 있나 싶었다.

2002TX300

내가 다닌 대학에는 '라이카'라는 천체 관측 동아리가 있었다. 이 동아리는 과거 냉전시대, 즉 미국과 소련의 우주 경쟁이 과열되던 때, 인류를 대신해 우주로 먼저 떠나야 했던 동물들을 기리기 위해 만들어졌다. 알려진 바와 같이 1957년 소련의 과학자들은 스푸트니크 2호에 개를 태워 우주로 보냈다. 라이카는 모스크바 시내를 떠돌며 살았는데, 똑똑하고 용감하며 인내심이 강하다는 이유로 인간 대신 우주선에 타고 우주까지 가 죽어야만 했다. 당시 소련은 라이카가 우주에서 일주일 동안 생존한 후 예정대로 안락사 되었다고 발표했지만, 이는 훗날 거짓으로 밝혀졌다. 우주 개발 프로젝트에 참여했던 과학자의 고백에 의하면, 라이카는 우주선이 발사된 지 몇 시간 되지 않아 고열과 스트레스로 사망했다고 한다. 동아리 창립자는 천문학이나 천체 관측과는 전혀 무관한 문과생이었지만, 뒤늦게 이 소식을 접하고 큰 충격을 받아 동아리를 만들었다. 나야 뭐, 만나본 적 없는 사람이었지만, 동아리 모임에 가면 만나본 적도 없는 사람의 이야기를 자연스럽게 듣게 되었다. 동아리 창립을 둘러싼 이야기는 선배에게서 후배에게로, 다시 그 후배에게로 전해져내려왔다. 그 오래된 이야기는 회원들을 결속시켜주었다. 동아리 회원들은 창립자의 뜻을 이어받아, 천체 관측뿐만 아니라 매달 유기견 보호시설에 봉사를 가기도 했다. 그리고 매년 11월 3일, 그러니까 스푸트니크 2호가 발사된 날이자 라이카가 사망한 날이 되면, 다 함께 강원도에 있는 천문대로 여행을 갔다. 천문대 망원경을 통해, 가만히 별을 바라보고 있으면 온갖 잡념이 사라졌다.

2018PP29

졸업 후, 예리는 월급이 그리 많지 않은 회사에 취직해 입에 풀칠을 하며 살았다. 이직이라든지 연봉을 올리는 데 별로 관심이 없어 보였고, 때때로 오늘만 사는 사람처럼 보이기도 했는데, 그래서인지는 몰라도 나는 예리가 무섭게 느껴질 때가 있었다. 예리에게는 별다른 취미가 없었다. 퇴근 후에는 곧장 집으로 돌아가 맥주를 마시며 넷플릭스를 보는 게 전부였다. 그애는 그 누구와도 연애하지 않았고, 연애를 할 마음조차 없어 보였다. 그애는 자신의 삶 속에 내가 끼어들어갈 틈을 조금도 보여주지 않았다. 그런 이유로 나는 그애에게 추파를 던질 엄두도 내지 못했는데, 추파를 던질 엄두를 내지 못하면서도, 오랫동안 그애의 주변을 어설프게 맴돌았다. 한때 같은 동아리 회원이었던 우리는 이제 그저 넷플릭스 계정을 공유하는 사이가 되었다. 그것이라도 공유하지 않으면, 우리 사이에는 아무것도 공유할 것이 없었다.

2008GM2

넷플릭스 '내가 찜한 콘텐츠' 목록에는 종종 내가 찜한 적 없는 콘텐츠가 들어 있었다. 모두 예리가 찜해놓은 것들이었는데, 어느 날 목록에 아이돌 다큐멘터리가 추가되어 있었다. 〈1pick: 새로운 세상의 중심으로〉라니, 예리가 설마.

✔ 내가 찜한 콘텐츠에서 삭제

▸

[상세정보] 새로운 역사를 쓰고 있는 케이팝 그룹, 1pick. 그들의 지난 5년간의 꿈과 열정을 따라. [장르] 다큐멘터리 영화, 사회 & 문화 다큐멘터리, 콘서트. [미리보기] (지인) 늘 감사하죠. 이렇게 큰 사랑을 받을 수 있어서. (재겸) 저는 아직도 믿기지 않아요. 내가 꿈을 꾸나? (일오) 모르겠어요. 시간이 정말 정신없이 흘러갔어요. 어느 날 정신을 차리고 보니, 제가 너무 많은 사람들 앞에 있더라고요. 제가 아이돌이 될 줄은 몰랐죠. (설) 연습하고 또 연습하죠. (로니) 초심 잃지 않고, 처음처럼. (일오) 함께하고 싶어요.

2007TU24

존 F. 케네디는 1960년대가 끝나기 전에 인간을 달에 보내겠다는 계획을 세웠고, NASA는 이를 실현시키기 위해 무인 우주선과 유인 우주선을 단계적으로 우주에 보냈다. 1968년 발사된 아폴로 7호는 지구 궤도를 163회 비행하는 데 성공했고, 마지막 비행에서는 우주의 모습을 생중계해주었다. 사람들은 텔레비전을 통해 가본 적 없는 곳을 볼 수 있게 되었고, 그곳으로 가고 싶다는 꿈을 꾸기 시작했다. 1969년 아폴로 11호가 달에 착륙했을 때도 전 세계 사람들은 텔레비전 앞에 있었다. 사람들은 작고 네모난 텔레비전 화면을 통해, 닐 암스트롱이 탐사선 사다리에서 내려와 달의 표면에 첫발을 내딛는 순간을 목격했다. 달의 표면 위에 성조기가 꽂혔고, 이로써 미국은 소련에게 한참 뒤처지고 있었던 우주 경쟁의 판도를 완전히 뒤집어놓을 수 있었다.

2019KU24

애초에 전공을 살릴 생각도 없었다. 아무리 노력해도 고액 연봉을 받는 회사에 취직할 수 없음을 일찍이 알았기 때문에 애써 취직할 생각을 하지 않았다. 그렇다고 몇 년간 노량진에 처박혀 공무원 시험을 준비할 자신도 없었다. 남 밑에서 일할 성격도 아니었다. 나는 내가 능동적으로 판단하고 움직일 수 있는 일을 하고 싶었다. 사실 나는 카페를 차리고 싶었는데, 이제 와 생각해보면 그건 별로 좋은 생각이 아니었던 것 같지만, 어쨌든 졸업할 당시에는 내가 잘해낼 수 있다고 확신했다. 그런데 진짜 문제는 따로 있었다. 나는 졸업할 무렵 주식으로 소소한 재미를 보고 있었는데, 돌이켜보면 그게 문제였다. 우쭐했던 탓. 나는 아버지에게 주식으로 돈을 벌게 해드리겠다며 아버지 돈까지 끌어와 여기저기에 주식 투자를 하기 시작했다. 나는 내게 딱 맞는 일을 찾았다고 생각했다. 실제로 처음에는 돈을 불려서 아버지에게 웃음꽃을 피워드리기도 했다. 그 분위기를 틈타, 나는 창업을 하겠다며 대출을 받았고 그것도 모자라 아버지에게 금전적인 도움을 받았다. 욕망은 욕망을 불러왔고 욕심은 끝이 없었다. 큰돈을 만질수록 더 큰 돈을 벌 수 있을 거라는 자신감에 휩싸였고, 성실하게 노동해서 티끌을 모으는 사람들이 우습게 보이기 시작했다. 그에 대한 벌이었을까. 그 모든 것을 날려먹는 데 걸린 시간은 일 년도 되지 않았다. 내 돈도 모자라 아버지 돈까지 모조리 탕진해버렸다. 거기서 멈췄어야 했는데. 멈췄어야 했는데. 멈췄어야 했는데. 돈을 잃으면 잃을수록, 다른 곳에서 더 큰 돈을 벌어 다시 채우면 된다는 생각으로 더 과감하게 투자하게 되었다. 더 큰 돈을 투자하면 더 큰 돈을 잃었다. 실패도 다 경험이라고 하지만, 차라리 젊을 때 실패하는 게 낫다고 하지만. 그런 말들은 모두 다 실패한 사람들을 위로하기 위해 만들어진 말이라는 걸 알게 되었다. 실패는 성공의 아버지라고? 성공의 아버지이기는커녕, 실패는 아버지의 노여움만 샀다. 나는 더이상 아버지에게 자랑스러운 아들이 아니었다. 어머니는 내가 창업에 실패했다는 건 알고 있었지만 주식으로 아버지 돈까지 날렸다는 사실은 전혀 모르고 있었고, 나와 아버지는 이 비밀을 지키기 위해 더욱더 가까운 관계가 될 수밖에 없었다. 내가 아버지와 이렇게 가까운 사이였던 적이 또 있었나. 돈이 우리의 손을 영영 떠났기 때문에, 아버지와 나는 영영 떨어질 수 없는 관계가 되었다. 아버지의 돈을 날린 사건은 내게 족쇄가 되었다.

2017CS

요즘 완전 빠져 있어요. 진호씨도 원픽 알아요? 나는 예리의 입에서 원픽이라는 말이 나왔을 때부터 더이상 아무런 말도 하고 싶지 않았는데, 그건 그애의 취향에 실망했기 때문이라기보다, 괜히 마음 상하기가 싫었기 때문이었다. 아하, 원픽 좋아하시는구나. 원픽 좋아하는 사람 많더라고요. 나는 적당히 말하고, 애매하게 말하고, 모호하게 말하고, 그런 식으로 얼렁뚱땅 말하면서, 어떻게든 대화 주제를 돌리려고 했지만. 그애는 계속 원픽에 대해 이야기했다. 저도 처음에는 원픽 이름만 들어보고, 누구인지 잘 몰랐거든요. 그런데 엄마가 갑자기 원픽이라는 어린 친구들이 있는데 너무 좋다고, 저한테 무대 영상 유튜브 링크를 보낸 거예요. 엄마가 무슨 아이돌을? 처음에는 깜짝 놀랐는데, 그거 보고 엄마 마음을 이해하게 되었어요. 원픽 노래 아시죠? 〈Cosmic Funk〉. 이거 작사 작곡 모두 일오가 한 거예요. 말하는 걸 보니 윤일오를 가장 좋아하는 모양이었는데, 그건 내가 바라는 바가 아니었다. 갑자기 질투심이 끓어올라 괜한 소리를 늘어놓았다. 근데 막내도 괜찮지 않나 요. 이름이 재겸이었나. 걔 진짜 잘생겼던데. 노래도 잘하고, 춤도 제일 잘 췄던 듯. 나는 잘 알지도 못하면서 아무 말이나 내뱉었다. 아무 말이나 함부로 내뱉는 건 내가 평생 해왔던 일이기 때문에 죄책감은 느끼지 못했다. 나는 계속 뱉었다. 재겸 짱!

2004BL86

재호는 작은아버지의 아들이자 나의 사촌형이었다. 그러나 나는 단 한 번도 재호를 형이라고 생각해본 적이 없었다. 재호는 11월 생, 나는 1월생으로, 나보다 고작 두 달 일찍 태어났을 뿐이었다. 더군다나 나는 일곱 살에 초등학교에 입학했기 때문에 재호와 늘 같은 학년이었다. 학교에서 오다가다 만나는 재호를, 구태여 형이라 부를 이유는 없었다. 우리는 다른 중학교로 진학했으나 고등학교에서 다시 만났고, 심지어 고등학교 2학년 때는 같은 반이 되기도 했다. 친척들은 우리가 서로 친할 거라고 생각했지만, 그건 오해였다. 사실 우리 사이는 조금 이상했다. 서로가 서로를 어색해했는데, 이 어색함은 가족이라는 이름만으로 설명되지 않는 어떤 것이었다. 종종 일상적인 말을 주고받긴 했지만 그게 다였다. 같이 등하교를 한다든지, 급식을 먹는다든지, 축구를 한다든지, 방과후에 놀러간다든지, 그런 일은 절대 벌어지지 않았다. 급식실에서 마주칠 때면, 우리는 서로의 얼굴을 보고 어색하게 미소 짓거나, 못

본 척거거나, 봐도 모르는 척하거나, 뭐 그런 식으로, 아는 것도 모르는 것도 아닌 사이처럼, 식판을 들고 서로를 지나쳐갔다. 나는 그렇게 지내는 게 좋았고, 아마 재호도 그랬을 것이다. 뭐 그렇다고 재호가 싫었던 건 아니다. 다만 이질감이랄까. 재호는 어땠는지 모르겠지만 적어도 나는 그랬다. 나와 재호는 절대로 친해질 수 없을 것 같았다. 나는 친구들과 무리지어 다녔고, 재호는 거의 혼자 지냈다. 재호는 말수가 적었고 나는 말이 많았다. 그렇다고 재호가 공부를 잘하거나, 싸움을 잘하거나, 게임이나 운동을 잘하는 것도 아니었다. 옷을 잘 입는 것도 아니었고, 인기가 있는 것도 아니었다. 한마디로 말해, 존재감이 거의 없는 애였다. 그런 재호가 싱어송라이터가 되고 싶다고 조심스럽게 말했을 때, 나는 그애의 미래가 걱정스러웠다. 싱어송라이터? 되게 멋있다. 그런데 그런 건 취미로 해도 되는 거 아니야? 그거 하려면 실용음악학원 다녀야 되는 거지? 나는 재호가 제발 헛된 꿈을 꾸지 말고 지금이라도 정신 차려서 공부하기를, 대학 가서 어디라도 취직해 자기 밥벌이나 제대로 하고 살아가길, 진심으로 바랐다.

2008QH24

내가 고등학생이 되던 해, 할아버지의 제삿날이었다. 작은아버지, 그러니까 재호의 아버지는 돈 문제로 우리 아버지와 크게 다퉜다. 두 분은 대화를 나누겠다고 방에 들어간 지 몇 분 되지도 않아 언성이 높아졌다. 얼마나 화를 내던지, 그 소리는 거실까지 다 전해졌다. 형은 아버지 돌아가실 때 받은 돈으로 뭘 했냐. 형이 우리한테 해준 게 뭐냐. 작은아버지는 분노를 참지 못하고 우리 아버지에게 소리쳤고, 이에 우리 아버지도 격분했다. 그러는 너는 도대체 뭘 했냐. 네가 벌초 가서 잔디나 제대로 깎아봤냐. 매년 고생하는 게 누군데. 나만 돈 받은 것처럼 말하지 마라. 자세한 내막은 알 수 없었지만 그때 작은아버지는 사업 실패로 경제적 어려움을 겪고 있어서 우리 아버지에게 도움을 요청한 것 같았다. 아버지는 장손으로서 할아버지로부터 물려받은 재산이 더 있었고, 작은아버지는 재산 분배에 대해 오랫동안 불만을 가지고 있었던 것 같았다. 너 지금 아버지한테 받은 돈 다 말아먹고, 괜히 나한테 이러는 거 아니냐. 너만 가정 있냐. 나도 우리 애들 대학 보내고 장가도 보내야 된다. 너는 자식이 하나지만 나는 키워야 할 자식이 둘이다. 형은 진짜 이기적이다. 어떻게 그렇게 말할 수 있냐. 형이 그럴 줄은 몰랐다. 아주 자기 새끼만 소중하지. 내 자식은 어떻게 되든 상관없다 이거지. 이 새끼야, 말 조심해. 여전히 자세한 내막은 알 수 없지만 그날 이후, 작은아버지와 작은어머니는 더이상 우리집에 오지 않았다. 같은 동네에 살면서도, 단 한 번도 오지 않았다. 오직 재호만 매년 명절에 우리집에 와서 조상님께 절을 하고 밥을 먹고 갔다. 자기는 오지도 않을 거면서, 자기 새끼는 왜 매년 우리집에 보낸다니. 애만 괜히 눈치 보이게. 아버지는 툴툴거리기도 했지만,

그렇다고 재호를 미워했던 건 아니었다. 어쨌든 재호는 아버지의 조카였으니까. 아버지는 학교 끝나고 재호와 맛있는 걸 사먹으라며 종종 내게 용돈을 주기도 했다. 물론 나는 그 돈으로 재호와 맛있는 걸 사먹지 않았지만. 아니, 사먹으려고 해도 그럴 수가 없었다. 재호는 고3이 되기도 전에 학교를 자퇴해버렸다. 얼마 지나지 않아, 나는 어머니로부터 재호의 부모님이 이혼했다는 소식을 전해들었다. 애만 아주 딱하게 되었어. 아버지의 사업 실패와 부모님의 이혼. 내가 수능을 준비하는 동안, 재호는 많은 일을 겪어야 했다. 그래서 어머니가 은근히 당부했던 것이다. 네가 재호를 잘 챙겨줘. 걔는 형제가 너밖에 없잖아.

2019CZ

일본우주항공연구개발기구 JAXA가 소행성 탐사선 하야부사 2호를 우주로 쏘아올린 해, 그해부터 재호는 우리집에 아예 오지 않았다. 물론 재호가 우리집에 오지 않는 이유는 하야부사 2호와 아무런 관련이 없었다. 재호는 우리 아버지에게 갑자기 하게 된 일이 있어서 명절에 못 가게 되었다는 말을 남긴 후로, 정말로 명절에 오지 않았는데, 재호가 무슨 일을 하게 된 건지 아는 사람은 아무도 없었다. 재호는 대학 졸업장도 없이 무슨 일을 하고 있는 걸까. 나는 언젠가 재호에게 전화로 안부를 전하며, 요즘 무슨 일을 하느냐고 물은 적이 있었는데, 그때 재호는 말을 돌리며 나중에 말해주겠다고, 지금은 말할 상황이 아니라고, 이해해달라고 했다. 살인, 강도, 성폭행, 디지털 성범죄, 마약 밀수 등등. 나는 험한 기사를 볼 때마다, 언젠가 재호의 소식을 기사로 접하게 될까봐 두려웠다. 설마 그렇게 숫기도 말수도 없는 재호가 범죄를 저지르겠어? 그럴 리가 없어. 나는 생각하기도 했지만, 보통 범죄자의 가족들은 인터뷰에서 우리 애가 그럴 리가 없다고 말하지 않나. 그때마다 나는 가족이야말로 가족을 가장 모르는 법이라고 생각했었다.

2006RH120

아무것도 없었다, 더이상. 아직도 자려고 누우면, 잃은 돈이 생각났다. 너무 큰 욕심만 부리지 않았더라면. 더 먼 미래를 바라보고 안정적으로 투자했더라면. 아버지 돈까지는 손대지 않았더라면. 이제 와 생각해봤자 아무런 소용도 없는 생각을 계속했다. 그런데 내가 정말로 돈을 벌었던 적이 있었나. 내 눈앞에서 그저 숫자가 커졌다가 줄어들었다가, 다시 커졌다가 줄어들었다가, 끝내 사라졌을 뿐인데. 휴대폰이나 노트북 디스플레이를 보고 있었을 뿐인데. 정말로 내가 돈을 가졌던 적이 있는지, 이제는 잘 모르겠다는 생각이 들었다. 그저 점점 커지는 숫자를 보며, 점점 상승하는 그래프를 보며, 돈을 벌었다고 착각하고 있었는지도 몰랐다. 신용카드를 긁으며, 풍족한 삶을 살고 있다고 착각하면서 점점 더 가난해지는 것처럼, 모든 게 환상이었는지도. 그런데 돈을 버는 것 말고, 내게 다른 꿈이 있었던 적이 있나. 나는 이제야 그런 생각을 하고 있었다. 꿈 같은 걸 찾기에는 너무 늦은 것 같았고, 이제 와 꿈을 찾는다고 해도 실현할 수 있을 것 같지 않았지만. 그럼에도 순수하게 흥미를 느끼고 열정을 가졌던 순간이 있었는지, 있었다면 언제였는지, 자꾸만 나 자신에게 묻게 되었다. 일하지 않고 집에만 가만히 있는 시간이 많아져서 그런지는 몰라도. 그 고요한 시간 속에서 떠오르는 몇몇 파편적인 기억들. 나는 Y2K가 열창하는 모습을 보며 가수를 꿈꿨고, 2002 월드컵 포르투갈 전에서 박지성이 골을 넣는 모습을 보며 축구선수를 꿈꿨고, 한국 최초의 우주인이 탑승한 우주선 소유스 TMA-12가 우주를 향해 날아가는 모습을 보며 잠시 천문우주학자를 꿈꾸기도 했다. 새로운 꿈을 꿀 때, 나는 항상 텔레비전 앞에 앉아 있었다.

2017YE5

텔레비전 보면서 밥 먹지 마라. 아버지는 어린 내게 늘 말씀하셨지만, 이제 나는 텔레비전 보면서 밥 먹는 어른이 되었다. 아니, 유튜브 없이는 밥 먹지 못하는 어른이 되었다. 오늘도 책상인지 밥상인지 알 수 없는 상 위에 노트북을 올려놓고, 유튜브 재생 ▶ 유튜브 알고리즘은 가끔 알 수 없는 길로 나를 안내하기도 했지만, 그때마다 나는 저항 없이 받아들였다. 유튜브 알고리즘이 나를 이끄는 대로 따라갔고, 끌려갔고, 어느새 〈미스터리 음악 쇼: 복면가

왕〉클립 영상에 이르렀다. 노트북 디스플레이 속에서는 우주소년 아톰 분장을 한 우주소년 알통이 노래를 부르고 있었다.

이젠 모든 걸 말할 수 있어요
그 누구보다 그대 사랑했음을[*]

감미로운 목소리와는 별개로, 그의 스티로폼 알통은 너무나 부담스러웠다. 더군다나 그는 변태처럼 팬티 차림으로 빨간 부츠를 신고 있었다. 지상파 방송에서 이래도 되나. 나는 뭔가 이상하다 싶었지만, 그냥 그러려니 했다. 세상은 원래 뭔가 이상하다 싶은 것들투성이니까. 그냥 그러려니 했다. 내가 얼굴을 찌푸리는 사이. 우주소년 알통이 노래를 부르는 모습. 그 모습을 바라보는 연예인 판정단의 표정(흐뭇한, 놀란, 기쁜, 즐거운, 음미하는, 넋을 잃은, 충격에 휩싸인, 입을 다물지 못하는). 감탄(우와! 어머, 뭐야. 어우, 너무 좋아. 웬일이야! 목소리 너무 좋아. 너무해. 멋있어! 놀랍다 진짜. 왜 눈물이 나지. 감동적이다. 충격적이다). 미궁(나는 모르겠어. 진짜 모르겠다). 추측(설마? 혹시? 그분 아니야? 나 알 것 같아). 자막(1라운드와는 전혀 다른 느낌의 선곡, 신비롭고 아름다운 목소리, 호소력 짙은 가창력, 우주소년 알통이 건네는 따뜻한 위

---

[*] 김장훈, 〈세상이 그대를 속일지라도〉.

로). 노래를 들을수록, 점점 복면 속에 가려진 우주소년 알통의 얼굴이 궁금해졌다.

세상이 그대를 속일지 몰라도
내가 그대 곁에 있음을 기억해요[*]

정체가 드디어 공개되는데. 편집(음악적 재능이 정말 뛰어난 분이에요. 성량, 음색, 리듬감, 무대 매너, 표현력 모두 놀랍습니다. 오랜 시간의 연습으로 다져진 실력이라고 생각하고요. 무대 경험이 풍부한 베테랑 가수가 아닐까. 맞아, 내공이 느껴져). 자막(과연, 감미로운 목소리로 모두를 감동시킨 우주소년 알통의 정체는!). MC(자, 이제 우주소년 알통은 가면을 벗고 얼굴을 공개해주세요!). 방청객(와아아아!). 패널(악! 세상에. 진짜?). 이분은 바로! (광고 후 계속) 아 시발, 짜증.

2019SU3

유인 우주선 개발 연구를 위해 NASA에서 훈련을 받은 실험체-65는 1961년 머큐리-레드스톤 2호를 타고 우주로 향했다. 그는 우주에서 임무를 수행하고 지구로 무사히 귀환한 후에야 이름

---

[*] 같은 곡.

을 부여받았다. 그의 이름, 햄.* 그는 인간보다 먼저 우주에 다녀온 침팬지였다. 이로써 우주에서 생명체가 견딜 수 있다는 것을 확인한 NASA는 유인 우주선 개발 연구에 박차를 가했다. 미국 최초의 유인 우주비행 계획인 머큐리 프로젝트를 세웠고, 엄격한 테스트를 통해 머큐리 프로젝트를 수행할 일곱 명의 우주비행사를 선발했다. 그들은 지적이고 건강한 백인 남성들이었고, 세간의 관심을 한몸에 받았다. 사람들은 그들을 '머큐리 세븐'이라고 불렀다. 그들은 슈트 차림으로 일간지의 표지를 장식했고, 카메라 앞에서 우주복을 입고 포즈를 취하기도 했다. 아이돌이 따로 없었는데, 으레 아이돌이 그렇듯, 그들은 냉전시대 미국인들의 꿈과 희망이 되어주었다.

2017SL16

자막(과연, 감미로운 목소리로 모두를 감동시킨 우주소년 알통의 정체는!). MC(자, 이제 우주소년 알통은 가면을 벗고 얼굴을 공개해주세요!). 방청객(와아아아!). 패널(악! 세상에. 진짜?). 이분은 바로!

---

* HAM. Holloman Aerospace Medical Center.

⑤

④

③

②

①

실력파 신인 그룹 원픽의 리드보컬 윤일오입니다! 어라? 재호가 왜 저기서 나와? 명절에 못 온다고 했던 재호는 복면가왕 세트장에 있었다. 재호는 자신을 원픽의 윤일오라고 소개했다. 그 말이 맞는다면, 김재호는 나도 모르는 사이에 윤일오가 되어 있었던 것인데. 어떻게 이런 일이?

1995XL2

재호의 말에 따르면, 재호는 지난 이 년간 연습생으로 생활하며 첫 앨범을 준비했는데, 계약서에 있는 이런저런 조항 때문에 친척들에게 그 사실을 미리 알리지 못했다고 한다. 데뷔 이후에는 갑자기 일상이 크게 바뀌어 적응하느라 정신이 없었고 올해 추석에는 꼭 친척들에게 안부를 전하려 했었다고. 나는 재호가 하는 말을 잠자코 들었는데, 그 말은 하나같이 설득력이 있어서 오히려 나를 설득하지 못했다. 너무 그럴싸해. 사기꾼 같아. 그런 일이 있었다는 건 알겠는데, 어떻게 그런 일이 일어날 수 있는 거지? 나는 속으로 딴생각을 하다가, 재호가 하는 말을 몇 번 놓치고 말았다. 진호야, 큰아버지 잘 지내시지? 응, 우리 아버지 잘 지내지. 미리 알리지 못해서 미안해. 다들 너무 보고 싶은데. 재호는 말끝을 흐리며 어색하게 웃었다. 재호는 여유가 생기면 꼭 우리집에 오겠다고 말하고는 전화를 끊었다. 나는 일시정지된 노트북 디스플레이 속 재호를, 아니, 윤일오를 오래도록 바라보았다. 익숙하고도 낯선 얼굴이었다. 재호는 이름도 성도 바뀌었고, 언제부턴가는 명절에도 고향에 오지 않았다. 그는 이제 완전히 다른 집안 사람인 것만 같았다.

2001GP2

소행성은 발견된 연도와 순서에 따라 임시 이름이 붙었다. 궤도가 확정된 후에야 고유번호와 이름을 붙일 수 있었는데, 절차가 하도 복잡해서, 대부분의 소행성들은 발견된 이후로도 몇 년 동안이나 임시 이름을 가지고 우주를 떠돌았다. 어떤 소행성들은 임시 이름으로 평생을 떠돌기도 했다. 아직 발견되지 않은 무수한 소행성들에는 이름이 없었다.

1997XF11

포털 사이트에 '윤일오'을 검색했다. 윤일오에 대한 많은 정보를 쉽게 얻을 수 있었는데, 그 정보는 김재호에 대한 정보이기도 했다. 검색 결과에 의하면, 재호는 아이돌 데뷔를 준비하면서 이름을 바꾼 모양이었다. 윤일오는 재호가 직접 지은 이름이었는데, 이름의 의미에 대해서는 알려진 바가 없었다. 소속사 대표가 그에게 추천했던 이름 중에는 리승과 이언이 있었는데, 리승은 비틀스의 기타리스트 조지 해리슨의 성에서 가져온 것이고, 이언은 퀸의 기타리스트 브라이언 메이의 이름에서 가져온 것이라고. 그 이외에도 차마 입에 담을 수조차 없는 유치한 이름이 많았다고. 어쨌든 재호는 자기가 기타리스트도 아닌데 왜 기타리스트의 이름을 가져와야 하느냐고 대표에게 물었고, 대표는 세계적인 스타가 되라는 의미에서 세계적인 스타들의 이름을 떠올린 것이라 답했다고 한다. 이에 재호는 세계적인 스타는 이름이 아니라 팬들에 의해 탄생된다 말했다고 전해지는데, 나는 이 일화가 진짜인가 싶었지만, 진짜든 아니든 그게 그렇게 중요한 일은 아니었다. 분명한 건, 이 일화로 팬들이 일오를 더욱 열렬히 사랑하게 되었다는 것이다.

　재호가 아이돌이 되었다는 사실을 처음 알게 되었을 때는 정말 신기했지만 시간이 지나자 자연스럽게 관심이 줄어들었다. 딱히 인기가 많은 것 같지도 않았다. 친구들에게 원픽을 아느냐고 물어보면, 대부분 그게 누구냐고 되묻거나, 이름을 들어보긴 했지만 그룹에 누가 있는지는 잘 모르겠다고 대답했다. 내 친구들이 아이돌에 별다른 관심이 없었다는 사실을 차치하더라도 아이돌로서 재호의 미래가 그리 기대되진 않았다. 그러나 예리가 재호의 팬, 아니, 윤일오의 팬이라는 걸 알게 된 이후로는 세상이 완전히 다르게 보이기 시작했다. 보이지 않던 것들이 보이기 시작했다. 마치 세상이 윤일오를 중심으로 돌아가는 것처럼, 세상 어디에든 윤일오가 있었다. 세상 어디에서든 윤일오를 볼 수 있었다. 유튜브, 네이버, 실시간 검색어, 멜론 차트, 카카오톡 이모티콘, 지하철 광고판, 심지어 헤어왁스 택에서도. 그의 이미지는 때와 장소를 가리지 않고 나를 따라다녔다. 그는 지하철 광고판 속에서 나를 보며 웃고 있었고, 도심의 고층 빌딩 전광판 속에서도 나를 내려다보며 웃고 있었다.

　　　맑고 깨끗한 세상으로

　　　더욱더 빠르게

　　　　(미소)

재호 새끼 미쳤나. 전광판 화면 속 재호는 내가 아는 그 재호가 아니었다. 재호, 그러니까 윤일오는 친환경 전기자동차 광고 속에서 나를 보며 웃고 있었는데, 하마터면 그걸 보다가 길거리에서 토할 뻔했다. 소음. 매연. 서울 도심 한복판에서 재호를 올려다보는 기분을, 이 불쾌한 기분을, 재호는 영원히 모를 것이다.

2017UH5

닐 암스트롱이 달 표면에 첫발을 내딛는 장면은 전 세계의 수많은 사람들에게 꿈과 희망을 안겨주었지만, 모두에게 그랬던 것은 아니었다. 소련과의 경쟁 구도 속에서 미국이 우주개발에 막대한 자금을 쏟아붓는 동안, 수많은 사람들이 가난으로 고통받으며 죽어갔고, 전쟁터에서 목숨을 잃어야 했다. 달 표면에 성조기가 꽂히는 장면을 보고 제국주의를 떠올린 사람들도 있었을 것이다. 당시 공산주의 진영은 미국이 베트남 전쟁의 실패를 은폐하기 위해, 달 착륙 이슈로 사람들의 이목을 돌리려 한다고 강하게 비판했다. 전 세계에 생중계된 달 착륙 영상이 사실은 녹화된 것이라는 주장이 나오기도 했다. 달 착륙을 둘러싼 음모론은 그후로도 끊이지 않았다. 텔레비전 화면 속에는 사람들이 믿고 싶어하는 것들과 믿고 싶어하지 않는 것들이 한꺼번에 뒤섞여 있었다.

2000BF19

RGB RGB RGB RGB RGB

보이는 것과 보이지 않는 것

RGB RGB RGB RGB RGB

믿고싶은것과믿고싶지않은것

RGB RGB RGB RGB RGB

2018VG

홍길동은 아버지를 아버지라 부르지 못하고 형을 형이라 부르지 못했지만, 나는 재호를 재호라 부르지 못했다. 나는 예리 앞에서 재호를 재호라 부르지 못했을 뿐만 아니라, 윤일오가 내 사촌형이라는 사실도 말하지 못했다. 처음에 솔직히 말했다면 괜찮았을지도 모르겠다. 애초에 말할 타이밍을 놓치기도 했고, 이제 와 갑자기 솔직하게 말하는 것도 이상할 것 같았다. 더군다나 말해봤자 내 말을 믿어주지도 않을 듯했고, 예리가 내 말을 믿더라도 나에게 좋을 게 하나 없었다. 나는 예리가 내게 관심을 가져주길 바랐지만, 예리의 관심은 오직 원픽에 쏠려 있었다. 그중에서도 예리는 윤일오를 가장 좋아했는데, 그건 내게 마음 아픈 일이었다. 그런데 왜, 도대체 왜. 하필이면 윤일오일까. 내가 좋아하는 사람이 내 사촌형을 좋아한다니, 이게 무슨 운명의 장난인가 싶었다. 그러나 나는 반드시 기억해야 했다. 내가 좋아하는 사람이 내 사촌형을 좋아하는 게 아니라, 내가 좋아하는 사람이 좋아하는 아이돌 가수가 내 사촌형이라는 걸. 그걸 알지만, 그걸 알면서도. 예리가 윤일오 이 야기를 하며 웃을 때마다 기분이 묘해지는 건 어쩔 수 없었다. 나 는 상심하지 않기 위해, 김재호와 윤일오를 엄격하게 구분하려고 노력했다. 그러니까 예리가 좋아하는 사람은 김재호가 아니라 윤 일오라고. 물론, 김재호가 윤일오였지만. 그게 그거였지만.

1978EK

사랑받아 마땅한 재호, 아니, 윤일오는 민트초코 아이스크림을 사랑하여 큰 이슈가 되고 있었다. 그러니까 그는 소위 '민초단'이 었는데, 거기에 그치지 않고 솔의 눈을 마시는 모습이 자주 목격되 어 사람들에게 큰 충격을 안겨주었다. '취향을 당당하게 밝힌 윤일 오, 나 사실 파인애플피자 좋아해' '일오, 민트초코 좋아하면 안 되 나요?' '1pick 불화설? 재겸, 민초 사랑하는 일오 형 용서할 수 없 어' '입맛까지 완벽한 일오, 민초단 인증!' 재호의 식성을 다룬 기 사들을 보면서 나는 별게 다 기사가 되고 앉아 있네, 하고 생각했 지만, 별것도 아닌 일에 관심을 보이며 댓글을 다는 사람들도 많았 다. 쿨한 거 좋아하나보네. 쿨일오. 솔의 눈 광고 가자! 칠성, 보고 있나? 민초단이라니 완전 실망이다. 고수도 먹을 수 있는지 궁금. 오이에 대해 어떻게 생각하시나요? 탕수육 부먹 용서 가능? 댓글 을 읽다보니 나도 괜히 궁금해지기 시작했다. 재호는 탕수육을 소스에 찍어 먹는지, 소스를 탕수육에 부어 먹는지. 고수를 먹을 수 있는지. 짜장면과 짬뽕 중 무엇을 선택할 것인지. 슈크림 붕어빵을 좋아하는지, 단팥 붕어빵을 좋아하는지. 파인애플피자를 왜 좋아하는지. 치즈만 들어간 치즈피자를 돈 주고 먹는 것에 대해 어떻게 생각하는지. 나는 별게 다 궁금해졌는데, 궁금한 게 많아질수록, 지금껏 재호에 대해 아는 게 거의 없다는 사실을 깨달았다.

1995XA

예리와 함께 야경을 보기 위해 낙산공원으로 향하는데, 그동안 운동과 담을 쌓고 살아서 그런지 경사로를 오르는 것만으로도 인생을 포기하고 싶어질 정도로 힘이 빠졌다. 그사이, 한 연인이 우리를 스쳐지나갔다. 또다시, 한 연인이 우리를 스쳐지나갔다. 연인들이 우리를 스쳐지나갔지만, 우리는 연인이 아니었다. 진호씨, 〈나 혼자 산다〉 윤일오 편 보셨어요? 우리는 '팬심'으로 묶여 있는 사이였다. 아마 그런 사이일 것이다. 그 이상은 아닐 것이다. 네, 봤어요. 클립으로 조금. 언제부턴가 예리는 나를 팬클럽에서 만난 친구처럼 대하기 시작했다. 불행인지 다행인지 몰라도, 이로써 나는 예리와 더 가까워졌는데, 그건 내가 늘 바라던 바였지만, 내가 바란 건 이런 게 아니었다. 되게 감동적이었어요. 그거 보니까 원픽 연습생 시절 생각나더라고요. 예전에 다섯 명이 한 방에서 살았잖아요. 연습실도 되게 작고 허름했고요. 그때 찍은 영상이 아직도

유튜브에 있는데, 진호씨도 한번 보세요. 난방도 잘 안 되어서, 그
거 뭐지, 캠핑할 때 사용하는 거요. 아, 침낭. 다들 침낭 안에 들어
가서 자고 그랬는데 말이죠. 이제는 돈 많이 벌어서 집도 사고, 더
좋은 환경에서 음악도 할 수 있게 되었잖아요. 나는 경사진 길 때
문에 이미 지칠 대로 지쳤기 때문에 즐거운 마음으로 맞장구칠 힘
은 남아 있지 않았다. 그런 힘든 시절이 있었군요. 저도 오늘 한번
찾아볼게요. 나는 적당히 대꾸했다. 그런데 재호에게 그런 시절이
있었다니. 나는 작고 허름한 연습실에서 노래와 춤을 연습하는 재
호의 모습을, 침낭에 들어가 잠이 드는 재호의 모습을, 그러니까
재호가 우리집에 오지 않는 동안 겪었을 일들을 머릿속으로 그려
보았다. 진호씨도 원픽을 좋아한다니 너무 기뻐요. 무언가를, 누군
가를 함께 좋아할 수 있는 건 좋은 일이잖아요.

2014RC

나는 재호가 사는 집에 가는 일 없이도 재호가 사는 집을 볼 수
있었다. "안녕하세요. 원픽의 윤일오입니다. 혼자 살게 된 지 육 개
월 되었습니다. 원래는 숙소생활을 했는데, 곡 작업도 해야 하고
혼자만의 시간을 보내고 싶기도 해서 독립을 하게 되었습니다."
〈나 혼자 산다〉에 출연한 재호는 자신의 집을 소개하고 있었다.
"곡 작업을 마음껏 할 수 있는 곳이었으면 했어요. 아파트로 옮길
까 하다가, 아무래도 아파트에 살면 이웃분들에게 피해를 드릴 것

같아서요. 녹음실로 쓸 만한 지하실이 있는 걸 보자마자 제 마음에 쏙 들었죠." 재호는 작은 마당이 있는 주택에 혼자 살고 있었다. 광각렌즈로 촬영되어 더욱 넓어 보이는 집. 실제 크기는 몰라도, 혼자 살기에는 분명 큰 집이었다. "인테리어 포인트요? 제가 인테리어에는 소질이 없는데. 그래도 벽의 페인트는 모두 제가 직접 발랐어요." 인테리어에 소질이 없다는 재호의 말과는 달리 재호의 집은 모델하우스 같아 보였다. "늘 깨끗하고 검소하게 생활하려고 하죠. 이전에 거주하셨던 분들이 집을 잘 관리하신 것 같아요. 이렇게 정원도 예쁘고." 창문 밖 풍경들. 비. 빗소리. 촉촉하게 젖어가는 나무들. 풀잎들. 나는 재호가 집안 소파에 앉아 보았을 풍경을, 노트북 디스플레이를 통해 보고 있었다. 재호는 무슨 생각을 하면서 살까. 저렇게 크고 좋은 집에 혼자 사는 기분은 어떨까. 스케줄 때문에 바쁠 텐데 집에 들어가기나 할까. "스케줄이 없을 때는 주로 집에서 책을 읽거나 곡 작업을 하고요. 혼자 조용히 있어요. 외롭지 않냐고요? 전혀요. 집에 혼자 있으면 너무 좋죠." 저런 집에 살면, 나 같아도 집에 혼자 있는 게 좋겠다, 이 자식아.

2015YM

재호는 기부도 꾸준히 하고 있었다. 그것도 한때 내가 주식으로 번 돈보다 더 큰 금액을, 내가 대출받은 돈보다 더 큰 금액을, 내가 잃은 돈보다 더 큰 금액을 재호는 남을 돕는 데 쓰고 있었다. 그리고 그렇게 큰돈을 기부하고도 큰 집에서 혼자 살았다. 재호가 음원과 공연과 방송과 광고를 통해 벌어들이는 돈이 얼마나 많을지, 나는 상상할 수조차 없었다. 어쨌든 이 사실이 뒤늦게 기사를 통해 알려지면서, 재호는 졸부 이미지 대신 기부천사의 이미지를 얻게 되었다. '윤일오, 기부를 남몰래 한 적은 없어'라는 헤드라인의 기사에 따르면, 재호는 자기의 기부 사실이 이제라도 알려져서 다행이라며 멋쩍은 미소를 지었고, 어려운 시기에 조금이나마 마음을 나누고 살 수 있어서 기쁘다고 말했다. 이에 이어지는 댓글. 마음씨가 곱다. 겸손하기까지! 내가 윤일오를 사랑하는 이유. 요즘 같은 세상에 보기 드문 청년. 기분이 좋아지는 기사다. 정치인이 망친 세상을 아이돌이 구하네. 기부도 기부지만, 국가 경제 좀. 누군지는 말 안 하겠다, 뒤에서 몰래 나랏돈 처먹다가 걸려서 지금 재판중인 분이 이 기사를 읽었으면 좋겠네. 정의는 반드시 승리한다. 이러고 몇 년 지나봐라. 마약하고 여자 패고 쓰레기 인증할 거잖아. 너야말로 쓰레기인 듯. 사회에 불만 있음? 케이팝으로 국가경제에 이바지하는 분. 솔직히 원픽의 경제적 가치는 천문학적 수준 아니냐. 그 정도는 아닐걸. 그 정도라고 알고 있습니다. 누가 그래? 내가 시발. 윤일오씨는 풀잎어린이재단에도 꾸준히 후원해주시고 계십니다. 제가 재단에서 일을 하고 있는데요, 이분 정말 천사예요. 늘 감사합니다. 나 홍대에서 떡볶이 먹다가 윤일오 만난 적 있음. 윤일오가 우리한테 튀김도 사줌. 형님, 진짜 존경합니다. 댓글을 보고 있으면, 내가 아는 재호는 그 어디에도 존재하지 않는 것 같았다.

2019SB6

낙산공원에 도착하자, 서울 야경이 한눈에 펼쳐졌다. 거리를 밝히는 가로등과 건물 창문에서 뿜어져나오는 실내등 불빛. 도시의 인공조명들은 얼핏 밤하늘에 떠 있는 별 같았다. 사람들은 밤하늘에 빛나는 수많은 천체들을 모두 별이라고 불렀지만, 빛난다고 모두 별은 아니었다. 천문학에서 별은 스스로 빛과 열을 낼 수 있는 항성만을 의미했다. 그러니 태양계에서 별이라고 부를 수 있는 건 오직 태양뿐이었지만.

◇가짜◇가짜◇가짜◇가짜◇가짜◇
◇가짜◇가짜◇가짜◇가짜◇가짜◇
◇가짜◇가짜◇가짜◇가짜◇가짜◇
◇가짜◇가짜◇가짜◇가짜◇가짜◇
◇가짜◇가짜◇가짜◇가짜◇가짜◇
◇가짜◇가짜◇가짜◇가짜◇가짜◇
◇가짜◇가짜◇가짜◇가짜◇가짜◇

별 같네요. 모두 전등이지만요. 나는 빛나는 것들을 모두 별이라고 불렀다. 저기도 별이 있네요. 내가 하늘을 가리키며 말하자 예리도 하늘을 가리키며 말했다. 저기 달도 있어요. 예리는 내게 아이폰으로 달을 촬영하는 방법을 알려주겠다고 했다. 잘 보세요. 저도 최근에 알게 된 어플인데, 되게 좋더라고요. 우선 줌을 당기고, 초점 맞추고요, 노출은 최소로 줄이고, ISO도 이렇게 조절하고요. 저멀리, 작게만 보였던 달은 어느새 아이폰 카메라를 통해 내 눈앞까지 와 있었다. 우아, 기대 이상인데요? 나도 아이폰을 들어, 밤하늘에 떠 있는 달을 촬영해보았다.

2020JA

나는 별 하나에 추억과 별 하나에 사랑과 별 하나에 쓸쓸함과 별 하나에 동경과 별 하나에 시와 별 하나에 어머니를 불러보고 싶지 않았다. 뿐만 아니라, 재호도 별로 불러보고 싶지 않았는데, 이상하게도 친척들은 명절만 되면 나를 보며 재호를 불렀다. 저 진호인데요. 아니, 재호는 말이야. 너 진호인 건 알지. 너 재호랑 연락은 하고 지내니. 재호는 잘 지내? 연예인은 잠잘 틈도 없이 바쁘다는데, 애가 밥은 잘 먹고 다니는 건지. 네가 재호 잘 챙기고 있지? 친척들은 만날 때마다 내게 재호의 근황을 물었다. 물론 오랫동안 재호를 만나지 못해서 그러는 거겠지만, 오랫동안 재호를 만나지 못한 건 나 또한 마찬가지라서, 그들에게 해줄 말이 없었다. 아버지는 명절이 다가올 때마다 내게 전화를 걸어 재호의 근황을 물었다. 잘 모르겠는데요. 내가 답하면, 아버지는 늘 나에게 재호를 잘 챙겨야 한다고 했다. 네가 재호를 안 챙기면 누가 재호를 챙기겠니. 그때마다 나는 아버지에게 하고 싶은 말이 있었다. 아버지도 작은아버지 안 챙기잖아요. 아버지는 왜 동생 안 챙겨요. 아버지는 동생 안 챙기면서 왜 저한테 형을 챙기라고 해요. 재호가 형이에요. 재호가 형이라고요. 재호는 형인데도 저를 안 챙겨요. 그렇게 걱정이 되면 아버지가 직접 연락해보시든지요. 그러나 나는 늘 하고 싶은 말을 하지 못했다. 모두가 찾는 재호는 고향에 오지 않았고, 아무도 찾지 않는 나는 매년 고향에 있었다.

2018YK4

태초에 고독한 미식가가 있었다. 그는 거룩한 마음으로 음식 사진을 찍었고, 좋은 건 나눠야 한다는 마음으로 수많은 사람들이 음식 사진을 주고받을 수 있도록 '고독한 미식가'라는 이름의 오픈채팅방을 개설했다. 신이 침묵하듯, 말없이. 오직 음식 사진을 주고받기 위하여. 이것이 일명 '고독방'이라고 불리는 카카오톡 오픈채팅방의 시초였다. 이후 다른 고독방, 그러니까 자신이 좋아하는 연예인의 사진을 말없이 주고받는 고독방들이 생겨나기 시작했다.

#고독한_원픽 893/1000명 ♥2.5K

#고독한_윤일오 621/1000명 ♥2.3K

#안_고독한_윤일오 345/1000명 ♥1.1K

나는 며칠 전 고독한 윤일오 방에 입장하게 되었는데, 어쩌다가 내가 이 지경에 이르렀는지 알 수 없었다. 그렇지만 어차피 내 삶도 어쩌다가 이 지경에 이르렀는지 알 수 없는 상태였기 때문에, 내가 어쩌다가 이 지경에 이르렀는지에 대해 생각하는 건 그리 중요해 보이지 않았다. 어쨌든 나는 고독한 윤일오 방에서 말이라는 게 얼마나 쓸모없는 것인지를 깨닫게 되었다. 그곳은 한마디 말 없이도 유지되는 공간이었다. 팬들은 그곳에서 이미지만으로 결속했다. 윤일오가 손가락 하트를 날리는 사진, 윤일오가 손을 흔드는 사진, 윤일오가 고개를 숙이고 좌절하는 사진, (……) 윤일오가 민트초코 아이스크림을 먹는 사진, 윤일오가 앉아서 졸고 있는 사진, 윤일오가 깜짝 놀라는 사진, (……) 윤일오가 살짝 미소 짓는 사진부터 활짝 웃는 사진까지. 팬들은 윤일오의 사진만으로 자신의 감정을 표현할 수 있었다. 나는 윤일오, 그러니까 재호에게 그렇게 다양한 표정이 있다는 걸, 난생처음 알게 되었다. 내가 아는 재호는 존재감이 거의 없는 아이였다. 내가 아는 재호는 사랑받지 못할 조건을 다 갖춘 것만 같은 아이였는데, 그곳에서 재호는 사랑받을 수 있는 조건을 다 갖춘 사람인 것 같았다. 재호는 사람들에게 사랑받는 방법을 정확히 알고 있는 것 같았다. 심지어 예리에게도. 그곳에서 윤일오는 평생토록 고독할 일이 없어 보였다. 그래서인지 나는 재호에 대해 조금 더 자세히 알고 싶어졌고, 더 알아야 한다고 생각했는데, 내가 이토록 재호에 대해 알고 싶은 적이 또 있었나 싶었다.

2000QW7

재호, 이번 설날에 오니? 구차하다고 생각했다. 정말이지, 군대에서 비슷비슷하게 생긴 밤톨이들끼리 네 얼굴이 어쩌고저쩌고하면서 서로 외모 순위를 매길 때만큼이나 구질구질했다. 물론 내가 일등을 못해봐서 그런 건 아니지만, 어쨌든 나는 내가 보낸 메시지를 보며 너무 용건만 말했나 싶었다. 용건을 묻기에 앞서, 안부를 먼저 물었어야 했나. 재호, 요즘 잘 지내고 있니. 재호야, 오랜만이야. 나는 먼저 보냈어야 할 인사말을 고민해보기도 했지만, 그런다고 바꿀 수 있는 건 아무것도 없었다. 아마 재호는 올해도 고향에 오지 않을 것이다. 나는 괜한 걸 묻고 있는 것이다. 이러나저러나, 재호는 여전히 우리집에 안 올 작정인 것 같았다. 가능하다면 영원히.

1999AN10

재호는 추석에도 우리집에 오지 않았다. 대신 다른 집에 가 있었는데, 그래서인지 몰라도 되게 부러웠다. 재호는 추석특집으로 방영된 〈한가위만 같아라〉라는 프로그램에 출연했다. 명절에 가족을 보러 갈 수 없는 사람들이나 가족 없이 혼자 사는 사람들과 함께 명절을 보내는 프로그램이었다.

[#한가위만같아라] 조회수 8.5만 회 1일 전

재호는 공시생 박한나씨(26)와 한강에서 함께 송편과 곶감을 먹으며 이야기를 나눴다. 한나씨는 이 년째 고시텔에 살며 시험을 준비하고 있는데, 자려고 불을 끄고 침대에 누우면 비좁은 방이 관처럼 느껴진다고 했다. 얼른 제가 합격을 해서 부모님 짐을 덜어드려야 할 텐데. 한나씨는 말끝을 흐리며 눈시울을 붉혔고, 재호는 한나씨에게 티슈를 건넸다. 한나씨는 지치고 힘들 때마다 원픽의 노래를 들었다고 했다.

[#한가위만같아라] 조회수 9.3만 회 1일 전

재호는 안산시 반월공단에서 일하는 외국인 노동자 썸낭씨(22)를 만나 추석을 보냈다. 썸낭씨는 재호에게 한국에서 함께 일하고 있는 친구들을 소개시켜주기도 했다. 썸낭씨는 매년 추석 때마다 친구들과 함께 안산 번화가로 나와 쇼핑을 하고 노래방을 가고 맛있는 음식을 사먹는다고 했다. 추석 당일 안산 번화가는 외국인들로 가득했다. 그 속에서 한국인은 거의 찾아보기 힘들었다. 사장님 고향집에 가니까. 우리는 부모님 볼 수 없으니까. 추석에는 쉬면 나는 친구들하고 같이 돌아다닐 수 있다. 우리는 밴드다. 노래를 잘한다. 썸낭씨는 원픽의 〈W.W.W〉 한 소절을 불렀고, 재호는 박수를 치며 화음을 넣었다. 노래가 끝난 후 포옹. 썸낭씨와 썸낭씨의 친구들, 그리고 재호는 다 함께 안산 번화가에서 단체 사진을 찍었다.

여기에 그치지 않고, 재호는 농장에서 감을 따기도 했다. 감 농장을 운영하는 이미애씨(55)와 강준희씨(55) 부부를 도와 품질에 따라 감을 선별하고 택배를 보내고 곶감을 만들었다. 부부는 추석 연휴에 쉴 틈이 없다고 말하다가 갑자기 말싸움을 벌였다. 그사이에서 재호는 얼떨결에 부부싸움의 중재자가 되어, 결혼생활에 대한 교과서적인 이야기를 늘어놓았다. 결혼을 해본 적도 없는 재호가 할 소리는 아니었지만, 부부는 고개를 끄덕였고, 어째서인지 훈훈한 분위기로 사건이 마무리되었다.

2015 AC

포털사이트에 '김재호'라고도 검색해보았는데, 두산베어스 소속의 야구선수 김재호가 검색될 뿐, 내 사촌형 김재호에 대한 정보는 검색되지 않았다. 김재호를 알기 위해서는 '윤일오'를 검색해야만 했다. 블로그, 카페, 커뮤니티, 기사 등. 세상 사람들은 재호에 대해 나보다 더 많은 것을 알고 있었다. 클릭, 클릭. 그렇게 나는 별로 궁금하지 않은 것들까지 알게 되었다. 11월생인 재호의 탄생석은 토파즈였고, 별자리는 전갈자리였다. 혈액형은 B형이고, 아이큐는 147이며, MBTI 유형은 자기가 무슨 유형인지 모르는 유형이었다.

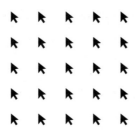

    클릭, 클릭. 포털 사이트에서 윤일오를 알아가면 알아갈수록, 그는 사랑받을 모든 조건을 다 갖춘 사람이었다. 윤일오, 그러니까 재호는 대학에 안 갔다. 대학을 가지 않아도 꿈을 이룰 수 있다는 것을 사람들에게 보여주었다. 뿐만 아니라, 대학을 가지 않았음에도 역사와 문화와 예술에 대한 풍부한 지식을 가지고 있었다. 그는 토익 시험을 본 적이 없었지만, 영어를 유창하게 할 수 있었다. 그는 영화와 음악을 통해 영어를 배웠다고 했다. 데뷔한 이후로는 세계 각국의 해외 팬들과 소통하기 위해 틈틈이 다른 외국어 공부를 하고 있다고 했다. 중국어, 태국어, 일본어, 러시아어. 그는 뭐든 배우려고 노력했다. 사회적 이슈에 지속적인 관심을 가졌고, 온갖 사건사고에 함께 분노했다. 사회적 약자와 소수의 목소리에 늘 귀를 기울이고, 모두 함께 행복할 수 있는 사회를 만들기 위해 노력했다. 또한 기후변화와 환경문제에 관심을 가지고 더 나은 세상을 만들기 위해 크고 작은 실천을 했다. 그에게는 공감 능력이 있었고, 생태적 상상력이 있었다. 그는 다음 세대에게 깨끗하고 건강한 삶의 터전을 마련해주고자 노력했다. 그리고 무엇보다도 정직했다. 그 어떤 편법도 없이, 자신의 능력으로 사람들에게 인정을 받았다. 자신이 가진 능력으로 일찍이 부를 축적하고, 그걸 기부하는 청년. 재호, 그러니까 윤일오는 이 세계에서 거의 불가능한 새끼인 것 같았다. 그 새끼는 이 세계에서 거의 불가능한 역사를 쓰고 있었다.

2014JO25

달에 가기 전, 누가 인류 최초로 달 표면을 밟을 것인지 정해야 했다. 우주비행사들 중 '퍼스트 맨'이 되고자 하는 욕망을 가장 강하게 드러냈던 사람은 버즈 올드린이었다. 올드린은 우주선에서 내릴 순서를 빨리 결정해야 한다고 했던 자신의 말을 동료들이 오해했을 뿐이라고 주장했지만, 그의 진심이 무엇이었든, 그가 퍼스트 맨을 결정하는 과정에서 동료들에게 예민하게 반응했던 것은 사실이다. 어느 날 그는 각종 자료를 제시하며 자신이 우주선에서 먼저 내려야 한다고 주장하기도 했다. 올드린의 아버지도 자신의 아들을 퍼스트 맨으로 만들기 위해 올드린에게 부담을 주거나, 사회적으로 영향력 있는 지인들의 힘을 동원하려고 했다. 처음에 미국의 주요 신문들은 버즈 올드린이 처음으로 달 표면을 밟을 것이라는 기사를 내기도 했으나, 시간이 지나자, 닐 암스트롱이 퍼스트 맨이 될 것이라는 소문이 돌기 시작했다. 그러나 정작 닐 암스트롱은 초연했다. 그 어떤 소문에도 흔들리지 않고, 그저 자신에게 주어진 임무를 수행했다. 퍼스트 맨으로 선정된 후에도, 닐 암스트롱은 달 표면에 첫발을 내딛는 일이 자신에게 어떤 의미인지에 대해서는 말을 아꼈다. 그가 말을 아낄수록, 사람들은 그에게 더욱더 운명적인 서사를 부여하려고 했다. 특히 미국의 소설가 노먼 메일러는 닐 암스트롱의 삶에 큰 관심을 보였다. 그는 닐 암스트롱이 어린 시절 공중을 떠다니는 꿈을 자주 꿨다는 사실과 그가 달 표면을 밟은 첫번째 사람이 되었다는 사실을 운명적으로 엮으려 했다. 그는 닐 암스트롱과 직접 대화를 나눠본 적이 없었다.

2007 TA418

나 원픽 1집 〈Chronicle〉 때부터 좋아한 찐팬임. 오늘은 내가 원픽 리더 윤일오 데뷔 썰 풀어주겠음. 윤일오 일단 고등학교 안 나왔음. 어차피 수능 볼 생각 없어서 자퇴했다고 함. 그리고 아버지 사업 실패로 집안 사정이 어려웠다고 해. 스무 살도 되기 전에 윤일오는 싱어송라이터가 되겠다는 꿈을 가지고 서울로 상경함. 처음에 몇 달은 고시텔에서 지냈다고 함. 그러다가 우연히 '무파사' 멤버들과 어울리게 되고, 무파사 멤버들이랑 홍대 반지하방에서 모여 살게 되었음. 그때는 별로 안 유명했지만 이제 무파사는 '한국대중음악 100대 명반'에 앨범 두 개를 올린 찌는 밴드임. 어쨌든 이 시기를 거치면서 윤일오는 다양한 악기를 능숙하게 다룰 수 있게 됨. 원래 중학교 때부터 음악에 관심이 많아서 악기는 이것저것 독학으로 배웠음. 인터뷰 찾아보면 알겠지만, 무파사 기타리스트 권향은 윤일오를 보고 뭐 이런 새끼가 다 있나 생각했다고 해. 하나를 가르치면 열을 알았다고. 보컬 남상혁은 자기보다 노래 잘해서 윤일오를 경계했다고. 어쨌든 윤일오는 무파사 3집 발매를 시작으로 팀에 합류하려고 했는데, 3집 준비 과정에서 권향과 남상혁이 금전적인 문제로 크게 다투게 됨. 결국 무파사는 앨범 작업을 중단하고, 각자의 집으로 흩어짐. 원래 홍대 반지하방의 주인은 남상혁이었는데, 이 사람도 가난한 서울 생활에 질려서 보증금을 빼고 고향으로 돌아가기로 함. 윤일오는 순식간에 살 곳을 잃게 되고, 남상혁도 윤일오를 도와줄 길이 없어서, 자신의 지인을 소개시켜줌. 그리하여 윤일오는 남상혁의 지인의 집에서 월세를 보태며 살게 되는데, 하필이면 그때 윤일오가 소개받은 사람이 바로 온오프 크루의 DJ닉스임. 미친 전개 아님? 윤일오는 DJ닉스와 함께 살면서, 지금까지 자기가 하던 음악과는 전혀 다른 장르를 접하게 됨. 이때 윤일오는 장르에 국한되지 않는 음악을 해야겠다고 결심함. 그때부터 장르를 불문하고 공부를 빡세게 함. 곡도 쓰고, 가사도 쓰고, 녹음도 하면서, 밤낮을 모르고 미친듯이 작업에 몰두하며 외장하드를 채웠음. 지금의 원픽을 만든 〈Origin〉도 이때 쓴 거. 어쨌든 그 무렵, 종종 DJ닉스랑 같이 공연도 했는데, 그것만으로는 생계를 유지할 수 없어서 알바도 열심히 했음. 존나 웃긴 건, 이때 윤일오 〈쇼미더머니〉에도 지원함. 아슬아슬하게 예선 통과하지만 랩 실력 부족으로 바로 탈락. 근데 원래 래퍼 아니잖아. 〈쇼미〉는 왜 나갔는지 모르겠음. 유튜브에 영상 남아 있으니까 궁금하면 찾아봐. 그렇게 〈쇼미〉에 오 초짜리 영상을 남기고 사라지게 됨. 이후에는 돈 벌려고 온갖 콘테스트에 나갔음. 상금으로 문화상품권만 줘도 다 나갔다고 함. 근데 그 무렵에 무슨 일이 있었냐면, 윤일오가 아르바이트 끝나고 집에 가다가 흉기 들고 난동 부리는 스토커 새끼를 잡음. 이 일로 모범시민상까지 받았는데, 한 기자가 범인이 무섭지 않았냐며, 흉기를 들고 있는데 어떻게 용기를 내 범인을 제압했느냐고 물었더니, 윤일오가 "저도 너무 무서워서 제압하게 되었습니다"라고 말도 안 되는 말을 해서 화제가 됨. 기사를 본 어떤 사람이 갑자기 자기가 이 사람을 봤다면서, 공연 영상을 유튜브에 올림. 윤일오가 헤드셋 받으려고 콘테스트 나갔을 때 찍힌 영상임. 소름이지? 이게 유튜브에서 엄청 화제가 되었고, 이걸 본 AU엔터테인먼트 대표가 윤일오를 캐스팅함. 그때 AU에서 오랫동안 준비한 아이돌 그룹이 있었는데, 그게 바로 원픽임. 데뷔 직전에 원픽의 리드보컬이었던 A씨가 대마초로 입건됨. 그래서 윤일오가 합류하게 되었던 것임. 근데 다들 알다시피, 처음 데뷔했을 때는 별로 주목받지 못했음. 다른 아이돌에 비해 원픽은 나이가 조금 있잖아? 외모도 화려하지 않고, 가진 건 실력뿐이었으니까. 그리고 이설은 원래 하드록 밴드에 있었잖아. 인디 신에 있던 애가 무슨 아이돌이냐고 욕도 많이 먹었지. 변절자 취급도 받고 말이야. 로니는 대형 기획사에 있다가 싸우고 나온 애라서, 방송국에서 원픽 출연시킬 때 괜히 눈치보는 분위기. 불이익도 많이 받았을걸? 완전히 묻힐 뻔했는데, 팬들이 여기저기 홍보하고 유튜브로 콘텐츠 길어올려서 뒤늦게 〈Origin〉 대박 남. 애들아, 사람 인생 어떻게 될지 모른다. 실력을 갖춘 사람에게는 언젠가 반드시 기회가 오는 것 같아. 열심히 살자. 아직 세상에는 희망이 남아 있어.

1997BQ

∴ 이름 대신 ∴

∴ 닉네임을 사용하는 사람들의 목소리 ∴

∴ ∵ ∴

결말 뭐임 왜 갑자기 희망 타령?

∴ 기회는 무슨 ∵ 그냥 될놈될 ∴

1집 활동할 때, 라이브 영상 보면 윤일오 춤 엄청 못 추잖아

그래서 귀엽잖아

그때 맨날 뒤에서 엉성하게 춤추고 있음

∴ ∵ ∴

∴ 여기저기 ∴ 떠도는 말들 ∴

∴ ∵ ∴

노래할 때만 앞에 나오는데 노래 부를 때는 춤 안 추잖아

그거 다 옛날 얘기 지금은 완성형 원픽은 그게 좋지

애초부터 완성형이 아니라 성장하는 거 지켜볼 수 있잖아

그게 내가 원픽만 바라보는 이유임

∴ ∵ ∴

∴ 빛나는 화면 속에서 ∴

∴ 여기저기 ∴ 떠도는 말들 ∴

∴ ∵ ∴

근데 〈Origin〉은 진짜 명곡이야

3집에 있는 〈블랙 유머〉도 명곡이지

부조리한 세상에 돌직구를 던지잖아

윤일오는 아이돌 안 하고

작사 작곡만 했어도 유명해졌음

윤일오 한국음악저작권협회 정회원임

∴ ∵ ∴

원픽은 운명이지

∴ ∵ ∴

2002AA29

망원경의 발명 이후, 인간은 눈으로 볼 수 없었던 영역까지 볼 수 있게 되었다. 갈릴레오 갈릴레이의 굴절망원경부터 관측대의 후커망원경까지. 망원경을 통한 천체관측 기술은 오랜 시간 지속

적으로 발전하였고, 지구 상공으로 망원경을 쏘아올리는 수준에 이르렀다. 1990년, 우주왕복선 디스커버리호에 실려 쏘아올려진 허블우주망원경은 수십 년이 지난 지금까지도 지구 궤도를 선회하며 여전히 우주를 관측하고 있다. 나는 종종 유튜브로 허블우주망원경이 촬영한 사진을 보았다. 사진과 사진은 이어져 영상으로. 그 영상을 보다보면, 이것이 진짜인지, 가짜인지, 실제로 촬영한 사진인지, 컴퓨터 그래픽인지, 알 수 없게 되어버렸다. 그것은 실시간으로 벌어지는 광경처럼 내 눈앞에 생생하게 펼쳐졌다. 가까이에 있는 별부터 우리 은하 너머에 있는 별들까지. 더 멀리 볼수록, 더 오래된 과거를 볼 수 있었다.

1895YC16

친척들과 눈이 마주칠 때마다, 나는 괜히 의기소침해지면서 자꾸만 그들의 눈을 피하게 되었다. 주식으로 아버지 돈을 까먹은 사실은 아버지와 나만의 비밀이었고 친척들은 나에 대해 아는 바가 거의 없었다. 앞으로도 아는 바가 거의 없었으면 했고. 아는 바가 얼마나 없었으면 막내고모는 언제부턴가 내가 기상청에 취직했다고 오해하고 있었는데, 나는 왜 하필 기상청인지, 어쩌다가 그런 오해가 생겼는지, 도대체 어디서부터 잘못된 것인지, 생각하다가 그냥 울고 싶어졌다. 기상청이라니요. 저는 오늘 날씨도 몰라서 맨날 비 맞고 다녀요. 그뿐 아니라, 막내고모는 나를 서글프게 만들기도 했다. 진호야, 집값 계속 오르니까 대출이라도 받아서 얼른 집을 장만해. 대출 안 받으면 바보야, 바보. 결국 빚이 재산이다. 그러니 너도 대출받아서 편히 살아. 대출을 이미 받을 만큼 받아서 더 받을 수 없는 내 마음을 알까. 집값이 계속 오르는 게 누구 때문인 줄 알고 있을까. 그래도 막내고모는 견딜 수 있었다. 진짜 견딜 수 없었던 건 아버지였다. 아버지가 친척들에게 거짓말을 할 때는 마음이 무너졌다. 우리 애가 눈이 높아서 그래. 나는 그냥 우리 애가 아무데나 취직해서 소박하게 가정 이루고 살았으면 하는데, 얘가 꿈이 워낙 크니까. 요즘 애들은 우리 때랑 다르잖아. 아직 애기지 뭐. 하고 싶은 거 하고, 공부 더 오래 할 수 있도록 내가 도와주려고. 우리 애가 또 머리가 좋잖아. 아버지는 없는 이야기를 잘도 지어냈다. 뭐, 거의 소설가였는데, 그러다가 할말이 떨어지면 내게 심부름을 시켰다. 애, 진호야. 냉장고에서 술 좀 꺼내와라.

2010UC

[#한가위만같아라] 조회수 8.8만 회 1일 전

재호는 시골에서 혼자 살고 있는 김옥순 할머니(82)를 만났다. 할머니 이렇게 하면 되죠? 할머니 나오지 마세요. 제가 할게요. 재호는 혼자서 소고기뭇국을 끓이고, 고사리와 도라지와 시금치를 무치고, 동태전과 동그랑땡을 부치고, 잡채를 버무리고, 양념불고

기를 굽고, 미리 준비한 송편을 그릇에 예쁘게 담았는데, 그래서인지 완전 미친 새끼 같아 보였다. 과하다, 과해. 해도 해도 너무한 설정이라고 생각했다. 어떻게 이렇게 요리를 잘해요? 촬영감독이 재호에게 물었다. 제가요? 제대로 하고 있는 거 맞죠? 재호는 카메라를 보며 미소를 지었다. 맛있었으면 좋겠다. 이어지는 풍경들―감나무, 나뭇가지 위에 앉는 새, 산 너머 노을, 마당에서 졸고 있는 시골 개. 다 됐다. 어느새 푸짐하게 차려진 밥상. 김옥순 할머니는 밥상을 보고는 말을 잇지 못했다. 할머니 배고프시죠. 음식식어요. 김옥순 할머니는 자리에 앉으며 나지막하게 말했다. 아이고, 야무지다. 고마워라. 이어지는 풍경들―깊게 잠든 시골 개. 어두운 밤, 고요한 시골 동네. 한집에서 한 가족처럼, 재호는 할머니와 함께 식사를 하고 있었다.

2018GD2

나는 재호가 부러웠고, 너무 부러워서 짜증이 나기도 했다. 그런데 질투심에 견딜 수 없다가도, 누군가 재호를 욕하는 댓글을 보면 화가 났다. 도대체 재호에 대해 뭘 안다고 이 지랄이지. 생각했지만, 사실 나도 재호에 대해 아는 바가 거의 없었다. 내가 재호에 대해 아는 건, 모두 윤일오에 대한 것들이었다. 재호가 재호였을 때, 재호가 어떻게 살고 있는지 관심조차 없었던 걸 생각하면, 재호에게 괜히 미안해지기도 했다. 그런데 미안하면서도 내가 미안해할 일인가 싶었다. 연락을 하지 않은 건 재호도 마찬가지였으니까. 재호는 나를 가깝게 느끼고 있을까. 나와 친하다고 생각할까. 우리는 사촌이었지만, 정말 우리는 그렇게 가까운 사이일까. 나는 윤일오가 내 사촌형이라고 사람들에게 자랑하고 싶었지만 자랑하지 않았다. 자랑하고 싶다가도 자랑하고 싶지 않았다. 나조차도 나를 알 수가 없었다. 정신을 차려보면 윤일오는 내 눈앞에서 노래를 부르고 춤을 추고 있었다. 보려 하지 않아도, 유튜브 알고리즘은 언제나 내 눈앞에 윤일오를 데려다놓았다.

2014AB

한 해의 마지막날, 소행성 탐사선 오시리스-렉스는 베누의 궤도에 진입했다. 오시리스-렉스는 다음 세기에 일어날지도 모를 소행성 충돌을 미리 대비하기 위해, 소행성 베누의 궤도를 따라 돌며 정확한 궤도를 파악할 것이다. 그후에는 베누의 표면에 착륙해 생명의 기원을 밝혀줄 암석 표본을 채취할 예정이었다. 한편, 한 해의 마지막날, 나는 방 한구석에 앉아 노트북 디스플레이를 통해 재호를 보고 있었다. 원래는 재호를 보려고 본 것이 아니라, 〈MBC 가요대제전〉을 보며 새해를 맞이하려고 했던 것인데, 거기에 재호가 나왔기 때문에 재호를 보게 되었을 뿐이었다. 원픽은 커버 무대로 한 해의 마지막을 장식했고, 그렇게

환상 속에 그대가 있다
모든 것이 이제 다 무너지고 있어도
환상 속엔 아직 그대가 있다
지금 자신의 모습은
진짜가 아니라고 말한다[*]

한 해가 지나가고 있었다. 소행성 충돌로 인한 지구 멸망의 가능성으로부터 한 발 멀어지고, 생명의 기원이 밝혀질 날에 한 발 가까워지고, 멀어지고, 가까워지고, 재호는 카메라 앞에서 멀어지고 가까워지며 춤을 추고 있었다. 그렇게 새해가 다가오고 있었다.

그대는 방 한구석에 앉아 쉽게 인생을 얘기하려 한다[**]

2014MU69

새해 첫날, 뉴호라이즌스호는 명왕성으로부터 16억 킬로미터 떨어져 있는 소행성 울티마 툴레에 도달했다. 그리고 전설적인 그룹 퀸의 멤버, 브라이언 메이가 신곡 〈New Horizons〉를 발표했다. 뉴호라이즌스호가 기나긴 여정 끝에 태양계 끝자락에 이르게

---

[*] 서태지와 아이들, 〈환상 속의 그대〉.
[**] 같은 곡.

된 것을 축하하며. 알려진 세계를 넘어, 새해가 시작되었다.

2017BQ6

Y2K 바이러스, 즉 밀레니엄 버그라면 나도 잘 알고 있었다. 밀레니엄 버그는 20세기를 살던 사람들이 21세기로 넘어오면서 겪은 웃지 못할 해프닝으로, 인간이 얼마나 겁이 많고 옹졸한 존재인지를 증명한 사례이기도 했다. 밀레니엄 버그는 1960년대에 시작되었다. 1960년대는 소련의 유리 가가린이 보스토크 1호를 타고 세계 최초로 우주에 나가고, 미국의 닐 암스트롱이 달 표면에 발자국을 찍기도 한 미친 시기였는데, 이때부터 컴퓨터는 1960년을 '60'으로 기록하는 방식으로 데이터를 저장하기 시작했다. 두 자리만 입력해도 컴퓨터가 연도를 인지할 수 있었으므로 사람들은 데이터를 입력하는 시간과 돈을 아낄 수 있었는데, 훗날 이 방식은 제2차세계대전에 버금가는 인류 역사상 최악의 위기를 만들어냈다. 이 방식대로라면 1999년에서 2000년대로 넘어갈 때 컴퓨터가 2000년을 1900년으로 인식하게 되어 컴퓨터는 모든 데이터를 잃어버리고, 통신은 물론 교통, 행정, 금융 시스템까지 모두 마비되며, 국가는 국가의 기능을 잃어버리는 대재앙이 벌어질 것이라고 사람들은 예측했다. 그 예측대로라면, 전 인류는 사상 초유의 공황을 겪게 될 수도 있었다. 당시 IT회사들은 이 문제를 해결하기 위해 온갖 대비 태세를 갖추었다. 이때 쏟아부은 시간과 돈은

1960년대에 아꼈던 시간과 돈보다 많았다. 결국 IT회사들은 본전도 못 찾은 셈이었다. 그러나 정작 2000년이 되자, 지구에는 아무런 일도 발생하지 않았다. 사람들은 2000년이 되면 큰일이라도 날 것처럼 호들갑을 떨었지만, 컴퓨터는 2000년을 정확하게 인식했고, 2000년은 고요히 시작되었다. Y2K 바이러스는 인류를 대재앙으로 몰고 가지 않았던 것이다.

2016EK156

대멸종은 반복되었다. 고생대 오르도비스기 말에는 빙하가 불어나면서 해수면이 낮아져 해양생물 대부분이 멸종했다. 따뜻한 시기였던 고생대 데본기 말에는 식물이 번성하여 최초의 숲을 이루기도 했지만, 여러 가지 이유로 오랜 시간에 걸쳐 생명체들 대부분이 멸종하였다. 페름기에는 시베리아 지역에서 발생한 대규모 화산 폭발로 인해 기온이 상승하고 이산화탄소 양이 폭증하여 생명체의 96퍼센트가 사라지는 사상 최악의 대멸종이 발생했다. 두 차례의 대멸종 시기를 겪고도 살아남았던 삼엽충도 이 시기를 지나며 완전히 멸종했다. 중생대 트라이아스기에도 대멸종이 일어났는데, 이렇게 생명체의 대멸종을 반복하면서도 지구는 멸망하지 않았다. 그리고 또 한번의 대멸종. 알려진 바와 같이 약 6600만 년 전에 일어난 소행성 충돌은 지구상의 생명체 대부분을 멸종시켰고, 이때의 흔적은 멕시코 유카탄반도 칙술루브에 거대한 운석 충돌구로 고스란히 남아 있다. 인류는 다섯 번의 대멸종기를 지난 뒤에야 비로소 지구에 등장했다. 인류도 언제든 그들처럼 지구상에서 멸종하게 되어도 이상할 게 하나 없었다. 인류가 아직까지 살아 있는 건 그저 우연일지도 몰랐다. 우연히 살아남은 자들의 후손의 후손. 우리는 (운이 나쁘다면/운이 좋다면) 언제든 멸종하게 될 수도 있었다.

1998SG5

소행성 충돌도 막아내는 세상에, 나는 내게 다가오는 명절을 막을 수 없었다. 명절이 내게로 다가오는 것인지 내가 명절로 가고 있는 것인지 잘 모르겠지만, 어느 쪽이든 나의 의지만으로 막아낼 수 없었다는 사실만큼은 확실했다. 이대로라면 나는 이번 명절에도 KTX를 타고 이백 킬로미터 떨어진 고향집에 도달할 것이 분명했다. 나는 얼굴도 본 적 없는 조상님들에게, 아니 정확하게는 사과와 대추에게 절을 하고 있을 게 분명했다. 나는 내가 깐 밤과 떡국에게 절을 해야만 하는 이유를 논리적으로 설명해낼 수가 없었다. 이 모든 건 지구가 멸망하거나 인류가 멸종하지 않는 한 끝나지 않을 것 같았다. 그리고 만약 언젠가 인류가 멸종한다면 그건 소행성 탓이 아닐 것이다. 소행성이 인류를 멸망시키기 전에 인류가 인류를 멸망시킬 것이다. 환경 파괴, 플라스틱 쓰레기, 대량생산과 과소비, 빈부 격차, 과열된 경쟁, 핵전쟁과 테러, 폭력, 부정부

패와 도덕성 상실 등등. 인류야말로 인류의 적이다. 가족이야말로
가족의 적이듯……

2020XY

닐 암스트롱은 달에 다녀온 이후, 우주에서의 경험을 전하기 위
해 강연을 다니며 누구보다 바쁜 시간을 보냈다. 그는 당시 전쟁중
이었던 베트남으로 위문을 가기도 했는데, 이때 어느 군인이 그에
게 이렇게 물었다. 언젠가는 인간이 달에서 살 수도 있다고 생각하
나요? 닐 암스트롱은 언젠가 인간이 달에서 살 수 있는 날도 오겠
지만, 그보다 더 중요한 것은 우리 스스로에게 '인류가 여기 지구
에서 함께 잘 살 수 있을까'를 묻는 것이라고 답했다.

2017TK6

예리는 무언가를, 누군가를 함께 좋아할 수 있는 건 좋은 일이
라고 했다. 내가 원픽을 좋아하는 게 너무 기쁘다고. 물론 그건 예
리의 오해였지만, 그 오해 덕분에 우리는 더 가까워질 수 있었다.
우리는 만나지 않을 때에도 시도 때도 없이 메시지를 주고받거나
콘텐츠를 공유했다. 영상을 보고 생각과 느낌을 나누며 즐겁게 대
화를 이어갈 수 있었다. 나는 예리와 더 많은 이야기를 나누기 위
해 웹 이곳저곳을 샅샅이 뒤져 원픽의 콘텐츠를 수집했는데, 그건
그리 어려운 일은 아니었다. 새로운 콘텐츠는 언제 어디에나 있었

다. 그것은 끊임없이 제작되었다. 방송국에 의해, 유튜버에 의해, 원픽의 소속사에 의해, 원픽에 의해 콘텐츠는 별같이 쏟아지고 있었고, 이렇게 제작된 콘텐츠는 다시 팬들에 의해 재생산되었다. 팬들은 여러 개의 콘텐츠를 하나로 편집해 새로운 테마의 콘텐츠를 만들어내기도 했다. 그들은 자신들이 보고 싶은 영상을 직접 만들어 유튜브에 공유했다. 이 영상 제작해주신 분 복 받으세요. 영상 공유해주신 분 복 받으실 겁니다. 감사하고, 사랑합니다. 그들은 뭐든 나눴고, 좋은 건 더 많이 나눴다. 나누고, 나누고, 나누고, 또 나누고, 또 나눴다. 이 세상에는 볼거리가 너무 많아서, 보고 또 보아도 끝이 없었다. 어제 윤일오 인스타 라이브 보셨어요? 나는 예리에게 물었고, 예리는 놓쳤다며 아쉬워했다. 나는 예리에게 라이브 녹화 영상을 공유했다. 나도 내가 뭐하는 놈인가 싶었지만, 예리와 계속 친하게 지내려면 어쩔 수 없었다. 어쩔 수 없어. 어쩔 수 없어. 어쩔 수 없잖아. 어째서 나는 예리가 원픽을 좋아한다고 처음 말했을 때, 모든 걸 솔직하게 말하지 못했을까. 윤일오가 내 사촌형이라는 사실을 예리가 알았다면 지금쯤 어떻게 되었을까. 나는 종종 생각하기도 했지만 이제 와 그런 걸 생각해서 뭐하나 싶었다. 진호씨, 공유해줘서 고마워요. 어쩌면 정말로 예리의 말처럼, 무언가를 함께 좋아할 수 있는 건 좋은 일인지도 모르겠다는 생각이 들었다. 내가 좋아하는 사람과 무언가를 함께 좋아할 수 있는 건 더욱더.

2012 DA14

넷플릭스 다큐멘터리 〈1pick: 새로운 세상의 중심으로〉에는 원픽이 콘서트를 준비하는 과정부터 콘서트 현장까지 생생하게 기록되어 있었다. 사실 나는 다큐멘터리를 보면서 두 번이나 울게 되었는데, 나조차도 내가 울었다는 사실을 믿을 수 없었다. 재호는 연습실에서 밤새 노래 연습을 하다가 갑자기 울어버렸다. 재호가 우는 이유를 알 수는 없었지만, 나는 그 모습을 보다가 울어버렸다. 재호가 너무 서글프게 울었기 때문일까. 나는 재호가 우는 모습을 처음 보았는데, 만약 다큐멘터리를 보지 않았더라면 아마 평생 재호가 우는 모습을 보지 못했을 것이다. 재호는 그렇게 혼자서 한참을 울다가 다시 연습을 시작했다. 메이크업을 하지 않은 재호의 얼굴은 피로해 보였다. 재호는 공연이 끝나면 연습실로 향했고, 대기실이나 이동하는 차 안에서 끼니를 때우거나 쪽잠을 잤다. 평소에는 늘 지쳐 있다가도, 무대에 오르면 언제나 밝은 모습을 보여줬다. "사실은 특별할 것도, 대단할 것도 없어요. 저는 그저 제 일을 할 뿐이에요. 꾸준히 음악 작업을 하고, 팬들에게 좋은 무대 보여드리기 위해 계속 노력하는 거죠. 그게 전부예요." 다큐멘터리 영상 속 재호는 담담하게 말했다. 콘서트 당일, 무대에 오른 원픽은 자신들이 준비한 모든 것을 팬들에게 보여주려고 했다. 콘서트의 마지막 무대에서 팬들은 야광봉을 흔들며 원픽의 노래를 따라 불렀고, 그 모습을 본 멤버들은 한 명씩 울기 시작했다. 그들이 울자 팬들도 함께 울기 시작했다. 눈물을 글썽거리며 야광봉을 흔들고 있는 팬의 얼굴. 클로즈업된 낯선 이의 얼굴을 보는 순간, 나는 다시 울어버렸다. 그러니까 나는 콘서트 현장에서 노래를 부르다가 울어버린 팬에게 완전히 감정이입한 것인데, 어떻게 그런 일이 가능할 수 있었는지 이해할 수 없었다. "여러분, 진심으로 감사합니다. 언제나 행복하시길 바랄게요. 또 만나요. 사랑해요." 다큐멘터리가 끝났을 때, 내 눈은 퉁퉁 부어 있었다. 내가 원래 이렇게 눈물이 많았나. 슬픈 영화를 보고도 운 적이 없었는데. 아버지 돈을 모조리 날렸을 때도 울지는 않았는데. 나는 내가 미쳤나 싶었지만, 어찌된 까닭인지 그렇게 한바탕 울고 나니 마음이 개운했다.

2018GD2

그런데 설마 내가 지금 덕질을 하고 있는 건가? 하루종일 윤일오에 대한 정보를 긁어모으다보니, 문득 그런 생각이 들었다. 아무래도 나는 본의 아니게 윤일오 팬으로 살아가고 있는 것 같았다. 물론 내가 윤일오를 진심으로 좋아하는 건 아니었지만. 절대로 그럴 리가 없었지만. 잠깐만, 설마 이게 사람들이 말하는 입덕 부정기? 이쯤 되니 나도 나를 잘 모르겠다 싶었지만, 그럼에도 부정할 수 없는 사실은 이 일에서 내가 즐거움을 느끼고 있었다는 거였다. 처음에는 인정하고 싶지 않았지만 말이다. 하루종일 유튜브로 원픽의 공연 영상을 보다보면 어느새 노래를 흥얼거리고 있었고, 노래를 흥얼거리다보면 나도 모르게 신이 나 어깨를 흔들고 있었다. 원픽이 출연한 예능을 보며 정신없이 웃다보면 근심 걱정이 사라졌다. 예리는 원픽을 좋아하게 된 후로 삶에 활력이 생겼다고 했다. 노래를 따라 부르기만 해도 세상이 변하는 것 같다고. 가사를 통해 큰 위로를 받는다고. 아무도 들어주지 않았던 말들이 세상에 울려퍼질 수 있도록 해준다고. 그렇게 말할 때, 예리는 진심으로 행복해 보였다. 나는 예리가 행복해하는 모습을 지켜보는 게 좋았고, 예리가 계속 그렇게 행복할 수 있기를 진심으로 바랐다. 내가 좋아하는 사람이 나를 좋아하길 바라는 게 아니라, 내가 좋아하는 사람이 행복하기를 바라는 마음. 그 마음이 무엇인지 이제는 알 수 있을 것 같았다.

2010TK7

JAXA의 하야부사 2호는 지구로부터 무려 삼억 사천만 킬로미터 떨어진 소행성 류구에서 시료를 채취한 뒤 지구로 귀환했다. 그리고 미국의 소행성 탐사선 오시리스-렉스도 마침내 목적지인 소행성 베누에 착륙해 시료를 채취하는 데 성공했다. 이제 오시리스-렉스는 생명의 기원을 밝혀줄 암석 표본을 싣고 지구로 돌아올 것이다.

누구도 이길 필요 없고 죽일 필요 없는
세상으로부터 왔어

Origin

우리가 빛났던 때

각자의 궤도를 따라 서로를 비춰*

2006QQ23

1961년 4월 소련은 보스토크 1호를 우주로 발사했다. 알려진 바와 같이, 그 안에는 이십대 청년 유리 가가린이 탑승해 있었고, 그는 그렇게 지구 밖에서 푸른 섬광을 목격한 첫번째 인류가 되었다. 그는 소련 젊은이들의 이상적인 모델이었다. 외모나 미소, 그가 가진 삶의 배경까지 모두. 목수의 아들이었던 그는 백팔 분간의 우주 비행을 통해 소련의 영웅으로 거듭났다. 파예할리. 우주로 떠나기 전, 목숨을 건 모험 앞에서 유리 가가린은 짧게 말했다. 그래, 가자.

2010AA2

고향으로 가는 길에 재호로부터 연락이 왔다. 김재호. 나는 아이폰 화면 위에 재호의 이름이 뜬 것을 보고, 재호가 윤일오가 된 후로 우리가 단 한 번도 만난 적이 없다는 사실을 깨달았다. 여보세요. 나는 전화를 받았고, 재호는 바로 답장을 하지 못해서 미안하다고 했다. 친척들이 너를 많이 보고 싶어해. 우리 아버지도 그렇

---

* 1pick, 〈Origin〉.

고. 나는 말했고, 재호는 이번 명절에도 못 가게 되어 미안하다고 했다. 뭐, 네가 미안할 일은 아니고. 그렇게 말하고 나니 이을 말이 없었다. 잘 지내지? 응, 잘 지내. 그렇게 말하고 나니 다시 할말이 없었다. 잠시 침묵이 이어지고. 어색해서 미쳐버리기 전에 전화를 끊어야겠다고 생각하는 찰나, 재호가 내게 물었다. 그런데 너 Y2K 좋아했었지? 재호가 그걸 어떻게 기억하고 있을까. 나는 재호가 아직도 그걸 기억하고 있다는 사실에 크게 놀랐지만, 놀라지 않은 척했다. 응, 맞아. 별걸 다 기억하고 있구나. 내 대답에 재호는 기뻐하며 이어 말했다. 너도 이미 아는지 모르겠지만, 이번에 지상파 방송에서 90년대 활동했던 가수들 다시 모여서 공연한다고 하더라고. 예전에 MBC에서 〈토토가〉를 했던 것처럼 말이야. 근데 내가 거기서 재근이 형이랑 같이 무대를 하게 되었거든. 재근이 형? 재호는 고재근을 친근하게 부르고 있었다. 마치, 친형을 부르듯. 재근과 재호. 이름마저도 친형제 같았다. 스케줄 확정되자마자 네 생각이 제일 먼저 나더라고. 어릴 때 네가 Y2K 노래 즐겨 불렀던 거 기억나. 사실 나도 Y2K 엄청 좋아했거든. 나도 너처럼 Y2K 노래 잘 부르고 싶다고 생각했어. 너는 몰랐겠지만. 그리고 집 주소 좀 알려줄래? 재호는 공연 티켓을 보내주겠다고 했다. 어쩌면 이 기회에 예리에게 모든 걸 솔직하게 말할 수 있지 않을까. 이제는 그럴 수 있지 않을까. 저기, 그럼 이왕이면 두 장 보내줄래? 내가 용기 내어 말하자, 재호는 웃으며 알겠다고 했다. 휴대폰 너머,

눈에 보이지 않는 세계 너머로부터 들려오는 재호의 목소리는 너무도 익숙한 것이었다. 내가 재호를 이렇게 가깝게 느꼈던 적이 또 있었나. 빠른 속도로, 창밖 풍경이 나를 지나쳐갔다.

2003SD220

1999년. 노스트라다무스의 예언이 어긋난 해, NASA는 소행성 베누를 발견했고, 나는 텔레비전 앞에서 Y2K의 노래를 따라 불렀다. 나는 이제 노래를 부르는 대신, 하루종일 차례상에 올라갈 전을 부치고 있었다. 전을 뒤집느라 손모가지가 쑤셔왔고, 기름 때문에 얼굴에 개기름이 끼는 것 같았다. 매년 명절마다 가족들은 평소보다 더 많은 음식을 먹기 위해 더 많은 음식을 만들어야만 했다. 어머니는 명절만 되면 과일값이 금값이라며, 이럴 바에 금을 사지 과일은 왜 사고 있느냐고, 계속 구시렁거렸다. 그래도 조상님들 드실 건데 좋은 걸로 해야지. 아휴, 아휴. 아버지가 어디 가서도 저런 소리를 할까봐 무서웠다. 우리집은 남녀평등을 추구해서 이렇게 남자들이 여자들을 돕고 얼마나 좋아. 아휴, 아휴. 아버지가 어디 가서도 저런 소리를 할까봐 무서웠다. 아버지가 무서운 소리를 계속 하는 동안, 올해 중학생이 되는 사촌동생은 소파에 앉아 유튜브를 보고 있었다. 근데 그거 원픽 노래 아니야? 나는 유튜브에서 흘러나오는 음악을 듣고 사촌동생에게 물었다. 응, 원픽이야. 누가 네 원픽인데. 나는 이설. 윤일오가 네 사촌오빠잖아. 오빠한테도 사촌형이잖아. 일오 오빠한테 이설이랑 통화하게 해달라고 해. 에이, 그럼 안 되지. 오빠, 나는 그런 팬 아니야. 뭐, 너 나름의 엄격한 기준이 있는 거야? 애들한테 자랑했어? 응, 했지. 근데 중학교 가면 비밀로 하려고. 왜? 인생이 귀찮아지더라고. 나는 사촌동생에게 사는 게 어떻게 귀찮아지느냐고 물어보려다가 말았다. 애, 진호야, 동태전 다 타겠다. 그런 걸 묻지 않아도, 이미 내 인생은 귀찮았기 때문이었다. 그나저나 진호가 새해에는 일을 시작할 수 있었으면 좋겠네. 조상님한테 좋은 자리 마련해달라고 기도하면서 뒤집어라. 나는 지금 죽도록 전을 부치고 있는데, 이건 일이 아닐까. 이건 정말로 일이 될 수 없는 걸까. 어우, 듣기 싫어. 여보, 좀 조용히 할 수 없어요? 아니면 밖에 좀 나가 있든지.

2016 HO3

이른 아침부터 깐 밤과 떡국에게 절을 하느라 피곤했는지, 나는 차례가 끝난 후 거실 소파에서 그대로 잠이 들어버렸다. 잠에서 깨어났을 때, 가족들은 거실에 옹기종기 모여 앉아 〈설 특집: 아이돌 스타 육상선수권대회〉를 시청하고 있었다. 텔레비전 화면 속에서 재호는 '윤일오'라는 이름을 가슴팍에 달고 달리고 있었다. 조금 더! 조금 더 빨리! 가족들은 이미 과거가 된 경기를, 그러니까 이미 녹화된 지 한참이 지난 영상을 보며 마음을 졸이고 있었다. 애, 진호야. 너 재호랑 연락은 했니. 재호는 어떻게 지내고 있다니. 아버지는 내게 물었는데, 텔레비전 화면 속에서 죽도록 달리는 재호를 보며 할 말은 아니라고 생각했다. 저기서 달리고 있잖아요. 나는 말하고 싶었지만, 그 말 대신.

저한테 공연 티켓도 보내주겠다고 했어요. 근데 이제 곧 월드투어 콘서트 시작되니까, 앞으로 한국에서는 못 만날 거예요. 재호 형, 참 성공했죠?

텔레비전 속 재호는, 아니, 일오는 결승선에 거의 다다르고 있었다. 가족들은 숨을 죽이고. 과연 대한민국에서 가장 빠른 스타는 누가 될 것인지! 중계자는 외치고. 윤일오는 죽도록 달리고. 또 달리고 달려서 끝내 그곳으로. 곧 결승선 너머로. 닐 암스트롱이 달 표면에 발자국을 찍었던 것처럼. 마침내 그애는 결승선 너머에 첫 번째로 발자국을 찍었다. 환호. 두 팔을 벌리고 하늘을 향해 환호하는 재호. 화면 속에서 환호하는 팬들과 내 눈앞에서 환호하는 가족들. 재호, 그러니까 일오는 카메라 쪽으로 다가와 밝게 웃으며 엄지를 들었다. 그애는 빛나는 텔레비전 화면 속에서, 그곳에서, 그 누구보다도 행복하게 잘 지내고 있는 것 같았다. 지금 이 순간에도 무인 탐사선들은 광활한 우주 어딘가에서 자신의 임무를 성실하게 수행하고 있을 것이며, 보이저호는 태양계를 벗어나 고독한 여정을 계속하고 있을 것이다. 나는 텔레비전 화면 앞에서 우주 어디쯤을 이름도 없이 떠돌고 있을 먼지와도 같이 작은 천체들을 상상하며, 상상할 수도 없을 만큼 크나큰 우주를 아득히 그려보았다. 멀리, 아주 멀리. 살아생전 내가 도달할 수 없는 곳에 이르고 싶었다. 나도 한 번쯤은, 그곳에.

출처 없음, 출처 없음

충격. 배우 신이정. 개인 소유의 농장. 화석. 십 년 만에 발견.

　신이정이 개인 소유의 농장에서 화석으로 발견되었다는 소식은 **믿기 힘든 일이었다.** 나는 기사 헤드라인을 보자마자 그의 어린 시절을 떠올리게 되었는데 그건 나만의 일이 아니었을 것이다. 신이정은 십오 년 전, KBS 대하드라마 〈사도〉에서 어린 사도세자 역할로 대중들에게 처음 얼굴을 알리기 시작했다. 당시 드라마의 인기와 더불어 연기력 또한 인정받은 신이정은 세간의 주목을 한몸에 받았다. 차기작들도 모두 성공적이었다. 그렇게 그는 배우로서의 커리어를 잘 쌓아가고 있었다. 그러나 이 모든 것이 한순간 무너져내린 건 2차 성징이 오면서부터였다. 갑작스럽게 찾아온 신체의 변화는 그 어떤 노력으로도 막을 수 없는 일이었다. 결국 그는 마의 16세를 넘기지 못하고 역변하면서 온갖 악성 댓글에 시달려야만 했다. 그 때문이었을까. 그는 17세가 되는 해, 돌연 모든 활동을 중단하고 캐나다로 유학을 떠나겠다고 발표했다. 그리고 그는 한순간 모든 미디어에서 자취를 감췄다.

역변의 아이콘 신이정 충격 근황.jpg

그가 세상에 다시 알려지게 된 건, 한 장의 사진 때문이었다. 클럽에서 반쯤 풀린 눈으로 담배를 피우는 모습이 온라인 커뮤니티에 유포된 것이었는데, 도대체 누가 어떤 이유로 사진을 유포했는지는 알 수 없었다. 어쨌거나 당시 이 사진은 큰 문제가 되었다. 그는 대중의 질타를 받았고, 질타는 무분별한 비난으로 이어졌다. 저 새끼 100% 약 했다. 미성년자가 돌았네. 캐나다 유학 가서 약쟁이 됐구나. 신이정은 약 배우러 간 거야? 캐나다 마약 합법이잖아. 대마초 말하는 거다. 사실 대마초보다 담배가 더 중독성 강함. 신이정 좋아했는데. 신이정 왜 저 지경이 됨? 정신 차려라 진짜. 곧이어 마약 의혹까지 불거지면서 그는 이미지에 큰 타격을 입었다. 그가 정말로 유학생활중 마약에 손을 댄 것인지 아닌지는 끝내 알 수 없었다. 그 논란이 어떻게 종식되었는지조차도. 이후 다시 그 어느

곳에서도 신이정의 소식을 들을 수 없었다. 어쨌든 그러한 일련의 사건들로, 내게 신이정은 그저 한때 잘나갔던 아역배우 정도로 기억되고 있었다. 그랬던 그가 개인 소유의 농장에서 화석으로 발견되었다니. 그런데 어쩌면 저건 하나의 은유일지도 몰라. 불현듯 그런 생각이 들었는데, 그건 아마 믿기 힘든 일을 믿기 위해 상상력을 동원했기 때문일지도 몰랐다. 은유적인 표현이 아니라면 그대로 받아들이기 힘든 문장이었으니까. 화석이 되었다는 건, 어린 나이에 이미 퇴물이 되어버린 배우, 또는 오랫동안 묻혀 있었던 배우에 대한 은유일 것이다. 그게 아니라면, 그것은 죽음에 대한 은유일 수도 있었다. 그가 자신의 처지를 비관하고 극단적인 선택을 했더라도 이상할 게 하나 없었으니까. 그가 화석이 되었다는 말은 내게 이러나저러나 은유로 읽혔다. 그러나 사실은 잘못 읽은 것이었다. [배우 신이정, 개인 소유의 농장에서 화석 발견] 다시 읽어보니, 신이정이 화석으로 발견되었다는 게 아니었다. 화석을 발견했다는 기사였다. 그런데 화석을 발견한 건 말이 되나?

· · · · · ·

2005년, 미국의 게임회사 (주)오리지널큐브는 메타버스 플랫폼 회사인 그라운드와 합병하며 사업 규모를 키워나갔다. 이후 〈뉴어스〉와 〈킹 오브 로드〉 등 다양한 게임을 출시해 성공을 거뒀지만 그중에서도 가장 대중적인 인기를 얻은 건 〈로맨틱 아일랜드〉였다. 이 게임은 아름다운 가상의 섬에서 온라인 친구들을 만나 함께 농사를 지으며 공동체를 형성해나갈 수 있도록 설계된 커뮤니케이션 게임이었다. 생동감 넘치는 그래픽 디자인으로 출시되자마자 화제가 되었는데, 특히 계절에 따라 변하는 자연 경관이 큰 볼거리였다. 유저들은 고해상도의 그래픽 경관에 완전히 매료되었다. 그건 현실에서는 볼 수 없는 아름다움이었다. 그들은 영원히 훼손되거나 파괴되지 않는 자연의 모습에서 위안을 얻었다. 하지만 이 게임이 인기를 끌 수 있었던 이유는 그뿐만이 아니었다. 게임에 가입하면 누구든 자신의 땅을 가질 수 있었기 때문이기도 했다. 유저들에게는 기본적으로 삼백 제곱미터의 땅이 부여되었다. 개인의 능력에 따라 땅을 매입하는 일도 가능했지만 그런 일은 거의 이뤄지지 않았다. 땅을 팔 수 있는 시스템이 구축되어 있지 않기 때문이다. 애초에 투기가 불가능했던 것인데, 한번 매입한 땅은 계정을 삭제하기 전까지는 처분할 수 없는데다가, 매달 고액의 세금까지 물어야 했기에 자칫 골칫거리가 될 수 있었다. 물론 더 많은 땅을 가지면 더 많은 작물을 생산할 수 있었고, 더 많은 작물을 팔아 더 많은 돈을 벌 수도 있었다. 그러나 결과적으로는 세금을 더 부담하는 꼴이 되었기 때문에 추가로 땅을 매입하는 건 바보 같은 짓이었다. 그러니까 다시 말해, 더 많은 땅을 소유하는 것이 오히려 손해가 되는 세상이었다. 미친듯이 폭등하는 집값과 내 집 하나 살 수 없는 현실에 진저리가 난 사람들은 로맨틱 아일랜드에서 새로운 희망을 찾으려고 했다.

나는 로맨틱 아일랜드가 출시되었던 해, 제1세대 유저가 되어 삼백 제곱미터의 땅에 감자를 심었다. 감자를 좋아했던 건 아니지만, 나의 취향과 별개로 게임 안에서 그것을 재배하는 일은 내게 큰 기쁨을 안겨주었다. 감자를 재배할 때의 가장 큰 묘미는 수확하기 전까지는 수확량을 정확히 파악할 수 없다는 데 있었다. 옥수수나 배추와 달리, 감자는 땅속에 묻혀 있었으므로 뽑기 전까지는 한 줄기에 몇 알이나 붙어 있는지 알 수 없었다. 나는 풍성하게 자란 잎사귀를 보며, 올해는 감자가 많이 달릴 것인지 아닌지를 헤아려보는 즐거움을 느끼곤 했다. 한편 과일을 키우는 유저들은 나무를 올려다보며 개수를 따졌으므로, 그들은 감자 키우기의 묘미를 절대로 이해하지 못할 것이다.

보통 유저들은 처음에 한 가지 작물을 키우다가, 시간이 지나면 구획을 나눠 다양한 것들—무, 배추, 고추, 고구마, 키위, 바나나, 청경채, 미나리 등등—을 키우기 시작했다. 그러나 나는 정말로 지독하게 감자만을 키웠다. 오직 감자만을. 오랫동안 한 가지 일에 종사한 사람들이 으레 그렇듯, 나는 자부심을 가지고 있었다.

이런 나와 마찬가지로, 오랫동안 한 가지 작물만을 집요하게 키워온 유저가 있었다. louis_xvi라는 아이디를 사용하는 유저였는데, 그는 내 땅으로부터 이 킬로미터 떨어진 곳에서 매년 황금튤립을 키우고 있었다. 적어도 내가 아는 한, 그보다 황금튤립을 잘 키울 수 있는 사람은 없었다.

사실 황금튤립은 모두가 기피하는 작물이었다. 키우는 데 손이 많이 가기 때문이었다. 황금튤립을 키우기 위해서는 일 년 내내 적절한 온도와 습도를 유지해주고, 매일 영양분을 채워줘야만 했다. 그건 현실에서의 삶을 어느 정도 포기해야만 가능한 일이었다. 매일 일정 시간 게임에 접속해 있어야 했으니까. 그뿐만이 아니었다. 황금튤립 한 송이를 키우기 위해서는 적어도 오십 제곱미터의 땅이 필요했다. 유저 한 명에게 주어진 땅의 면적은 삼백 제곱미터, 그러니까 유저 한 명이 자신의 땅에서 키울 수 있는 황금튤립의 개수는 고작 여섯 송이에 불과했던 것이다. 여섯 송이 모두 살아남을 가능성도 매우 희박했고, 자칫 단 한 송이도 살아남지 못할 수도 있었다.

그럼에도 불구하고, 유저들이 황금튤립을 키우는 이유는 돈이 되기 때문이었다. 황금튤립 한 송이의 가격은 삼백 제곱미터에서 재배되는 감자의 가격과 맞먹었다. 그러나 게임에서 돈을 아무리 많이 번다고 해도 그게 다 무슨 소용이란 말인가. 물론 돈을 벌면 농기구를 구매할 수도 있고 아바타를 꾸밀 옷과 신발을 살 수도 있었다. 돈을 더 많이 벌면 다른 유저를 고용하여 농장을 운영할 수도 있었다. 다른 유저가 농장 일을 하는 동안 산책을 즐기거나 여행을 떠나 더 넓은 세상을 볼 수도 있었다. 더이상 노동에 묶이지 않아도 되었다는 말이다. 그러나 louis_xvi는 다른 유저를 고용할 수 있을 만큼 돈을 모았음에도 불구하고 매년 손수 황금튤립을 키웠다. 그는 수확의 기쁨을 아는 사람이었다.

· · · · · ·

올해만 벌써 일곱번째였다. 이번에도 역시나 허탕을 칠 것이 분명했으나, 그럼에도 불구하고 혹시나 하는 마음으로 소개팅 후기를 검색하고 있는 내 꼴이 처량했다. 벌써 연말이 되었으니 올해는 이번이 마지막이겠지. 한숨이 절로 나왔다. [이것만 알면 소개팅 무조건 성공] [소개팅 100% 성공하는 법] [소개팅 백전백승] [소개팅 실패 원인 분석해드림] [절대로 실패하지 않는 소개팅] [소개팅 승률 100%] [소개팅 실패, 원인을 알아야 답이 보인다] [소개팅의 정석] [소개팅 완전 정복] [애프터 120% 성공하는 스타일] [소개팅 반드시 성공하는/실패하는 유형] 등등. 유튜브 콘텐츠의 섬네일을 보고 있으면 마치 소개팅에 나가는 게 아니라 전쟁터에 나가는 것만 같았다. 성공과 실패. 승리와 패배. 어디 싸우러 가나. 현호는 나를 보고, 그런 건 연애 못하는 애들이나 들여다보고 있는 거라고 말했다. 화가 났지만 사실 틀린 말도 아니었다. 그래, 맞아. 그런데 나 같은 사람도 있어야 유튜버들이 조회수도 올리고 돈도 벌고 하는 거 아니겠어? 한편 현호는 정오가 넘도록 침대에 누워 게임을 하고 있었다. 그런데 너 또 그거 하냐? 폐인 새끼. 현호는 휴대폰을 손에 든 채 히죽거리며 웃었다. 폐인 새끼라니. 나 영 앤 리치야. 슈퍼감자 리치라고. 현호는 농장을 가지고 있었다. 적어도 게임상에서는. 현호는 거의 미친 새끼처럼 몇 년간 감자만을 키웠는데, 정작 현실에서는 자신의 인성도 키우지 못하는 새끼였다. 나는 현호가 왜 이렇게 감자에만 집착하는지 알 수 없었다. 아, 저 감자같이 생긴 게 무슨 연애를 하지. 억울해 죽겠네. 나를 더 억울하게 만든 것은 현호에게 애인이 둘이나 있다는 것이었다. 한 명은 현실에, 한 명은 게임 속에. 게임 속에서 사귀는 걸 사귄다고 말할 수 있을지 모르겠지만, 그의 말에 따르면 그는 게임 속에서 꽤 진지한 연애를 하고 있었다. 나로서는 별로 인정하고 싶지 않았지만 말이다.

게임 속 현호의 애인은 황금튤립 농장을 운영하고 있었다. 나이도 성별도 국적도 모르지만 서로 통하는 점이 많다고 했다. 오직 한 가지 작물에만 애정을 다 쏟아본 사람들은 알아. 서로 느낌이 오지. 나는 그에게 그건 네가 할 소리가 못 된다고 말했다. 너는 한 가지 작물에만 애정을 쏟으면서 정작 연애에 있어서는 그러지 못하잖아, 존나 모순적인 새끼야. 말이 앞뒤가 맞아야지. 그러나 그가 하는 게임 속 세상은 온통 말이 안 되는 것들뿐이었다. 계정만 만들면 누구에게든 땅이 부여되었으니까. 원한다면 언제든 성별과 인종을 바꿀 수도 있었다. 그 누구도 나이들지 않는 세계셨으니 병마와 싸우지 않아도 되었고, 죽음을 두려워할 필요도 없었다. 그래서인지 이미 죽은 사람들도 그 세계에서 계속 목숨을 이어나가고 있는 것 같았다. 현호의 애인만 봐도 그랬다. 무슨 닉네임이 루이 16세야. 그럼 너 지금 루이 16세를 사귀고 있는 거야? 그것도 무려 황금튤립 농장을 운영하는? 현호는 으스대는 표정을, 그러니까 뭔가 밥맛 떨어지는 표정을 지어 보이며 답했다. 그렇지, 내가 마리 앙투아네트인 셈이지. 나는 그에게 마리 앙투아네트가 어떻게 죽었는지 알고나 그러는 거냐고 물었고, 현호는 그건 자기가 알 바가 아니라고 했다. 어차피 여기선 죽을 일 없어. [소개팅 완전 정복] 섬네일을 누르자, 유튜브 광고가 시작되었다. [15초 후 Skip]

· · · · · ·

아, 그런데 우리가 이렇게까지 열심히 해야 하나? 정말 기획이 중요해? 어떤 광고를 기획하는지는 하나도 중요하지 않아. 우리가 무엇을 기획하든, 어차피 광고주는 늘 최악을 고르니까. 야근에 지친 아름님은 고카페인 음료를 마시다 말고 말했다. 오우, 아름님. 방금 되게 광고 같았어요. 그 말을 그대로 카피로 옮길 수는 없나. 아, 진짜 너무 공감이 되고 내 마음을 울리네. 가끔 이렇게 새벽까지 회사에 처박혀 아이디어 회의를 할 때면 마음이 헛헛해지고는 했다. 아름님 말이 다 맞았다. 우리가 아무리 열심히 머리를 쥐어짜내도, 광고주 마음에 들지 않으면 끝장인 것이다. 우리의 모든 노력은 수포로 돌아갔다. 우리는 수포로 돌아갈 일들을 위해 자주 밤을 샜다. 계속 밤을 새기 위해 고카페인 음료를 마셨는데 너무 많은 카페인을 마셔서 이제는 그만 마셔도 될 것 같았지만, 어쩐 일인지 그걸 알면서도 계속 마시게 되었다. 중독. 그래, 우리는 아마 중독된 것 같았다. 밤을 새는 일과 거절당하는 일에. 우리는 모두 알고 있었다. 가장 좋은 광고는 광고주 마음에 들지 않는 광고, 즉 영원히 만들어질 수 없는 광고라는 사실을 말이다.

· · · · · ·

나는 내 얼굴이 또다시 세상에 알려지게 되는 것을 원치 않았지만 상황이 이렇게 된 이상 어쩔 수가 없었다. 더군다나 이런 식이라니. 내가 로맨틱 아일랜드의 유저라는 사실이 알려진 것은 얼떨결에 벌어진 일이었다. 이 게임이 출시되었을 당시 나는 인생에서 가장 끔찍한 시기를 보내고 있었다. 그래서 이 게임에 더욱 각별한 감정을 가질 수밖에 없었을 것이다. 연기활동을 그만둔 후, 나는 거의 방안에 처박혀 게임만 했다. 공식적으로는 캐나다 유학생활 중이었지만 실제로는 캐나다에 가지 못했다.

캐나다 유학을 가려고 했던 건 사실이었다. 더이상 연기활동을 할 수 없을 거라는 판단이 들어, 나는 그대로 한국을 떠날 계획이었다. 이미 얼굴이 알려진 이상 평범하게 학교생활을 하는 것이 불가능했다. 다행히 부모님도 나와 같은 생각이었기에 내게 조금 더 버텨야 한다는 식의 따분한 조언은 하지 않았다.

수많은 나라 중에 캐나다를 선택한 건 삼촌이 캐나다에 살고 있었기 때문이다. 삼촌은 유학에 대해 내게 실질적인 조언을 해줄 수 있는 유일한 사람이었다. 나는 대학교를 졸업할 때까지 삼촌과 함께 살 예정이었는데, 유학을 가기 직전 삼촌이 운영하던 회사가 재정적 문제로 문을 닫게 되어 모든 계획이 무산되어버렸다. 그때는 이미 내가 캐나다로 유학을 떠났다고 보도된 이후라서, 가지 못하게 되었다고 번복하기에는 이미 늦어버린 상황이었다. 더군다나 나는 그런 식으로 또다시 세간의 주목을 받는 것을 원하지 않았다. 그래, 캐나다에 있다고 하자. 차라리 그게 나을지도 몰라. 나는 그렇게라도 사람들의 기억 속에서 사라지고 싶었다. 그러나 주목받는 일과 마찬가지로, 잊히는 일 또한 내 마음대로 되는 게 아니었다. 나는 오보를 통해 다시 세상에 알려지게 되었다. 그것도 마약 투여 의혹을 받으며. 그때 내 나이는 열아홉 살에 불과했다. 논란이 된 사진은 내가 활동 중단 선언을 하기 전, 마지막으로 참여한 영화의 촬영장에서 찍힌 것이었다. 정확히 언제 누가 찍었는지까지는 알 수 없었지만, 사진 속 술도 담배도 모두 그날의 촬영을 위해 준비된 것들이었다. 나는 그날의 일을 상세히 떠올릴 수 있다. 그날 나는 촬영을 위해 이른 아침 매니저와 함께 이태원 클럽에 갔다. 대사는 두 마디가 다였다. 나는 몰라. 지랄하지 마, 개새끼야. 그리고 어른들에게 구타를 당하다가 끌려나간다. 촬영장 분위기는 좋았다. 열연을 했지만 그 씬은 편집 과정에서 모두 삭제되었다. 청소년이 어른들 무리에 구타당하는 장면이 너무 사실적으로 묘사되어 자칫 관객들에게 불쾌감을 줄 수 있다는 이유였다. 감독은 다음에 좋은 작품을 함께하자는 말로 나를 위로했다. 어찌되었건 나는 그렇게 영화 속에서 사라지게 되었지만, 그날 누군가에 의해 찍힌 사진은 세상 사람들에게 널리 퍼지게 되었다. 어쩌면 그날 나는 영화가 아니라, 오보에 실릴 사진을 찍으러 거기 갔던 걸지도. 인생은 참 기이한 방식으로 흘러간다.

일련의 사건들로 인해 나는 더욱더 게임에 열중할 수밖에 없었다. 얼굴과 성별과 인종을 바꿀 수 있는 곳은 그곳뿐이었으니까. 그곳은 그 어떤 논란도 생성되지 않는 곳이었다. 그저 정직하게 해가 뜨고 지는 곳. 그렇게 하루가 지나고, 하루가 지나면서 계절이 바뀌는 곳. 계절의 흐름에 따라 변하는 풍경을 질릴 때까지 바라볼 수 있는 곳이었다. 나는 그곳에서 키우기 가장 어렵다는 황금튤립을 키웠다. 새롭게 친구도 사귈 수 있었고 연애도 할 수 있었다. 이따금 나는 로맨틱 아일랜드에서의 삶이 나의 진짜 삶일지도 모른다는 생각을 하기도 했다. 적어도 그 열매를 발견하기 전까지는.

· · · · · ·

저 새끼 게임에서도 연애해요. 양다리야, 양다리. 또라이 새끼. 너의 룸메이트는 나를 볼 때마다 네가 튤립 농장주와 바람을 피우고 있으니 조심하라며 놀리듯 말했다. 나는 그 말에 몇 번 웃다가 말았다. 처음에는 농담으로 들렸던 그 말이 점점 불쾌하게 느껴졌기 때문이다. 나는 싫은 내색을 비쳤으나, 그럼에도 불구하고 너의 룸메이트는 계속해서 내게 농담을 던졌다. 왜 자꾸 그런 농담을 하는지 이해할 수 없었는데, 그 때문인지는 몰라도 나는 자꾸만 현실에 존재하지 않는 그 튤립 농장을 상상하게 되었다. 나도 한 번쯤 그 농장을 보고 싶었다. 그곳에 가보고 싶었다. 어쩌면 나는 그 농장에서 튤립을 키우고 있는 너의 또다른 애인을 보고 싶었는지도 모르겠다. 헛웃음이 나왔다. 이런 생각을 하고 있는 게 바보 같다고 생각하면서도, 멈출 수가 없었다.

나는 로맨틱 아일랜드의 유저가 되어보기로 했다.

유저가 되기 위해서는 땅에 무엇을 키울지 먼저 결정해야 했다. 나는 마늘과 튤립을 동시에 키우고 싶었지만 처음에는 무조건 하나의 작물만을 취급할 수 있었다. 가이드에 따르면 작물을 열심히 재배하면 나중에는 더 다양한 작물을 키울 수 있다고 했다. 게임 안에는 총 삼백팔십 종의 작물이 존재한다고 하는데, 언젠가 그 모든 작물을 한 번씩 다 키워보고 싶었다.

[중복 선택할 수 없습니다.] 고민 끝에 나는 튤립을 키우기로 마음먹었다. 너의 또다른 애인이 황금튤립을 키우고 있었기 때문이었다.

  [튤립 품종을 선택하시오.] 튤립의 종류는 총 세 가지였다. 분홍튤립, 검은튤립, 황금튤립. 그중 실제로 존재하는 튤립은 분홍튤립뿐이었다. 내가 오래도록 아무것도 선택하지 못하자 하단에 새로운 창이 떴다.

[도움이 필요하시나요?]

▶

  창을 클릭하면 게임을 플레이하는 데 필요한 정보들을 더 많이 얻을 수 있었다. 원한다면 튤립에 대한 정보도 더 상세히 얻을 수 있었다. 개화와 수확 시기, 모종을 심는 방법부터 키우는 방법까지. 나는 땅의 위치와 기후 조건에 따라 토양을 관리하는 방법도 달라진다는 것을 알게 되었다.

  모든 조건을 따져본 후 나는 검은튤립을 선택했다. 검은튤립은 손이 가장 덜 가는 품종이었지만 단가가 낮다는 단점이 있었다. 더군다나 황금튤립과 마찬가지로 여섯 송이밖에 키울 수 없었다. 단가도 낮은데다가 많이 키울 수도 없으니 검은튤립을 키우는 것은 무모한 일이었다. 검은튤립을 키우기 위해서는 채굴이나 사냥을 해서 따로 돈을 더 벌어야만 했다. 그럼에도 불구하고 검은튤립이 매혹적이었던 까닭은 변이된다는 점이었다. 검은튤립을 가꾸다보면 변이된 품종을 얻을 수 있다고 했다. 변이된 품종은 시장뿐만 아니라, 연구소나 미술관에 판매할 수도 있었다. 그것도 아주 높은 가격으로. 그러니까 다시 말해 한 방을 노릴 수 있었다. 자칫 파산할 수도 있었지만 어차피 호기심으로 시작한 게임이었으니 상관없었다. 계정은 언제든 다시 만들 수 있었으니까.

[로맨틱 아일랜드에서 새로운 삶이 시작되었습니다.] 검은튤립을 선택하자, 경쾌한 음악과 함께 게임이 시작되었다. 검은튤립은 구근의 형태로 배당되었다. 나는 내 땅에 구덩이를 파고 그것을 심었다.

· · · · · ·

원래 튤립은 터키의 척박한 고산 초원지대에서 번성했던 꽃이었다. 날씨가 춥고 건조한 지대에서 자라던 꽃인 만큼, 튤립은 열악한 환경에서도 오랜 시간 살아남을 수 있는 방식으로 진화해왔다. 특히 어떻게 꽃가루를 옮겨 번식할지가 가장 중요한 문제였다. 튤립은 강한 바람에 꺾이지 않도록 자신의 뿌리와 줄기를 더 두껍고 튼튼하게 만들어야 했다. 또 벌의 눈에 잘 띄도록 강렬한 색을 가져야만 했다. 그리고 튤립은 벌이 꽃가루를 옮기는 동안 바람에 날아가거나 얼어죽지 않도록 꽃봉오리를 동그랗게 오므려 온도를 높이기도 했다. 벌을 유혹해야만 꽃가루를 옮겨 번식할 수 있었기 때문이다.

16세기 후반, 튤립은 터키의 고산 초원지대에서 유럽 전역으로 옮겨졌다. 유럽인들은 튤립이 가진 부드러운 곡선의 형태와 화려한 색감에 매료되었다. 귀족과 부유층은 그 아름다움을 즐기기 위해 집 앞 정원에 튤립을 심었다. 당시 튤립은 알뿌리 상태로 거래되었으므로 어떤 색깔의 꽃이 피는지 알기 위해서는 인내가 필요했다. 그러나 그들은 그 시간을 사랑했다. 그들은 자신들이 곧 마주하게 될 아름다움, 그 미지의 기쁨을 위해 돈을 아끼지 않았다.

[Semper Augustus(Unknown Artists)]

17세기에는 흰색과 붉은색의 독특한 무늬를 가진 튤립이 등장했는데, 사실 이 튤립은 변이종이었다. 어느 날 튤립 모종에 침투한 바이러스로 그런 아름다운 무늬가 만들어졌던 것이다. 색소 형성이 억제된 탓에 생긴 하얀 줄무늬는 얼핏 찢긴 종이의 단면과 닮아 있었다. 그 튤립은 아름다웠지만 안타깝게도 바이러스에 감염되면서 생식 기능이 떨어졌기에 번식에 어려움을 겪을 수밖에 없었다. 그에 따라 희소가치가 높아지면서 가격이 폭등했다. 그러자 튤립은 투기의 대상이 되었다.

모순적이게도, 그때부터는 더이상 튤립이 필요하지 않았다. 아름다움을 느끼기 위해 그것을 사고파는 게 아니었으므로, 계약서 몇 장으로도 거래가 성사될 수 있었다. 거래를 위해 직접 튤립 모종을 가져갈 필요가 없었다는 말이다. 어느 순간부터 사람들은 자신들이 사고파는 것이 무엇인지 알지 못했다. 사실 그들이 사고파는 것은 꽃도 아름다움도 아니었다. 그들은 욕망만을 사고팔 뿐이었다. 그들이 사고파는 것에는 실체가 없었다.

· · · · · ·

(주)오리지널큐브는 게임을 처음 설계할 때부터 로맨틱 아일랜드 땅속에 '열매' 천 개를 심어두었다. 알려진 바에 의하면 열매 한 개당 두 개에서 여덟 개의 종자가 담겨 있으니, 섬 안에 대략 이천

개 이상의 씨앗이 뿌려진 셈이었다. 그러나 로맨틱 아일랜드의 전체 유저가 일억 오천만 명이었으니, 그리 많은 양도 아니었다. 더군다나 열매는 디지털 화석 상태로 땅속에 묻힌 채, 십여 년간 한 번도 발견되지 않았다고 한다. 그래서 사실상 유저들은 그 열매의 존재를 전설로만 받아들이고 있었다. 게임의 세계관을 구축하기 위해 만들어진 전설이라고. 마치 에덴동산의 선악과처럼. 아니, 쉽게 말해 만화 『원피스』에서의 원피스 같은 거라고. 모든 국가에는 건국신화가 있듯, 모든 세계에는 오래된 이야기가 있었다. 이야기는 세계를 가능하게 만들어주는 하나의 체계였다.

그런데 전설로만 존재하는 줄 알았던 그 열매, 그러니까 디지털 화석 상태로 남은 그 열매가 정말로 존재했던 것이다. 그것은 황금 튤립 농장을 운영하던 한 유저에 의해 최초로 발견되었는데, 그보다 흥미를 이끈 것은 그 유저가 한국인이라는 사실이었다. 온라인 게임 커뮤니티에서는 이 일을 두고 말이 많았다. 열매 화석을 발견한 유저에게는 상금이 지급된다는 소문이 돌기 시작했다. **달러로 받는 거야? 상금 얼마임? 게임회사니까 돈 엄청 많겠지? 와, 부럽다. 갑자기 부자 되면 망한다. 누군지 알고 싶다. 그걸 왜 알고 싶어. 구걸하려고? 돈 받으면 기부해라. 게임해서 번 돈인데. 게임하다가 팔자가 폈네.** (주)오리지널큐브는 신변 보호를 위해 최초 발견자의 신상정보를 공개할 수 없다고 발표했으나 누리꾼들은 기어코 그가 누구인지를 찾아내고야 말았다.

· · · · · ·

내가 모 언론사의 자회사에 취직했을 때 부모님은 나를 무척 자랑스러워하셨다. 부모님의 기억 속에 기자는 자랑할 만한 직업이었으나, 실상 내가 하는 일은 그렇지 못했다. 직접 취재하고 기사를 쓰는 기자들은 따로 있었다. 나는 주로 그들이 쓴 기사를 베끼거나 인용하여 온라인 기사로 새롭게 다시 썼다. 내가 나태했기 때문이 아니다. 현장 취재나 사실 검증은 애초에 내게 주어진 일이 아니었다. 다시 말해 나는 기사를 쓰는 게 아니라 기사의 조회수를 올리는 일을 하고 있는 셈이었는데, 이렇게까지 하는 이유는 결국 다 돈 때문이었다. 내가 일하는 언론사는 대기업에서 지불하는 광고료 없이는 회사를 유지하기 어려운 상황에 봉착해 있었다. 그러니 광고 수익을 위해 조회수에 목숨을 걸 수밖에 없었고 압박은 기자들에게 고스란히 전해졌다. 특히 나와 같이 입사한 지 얼마 안 된 사람들에게는 더욱더.

내가 하루에 써야 하는 기사의 할당량은 정해져 있었다. 그래서 이따금 정말로 옮기고 싶지 않은 기사를 업로드해야 할 때도 있었다. 나는 매일 끊임없이 충격적인 사건을 찾기 위해 온갖 온라인 커뮤니티를 들락거렸다. 트위터, 인스타그램, 디시인사이드 갤러리, 보배드림, 네이트판 등등. 누군가 써놓은 자극적인 기사를 찾

아나서기도 했다. 아찔, 섹시, 노출, 미친, 충격과 같은 단어가 들어
간 기사들을. 이슈가 될 만한 사건이 없다면 이슈가 될 만한 문장
을 써야 했다. 별것도 아닌 일을 별것처럼 포장해서.

어차피 평생 할 일도 아니잖아. 그렇게 생각하면 마음이 조금
나아졌다. 이 일을 하기 전에는 온 세상이 매일 충격적인 사건 사
고로 가득하다고 생각했다. 그러나 막상 컴퓨터 앞에 앉아 기사를
쓰는 입장이 되니 생각보다 세상은 평온하게 유지되고 있는 것만
같았다. 사는 게 지루해질 만큼. 그러나 그건 내 착각일 것이다. 단
지 내가 하루종일 충격적인 사건과 사고, 자극적인 이야기들만 쫓
고 있었기 때문일 것이다. 그저 얼른 이 모든 일을 끝내고 퇴근하
고 싶었다. 퇴근 이후에는 친구들과의 약속이 잡혀 있었다. 늘 친
구들과 술이나 한잔하면서 시시한 이야기들을 나누고만 싶었다.

· · · · · ·

우리가 저녁식사를 끝내고 술집으로 자리를 옮겼을 때까지도
수영은 퇴근하지 못한 상태였다. 수영이 오늘 못 오겠는데. 아니
야, 올 거야. 걔 술자리 절대 안 빠져. 나는 수영에게 카톡으로 술
집 위치를 찍어 보낸 후 너와 둘이 시간을 보냈다. 늘 그렇듯 우리
가 하는 대화들은 죄다 쓸데없는 것들이었다. 그러나 오늘 너는 내
게 중요한 이야기를 하려는 듯 진지한 태도를 보였는데, 막상 들어

보니 역시나 별것도 아닌 이야기였다.

　최근에 소개팅을 했는데 일이 아주 귀찮게 되었다고 했다. 나도 마음에 들었어. 아니, 나쁘지 않았어. 이후에도 몇 번 더 만났고. 너는 거기까지만 말하고 더이상 말을 하지 않았다. 뭐야, 지금 나한테 자랑하는 거냐? 아니, 그게 아니라. 너는 또다시 말끝을 흐리며 고개를 저었다. 그럼 도대체 뭐가 문제야. 소개팅을 했다? 이후에 몇 번 더 만났다? 그런데 뭐가 문제냐고. 너는 맥주로 목을 축인 뒤 다시 입을 뗐다. 나도 잘 모르겠다는 말이지. 만나면 만날수록 내 취향은 아닌 것 같아. 나는 네가 이렇게 궁상을 떠는 이유를 이해할 수 없었다. 그래, 그럴 수 있지. 네 취향이 아닐 수 있지. 그런데 아마 너도 그분 취향은 아닐 거야. 그러니까 꼴값 떨지 말라고. 너도 이제 나이가 있는데, 이런 너를 지켜보는 친구의 마음도 헤아려야 되지 않겠니? 응? 나는 그렇게 말하고는 맥주를 더 시켰다. 맥주를 다 마신 후에는 소주를 시켰다. 소주를 또 시켰다. 여기 안주가 괜찮네. 저기 메뉴판 옆에 봐봐. 소주 세 병 이상 주문하면 깐풍기가 공짜라는데? 시켜, 시키자. 왠지 상술에 걸려든 것 같았지만 상관없었다. 상술이 아닌 게 없었으니까. 그냥 속고, 즐거우면 그만이었다. 그렇다고 늘 즐거웠던 것은 아니지만.

　깐풍기는 테이블 위에서 차갑게 식어가고 있었다. 우리는 소주를 마시며 쓸데없는 말들을 이어갔다. 직장에 대한 푸념, 말해봤자 해결되지 않을 일들. 그것도 아니라면 나와 아무런 관계 없는 연예인 사생활 이야기. 언제 어디서 봤는지도 기억나지 않는 가십들을 훑으며 시간을 보냈다. 시간이 얼마나 흘렀을까. 우리는 점점 술에 취해갔고 할말도 떨어져가고 있었다. 더이상의 가십이 떠오르지 않았다. 야, 열한시까지 수영이 안 오면 그냥 가자. 우리 오늘 많이 마셨어. 내가 말하자, 너는 갑자기 묻지도 않은 소개팅 이야기를 다시 꺼냈다. 아씨, 그 얘기를 왜 또 꺼내는 거야. 내가 짜증을 내자, 너는 제발 부탁이니 자기가 하는 말을 한 번만이라도 진지하게 들어달라고 했다. 진짜야. 나 지금 완전 곤란하다고. 그 사람 나한테 관심이 있는 것 같다니까. 근데 진짜 내 취향이 아니거든? 나는 그럼 연락을 끊으라고 했다. 어차피 사귈 거 아니면 빨리 관계를 정리하라고 했다. 진심어린 조언이었다. 하, 그런데 말이야. 너는 말끝을 흐린 뒤, 이어 말했다. 상처 주기가 싫어. 나는 한숨이 절로 나왔다. 당장 집에 가고 싶었다. 이 꼴을 보고 있느니, 얼른 집에 가서 잠이나 자는 게 나을 것 같았다. 너는 그저 변명을 하고 있을 뿐이었다. 술에 취했어도 그 정도는 알 수 있었다. 야, 네가 그 사람한테 관심이 있네. 그러니까 아까부터 계속 그 얘기만 하지. 그거 네가 관심이 있다는 거야. 상처 주기 싫은 게 아니라 상처받기 싫어서 그런 거라고.

· · · · · ·

오늘은 그로부터 연락이 없었다. 그렇다고 내가 먼저 연락을 할 생각은 없었지만, 이상하게도 자꾸만 휴대폰을 들여다보게 되었다. 술을 마시는 사이 진눈깨비라도 내렸는지 아스팔트 바닥이 축축하게 젖어 있었다. 바닥이 미끄러워 몇 번이고 넘어질 뻔했는데, 어쩌면 술에 취한 탓인지도 몰랐다. 그런데 나는 길을 잃은 걸까. 분명 지하철역으로 향하고 있었는데, 나는 지금 어디에 있는 걸까. 고개를 돌려 주위를 살펴보았지만 여기가 어디인지 도통 알 수가 없었다. 눈앞에는 번쩍거리는 간판들뿐이었고, 여기저기서 들려오는 음악소리에 귀가 따가웠다. 머리통이 울렸다. 아, 아. 나는 숨을 내쉬었다. 아, 시발. 괜히 욕이 나왔고, 나도 모르게 주머니에 손이 갔다. 주머니에서 담배를 꺼내 입에 물었다. 그런데 정말로 친구의 말이 맞는 걸까. 아까 술자리에서 들은 말이 떠올랐다. 정말로 내가 그 사람에게 관심이 있는 걸까. 아무리 생각해도 그건 아닌 것 같았지만, 아닌 것 같았지만, 아닌 것 같았지만, 자꾸만 그 사람이 생각나는 건 부정할 수 없었다. 왜 이러지. 그 사람이 나한테 호감을 표현해서 그런가? 그러다가 갑자기 내게 연락을 하지 않아서? 정말 그런가? 아니다. 나는 누가 나에게 호감을 표현한다고 해서 호감을 느끼는 부류가 아니었다. 나는 지금껏 내게 호감을 표했지만 끝내 호감이 생기지 않았던, 그렇게 나를 스쳐지나간 몇몇 인연들을 떠올려보았다.

소개팅 이후 이렇게까지 마음이 복잡해진 적은 처음이었다. 보통은 소개팅 당일에 바로 더 만나볼지 말지를 결정할 수 있었다. 물론 더 만나보고 싶었지만 나를 원하지 않았던 상대들도 있었다. 마음이 아프진 않았다. 어차피 이 나이에 하는 소개팅은 다 그런 거였으니까. 아니다 싶으면 차라리 빠르게 끝내는 게 나았다. 조건에 맞는 사람을 만나기를, 마음에 드는 사람을 만나기를 빌어주면 그만이었다. 그만이었다. 이제 그만, 정신을 차리고 역으로 가야겠다고 생각했다. 아직 불을 붙이지 않은 담배가 내 입에 물려 있었다. 나는 라이터를 찾으려고 바지 주머니를 뒤적거렸다. 그때 누군가 내게 말을 걸었다. 호객꾼인 것 같았다. 아마 그랬을 것이다. 음악소리가 너무 커 그가 내게 뭐라고 말했는지는 잘 모르겠다. 그가 하는 말이 하나도 귀에 들어오지 않았는데, 어쩌면 술에 취한 탓인지도 몰랐다. 나는 이곳을 빠져나가고 싶어져 그의 손길을 뿌리치고 빠르게 걸었다. 종종걸음으로. 미끄러운 아스팔트 거리를 종종걸음으로. 그러다가 전선에 걸려 넘어졌는데, 넘어졌는데, 넘어졌는데 비명소리가 들렸다. 잠시 눈앞이 흐려졌고. 사람들이 웅성거리기 시작했다. 아이, 시발. 통증은 느껴지지 않았지만 몸이 움직이지 않았다. 이상한 일이었다. 아, 아. 나도 모르게 신음이 터져나왔는데, 누군가 내게 다가와 몸을 바로 누일 수 있도록 도와주었다.

아, 아. 시간이 지나자, 잠시 흐릿했던 시야에 초점이 맞춰지기 시작했다. 컴컴한 밤하늘, 그 아래 형형색색으로 빛나는 간판들.

그리고 사람 모양의 에어간판이 내 시야 안으로 들어왔다가 나갔다. 다시, 들어왔다가 나갔다. 반복되었다. 저걸 스카이댄스라고 불렀던가. 어쨌든 그것은 밝게 웃는 얼굴로 계속해서 팔을 휘젓고 있었다. 여기 좀 보라는 듯이. 제발 좀 보라는 듯이. 나는 그것을 별로 보고 싶지 않았으나 보고 있을 수밖에 없었다. 몸이 움직이지 않았으므로, 보고 싶지 않아도 계속 보게 되었다.

. . . . . .

[마약 의혹, 신이정 이번에는 수확의 기쁨…] [대마초 의혹 신이정, 이번에는 씨앗?] [신이정, 마약 중독 NO… 게임 중독?] [신이정, 힘들었던 시간 게임으로 이겨내] [신이정, 마약 파문은 지우고 싶은 기억] [아역배우 신이정, 농장주 되다?] [신이정, 개인 소유 농장에서 발견한 이것 알고 보니?] [배우 신이정, 개인 소유의 농장에서 화석 발견] 나는 로맨틱 아일랜드가 그리울 때마다 지난 기사들을 훑어보곤 했다.

신이정이 세계 최초로 열매 화석을 발견했을 때 그 열매에 대해 자세히 알고 있는 사람은 거의 없었다. 그렇기 때문에 뜬소문들이 퍼졌던 것이다. 열매 화석을 발견한 유저에게는 엄청난 액수의 돈이 지급된다는 이야기, 어쩌면 그건 사람들의 바람이었는지도 모른다. 게임을 하다가 하루아침에 팔자를 고칠 수 있다면 얼마나 좋겠는가. 그보다 꿈같은 이야기가 어디 있겠는가. 신이정의 소식이 알려진 후 사람들은 너도나도 로맨틱 아일랜드의 땅을 파헤치기 시작했다. 그들 중에는 무분별하게 땅을 사는 사람들도 있었다. 더 많은 땅을 사면 열매 화석을 찾을 가능성이 높아진다고 생각했던 것이다. 그것도 모자라 사람들은 로맨틱 아일랜드의 땅을 현실에서도 사고팔기 시작했다. 중고거래 사이트에는 로맨틱 아일랜드의 땅과 아이디를 판매한다는 글이 자주 올라오곤 했다. 실제로 현금 거래가 이뤄졌던 것인데 이는 큰 문제가 되었다. 그렇게 로맨틱 아일랜드는 단 일주일 만에 초토화가 되어버렸고, 이는 그곳을 순수하게 사랑했던 유저들에게 큰 상처를 안겨주었다. 수시로 서버가 다운되었으므로 그들은 그곳을 떠날 수밖에 없었다. 그곳을 떠나며 그들이 마지막으로 봐야 했던 것은 아름다운 경관이 아니라 훼손되고 파괴된 섬의 모습이었다. 고해상도의 그래픽은 그 모습을 더욱 적나라하게 묘사하고 있었다.

이후, (주)오리지널큐브는 게임 서비스를 일시적으로 중단하겠다고 발표했다. 게임의 문제들을 보완한 후 로맨틱 아일랜드를 새롭게 오픈하겠다고 약속했다. 더불어 로맨틱 아일랜드는 사행성 게임이 아니며, 게임상의 그 어떤 요소도 투기성 재화로 환원될 수 없다고 재차 밝혔다. 대표를 비롯한 직원 모두가 이번 사태를 매우 안타깝게 생각하고 있다며, 빠르고 적절하게 대응하지 못하여 죄송하다는 말도 전했다.

[접속 불가능. 더 좋은 서비스를 위해 개편중입니다.]

서비스 개선을 위해 서버가 중단된 지 어느덧 일 년이 지나고 있었다. 나는 아직도 로맨틱 아일랜드의 오픈을 간절히 기다리고 있다. 서버가 중단되기 전, 나는 그곳에서 오랫동안 여러 작물을 키우며 재미를 보고 있었다. 쌀과 밀, 콩과 옥수수, 양배추와 고구마 등등. 처음에는 작물이 자라는 모습을 지켜보는 것만으로도 큰 기쁨을 얻을 수 있었다. 그러다가 게임을 시작한 지 오 년이 되던 해, 검은튤립을 키워 떼돈을 벌었다는 사람을 만났다. 운좋게도 자신의 땅에서 변이종이 나왔다고 했다. 그것도 무려 여섯 개나. 이후 그 돈으로 사람을 고용해 농장을 운영했기 때문에 결과적으로는 시간을 벌 수 있었다고 했다. 그래서 이렇게 여행을 즐기며 더 넓은 세상을 볼 수 있게 되었다고. 사실 나는 검은튤립 변종으로 돈을 버는 건 무모한 일이라고 생각해왔다. 그런데 막상 실제로 돈을 번 사람을 만나니 그리 무모한 일도 아니라는 생각이 들었다. 더군다나 그의 농장은 꽤나 가까운 곳에 위치해 있었다.

결국 나는 밭을 모두 밀어버리고 그곳에 검은튤립을 심었다. 그것을 키울 돈을 벌기 위해 다른 농장에서 감자와 고구마를 키우는 일을 해야 했지만 괜찮았다. 내 땅에서 변종을 얻을 수만 있다면 지금의 노고는 아무것도 아니라고 생각했다. 이후 나는 줄곧 다른 농장에서 일을 했으므로 내 땅을 들여다볼 여유가 없었다. 물론 내가 심어놓은 검은튤립들이 자라는 모습도 지켜볼 수 없었다. 그런데 변이된 품종은 어떤 모습일까. 이따금 내 땅으로 돌아가 검은튤립을 볼 때면 그런 생각을 했다. 마치 검은튤립의 봉오리 안에서 어떻게든 다른 색을 찾아내려는 듯이 시신경을 곤두세우고. 그래봤자 튤립은 언제나 검을 뿐이었지만. 가끔 나는 내가 무엇을 키우고 있는지 알 수 없다고 생각했다. 그러던 어느 날, 나는 검은튤립 표피에 흰 줄이 그어진 것을 발견했다. 처음에는 색상값에 오류가 생긴 줄 알았다. 아니면 픽셀이 깨졌거나. 그런데 조금 더 자세히 들여다보니, 변이가 시작된 것이었다. 그러나 그 순간, 서버가 다운되었다.

[이 페이지를 표시할 수 없습니다.]

(주)오리지널큐브에 의해 뒤늦게 알려진 바에 따르면, 열매 화석은 무엇이든 될 수 있었다. 열매 화석을 땅에 심으면, 유저가 오랫동안 바라던 것들이 자라난다고 했다. 열매 화석이 품고 있는 종자에서 무엇이 자라날지는 알 수 없었다. 그것을 어렴풋이 알 수 있는 사람은 발견자뿐이었다. 왜냐하면 종자의 데이터는 인공지능이 오랫동안 유저의 정보와 생활 패턴을 분석한 결과로 만들어진 것이었으니까. 자기 자신에 대해 잘 알고 있다면 종자에서 무엇

이 자라날지도 가늠할 수 있었다.

신이정이 우연히 발견한 것은 종자 여섯 개짜리 열매였다. 만약 그가 땅에 그 열매를 심었다면 어땠을까. 그러니까 설계된 게임 매뉴얼대로 말이다. 서버가 중단되었으니 그는 애초에 그 열매를 땅에 심을 수조차 없었을 것이다. 그것은 불운이었다. 그는 세계에서 최초로 열매 화석을 발견했지만, 그로 인해 그가 얻게 된 건 소문과 오해들뿐이었다. 그는 이와 관련된 모든 인터뷰를 거절했다. 자신이 열매 화석을 발견한 것에 대해 아무런 말도 남기지 않았다. 그는 침묵했으나, 그랬기 때문에 세상에는 너무 많은 말들이 남게 되었다. [화석 열매 최초 발견자 신이정… 하와이에서 발견?] [신이정, 이번에는 하와이에서 또 마약?] 그는 또다시 자취를 감춘 채, 침묵을 지키고 있었다.

            " ' ' "

벽과 선을 넘는 플로우

또 시작이다. 또, 또, 또.

벽, 벽을 때리는 비트 소리에 잠을 설치는 게 어제오늘만의 일은 아니었으나, 오늘만큼은 도저히 참아줄 수 없다는 생각에 몸을 일으켰다. 아니, 세상에 이런 배우지 못한 놈을 봤나. 언에듀케이티드 키드를 꿈꾸는 어린애. 지난달에 옆집으로 이사를 와 매일 밤마다 새벽마다 조용할 날이 없으니, "내가 사는 곳 국힙 아파트 꼭 힙합 같아"* 내 성격도 점점 거칠어져갔다. 내게도 스피커 하나쯤은 있었고, 나도 마음만 먹는다면 언제든지 스피커를 켜, 볼륨을 높여, 당장이라도 트랩 전쟁을 시작할 수도 있었지만, 옆집 놈

---

* QM, Webster B, ODEE, 〈층간소음〉.

과 달리 나에게는 생각이라는 게 있었기에 그러지 않았다. 나는 지금 이 시각 깊게 잠들어 있을 사람들을 생각했다. 그들에게는 죄가 없었는데, 그렇다면 나는 무슨 죄인가. 내가 무슨 잘못을 했던가. 따뜻한 이웃 주민이 되고자 했던 나에게 누가 감히 비트를 때리나. 누가 내 단잠에 비트를 끼얹나. 나는 갑자기 억울해 화가 솟구쳐, 이대로 자리를 박차고 나가 옆집 문을 두드리며, 야 이 새끼야 나와 이 새끼야 네가 지금 제정신이냐 새끼야, 하며 옆집 놈의 멱살을 잡아 흔들어 겁을 준 다음, 네가 아무리 벽을 때려봤자 너와 나는 급이 다르다는 걸, 너무나 알려주고 싶었으나 그러지 않았다. 사실 그러지 못했는데, 급이 다르다고 하기에 우리는 다를 게 하나 없는 사람들, 그저 같은 층에 살고 있는 사람들이었기 때문이다. 우리를 나누는 건 급이 아니라 벽이었으므로 내가 뭐라고 주절거리든 그건 그냥 벽에다 대고 하는 소리에 불과했고, 그보다 더 나은 소리는 될 수 없었기에 한 지붕 아래 같은 월세를 내며 이게 다르네 저게 다르네 하기보다, 더 나은 세상을 만들기 위해 서로를 이해하고 배려하는 마음을 가지는 게 좋을 것 같았다. 그래서 나는 그와 싸우는 대신, 저 사람이 힙합을 좋아하나보다, 힙합을 사랑하나보다, 힙합을 얼마나 사랑하면 밤낮없이 힙합을 하나, 그래, 힙합을 이해하자, 힙합을 이해해보자 했지만. 시발, 내가 왜 잠도 못 자면서 힙합을 이해해야 하나. 쿵 쾅쾅. 분하고 억울한 마음이 솟구쳐, 그를 혼내줘야겠다는 생각으로 책상 앞에 앉아 펜을 꺼내들었다.

그런데 막상 책상 앞에 앉아 무언가 쓰려고 하니 아무것도 쓸 수가 없었다. 무언가 쓰려고 하면 할수록 자꾸만 쓸데없는 생각들을 하게 되었는데, 그런 생각을 하면 할수록 쓸데없는 생각들은 정말로 쓸데없는 생각들일까, 하는 쓸데없는 생각이 들어 더더욱 쓸게 없었다. 그래서 나는 쓸데없이 펜을 쥐고 있었는데. 아 참, 그러고 보니 이렇게 책상 앞에 앉아 펜을 쥐는 건 너무 오랜만인 것 같았고, 나조차도 이런 내가 낯설게 느껴지면서, 그동안 내가 책상을 밥상으로 사용해왔다는 사실을 깨닫게 되었다. 내게도 책상을 책상으로 쓰던 때가, 그러니까 고등학교를 다닐 때가 있었는데, 그게 벌써 십 년도 훨씬 더 된 일이라는 생각에 새삼 세월의 흐름을 느끼면서, 흐름을 타면서 흐르는 대로 가다보니 어느새 시간을 거슬러가게 되었다. 쿵 쾅쾅. 무브먼트와 소울컴퍼니가 있었고, 우리가 소리바다를 유영하던 때. 내게 처음으로 힙합을 알려주었던 애. 그때가 떠올라. 내가 열아홉 살이었을 때, 네가 내게서 멀어지기 전에. 서서히 연락이 뜸해지거나 뜸해지다가 끊어지거나. 옛 친구들은 그렇게 멀어져갔지만. 졸업 이후 너를 봤거나 만났거나 연락을 주고받은 사람은 아무도 없었으므로, 내 기억 속 너는 오로지 교복을 입은 모습으로만 남아 있었다. 매일 농구공을 튀기며 다녔던 곱슬머리 애. 김지예. 너는 학창시절 내 마지막 짝꿍이었다. 너는 늘 항상 무언가에 골몰해 있던 애. 수능 이외에는 무언가 골몰하기 어려운 상황 속에서도, 너는 틈틈이 농구를 하고 책을 읽고 노트에 무언가를 끼적이면서 너의 하루를 채워나갔다. 너에게 말해본 적은 없었지만 사실 나는 그런 네가 부럽고 또 좋았어. 나는 수능 공부 이외에 다른 일에는 골몰할 수 없었을뿐더러, 내가 골몰할 수 있는 일이 무엇인지조차 알지 못했으니까. 여전히 나는 내가 골몰할 수 있는 일이 무엇인지 알지 못했으나, 이렇게 잠을 잘 수 없는 새벽에는 종종 오래전 일들을 떠올리는 데 골몰하게 되었다. 그러니까 그때, 내가 "대학만 가면 뭔가 달라질 거란 착각"*에 빠져 있었을 때, 너는 언더그라운드 힙합에 빠져 있었다. 그 당시 언더그라운드 래퍼들은 소리바다에 mp3 파일을 던져놓는 방식으로 앨범을 홍보했는데, 미끼에 걸려들듯, 너는 그들의 홍보 전략에 걸려들었고, 그리하여 네가 처음으로 들은 앨범, 〈The Bangerz〉. 우리 또래 애들이 만든 첫번째 앨범이었다.

그애들은 학교 밖에서 만난, 그러니까 IMF 경제 위기 이후 청년 실업 문제의 대안으로 세워진 하자센터에서 MC메타의 힙합 강좌를 들으며 만난 사이로, 모두 "세상 무서운 줄 모르던 풋내기"**들이었다. 그 당시 그들의 "목표는 단 하나 앨범 내기."*** 작고 더운 방

---

* 더 콰이엇, 〈상자 속 젊음〉(Feat. Paloalto).

** 더 콰이엇, 〈우리들만 아는 얘기〉.

*** 같은 곡.

에 모여 랩을 녹음하던 그들은 "얼떨결에 레이블이 되니 소울컴퍼니는 그렇게 탄생해"* 2000년대 언더그라운드 힙합의 주축이 되었다. 나는 내 또래 애들이 학교 밖에서 누군가를 만나 무언가를 배웠다는 사실, 그리고 다 함께 음악을 만들고 공연을 했다는 사실에 적지 않게 놀라면서, 처음으로 학교 밖 세상을 꿈꾸게 되었다. 너는 그런 내 마음을 알고 있었는지, 네가 좋아하는 앨범들을 내게 추천하며 몇 번이고 들어볼 것을 권유했고, 나는 듣기 싫은 척하다가 못 이기는 척하다가 속내를 들킬까 두려워하다가 "듣는 그 즉시 누구든지 두드림을 부른 이 흥분 위로 순순히 춤을 추"**게 하는 음악에 걷잡을 수 없이 매료되어갔다. 쿵 쾅쾅. 그때 네가 내게 들려주었던 〈Brainstorming〉. "눈을 감고 순수한 의식의 흐름으로 들어가 불어닥치는 뿌연 안개 속 불을 밝게 비춘 그 순간."*** 쿵 쾅쾅.

"폭발하는 Flow와 Rhyme"****은 나를 자유롭게 만들었고, 그리하여 "혓바닥의 동작과 표현감각에 날개를 달아"*****주었는데. 쿵 쾅쾅.

---

* 같은 곡.

** 화나, 〈Rhythm Therapy〉(Feat. 칼날).

*** 화나, 〈Brainstorming〉.

**** 같은 곡.

***** 같은 곡.

내가 추억에 잠기는 것도 잠시. 아 맞다, 나는 꽉 막힌 방안에 갇혀 고막 때리는 음악소리에 공격을 받고 있었지. 추억에 잠기기 전, 나는 옆집 문 앞에 경고장을 남기려 했고, 경고장에는 가장 날카롭고 공격적인 말을 적고 싶었다. 그러나 아무리 생각해도 날카롭고 공격적인 말이 떠오르지 않는다는 게 문제였는데, 그게 아마 내가 오래도록 아무것도 쓸 수가 없었던 이유, 그리하여 아무것도 쓰지 못한 채 그저 의식의 흐름을 타고 오래된 기억 속으로 빨려들어갔던 이유일 것이다.

나는 다시 페이퍼 위에 아무것도 적지 못한 채 시간을 흘려보냈다. 밤은 깊어가는데, 비트 소리 점점 더 커지는 걸 보니, 옆집 놈은 도무지 좋게 말해 알아들을 새끼가 아닌 것 같았고, 물론 나쁘게 말해 알아들을 새끼도 아닌 것 같았지만, 그래도 좋게 말하는 것보다는 나쁘게 말하는 게 좋을 것 같았다. 내가 나쁜 말을, 그러니까 옆집 놈을 벌벌 떨게 만들어줄 날카롭고 공격적인 말들을 찾아 머리를 굴리는 사이. 벽 너머 들리는 소리는 오직 트랩뿐이라, 나는 그에게 트랩만 하지 말고 붐뱁도 잘하는 사람 되자고 말하고 싶었다. 잘게 쪼갠다고 모두 트랩은 아니야. 네가 쪼개는 건 비트가 아니야. 트랩만 알고 붐뱁을 모르는 자가 "rhyme을 짠다고? rap이 아닐 수도 있어."* 너의 rap은 트랩 참참 케첩에 발라먹어. 치즈 토스트 새끼야. "케첩 뿌려 ceiling 여긴 피범벅이야 kill bill."** 오직 복수를 위해 칼을 들고 돌진하는, 자비와 동정심 따위 없는 여자가 나오는 영화를 봤냐고. 아직 안 봤다면 내가 직접 보여줄 수도 있었지만, 내게는 이미 날카로운 펜이 있어 칼 대신 펜 끝으로 페이퍼를 갈겨버릴 수도 있었다. 그러나 당장이라도 페이퍼를 갈겨버릴 것만 같은 나의 패기와 달리, 왠지 모르게 나쁘게 말하거나 거칠게 말하면 안 될 것 같다는 생각이 들었는데, 그건 오랫동안 내가 고운 말만 쓰도록 길들여진 탓일지도 몰랐다. 사실 나도 한 번쯤, 나쁜 세상을 향해 나쁘게 말해보고 싶었다. 그렇다고 욕을 하려던 건 아니었다. 욕 같은 건 쓰고 싶지도 않았는데, 그도 그럴 것이, 그런 말들은 죄다 약자나 소수자를 혐오하는 말이었으므로, 그런 말들을 쪽지 위에 아무리 거칠게 휘갈겨봤자, 강해 보이기는커녕, 그냥 보잘 것 없고 변변치 않아 보일 게 뻔했기 때문이다. 나는 밑도 끝도 없이 욕으로 상대를 제압하려는 사람들과 밑도 끝도 없이 욕으로 시작해 욕으로 끝내는 래퍼들을 떠올리며, "사람들은 할말이 없으면 욕을 한다"는 볼테르의 명언을 다시금 가슴속에 새기게 되었다. "할말 없으면 랩 하지 마세요."*** 할말이 없으면 듣기라도 하든가. 말을 뱉는다고 모두 말이 되는 건 아니

---

* 넉살, 〈Nuckle Flow〉.

** 리짓군즈, 〈Junk Drunk Love〉.

*** JJK, 〈Compound #2 : B2URSELF〉(Feat. Jerry.k, Justhis).

란 말이야, 라고 말해주고 싶었지만, 나는 그저 그렇게 생각할 뿐 그렇게 말하지 않았고 그렇게 말하지 않은 건 그렇게 말할 사람이 앞에 없었기 때문이었다. 하고 싶은 말 너무나도 많지만, 할말은 일단 두고. 쿵 쾅쾅. 트랩에 취한, 옆집 놈부터 처리해야겠다는 생각으로 다시 펜을 잡는데.

502호에게
어이, 이봐.
나는 힙합 같은 건 모르고 잘 알고 싶지도 않지만 분명한 사실은
"그 잘난 이빨 갈아봤자 너는 겨우 다람쥐."[*]

그런데 옆집 놈이 '겨우 다람쥐'면 너무 귀엽지, 라는 생각이 들어 차마 더이상 문장을 이어나갈 수 없었다. 도토리를 까먹으려고 그 잘난 이빨을 갈고 있는 다람쥐는 너무 귀여워. 그 누구든 귀여움 앞에서는 질 수밖에 없다. 정말로 귀여움 앞에서는 무릎 꿇지 않을 자가 없었고, 그건 나도 예외가 아니었다. 쿵 쾅쾅. 밤마다 새벽마다 벽을 때리는 게 다람쥐라면 나는 얼마든지 이해해줄 수 있고, 도토리도 잔뜩 가져다줄 수 있었는데, 도토리를 생각하니 갑자기 미처 돌려받지 못한 싸이월드 도토리가 생각나면서 도토리로

---

[*] 매드클라운, 〈Flowdown〉(Feat. 화나 & 탁 of 배치기).

미니홈피를 꾸미던 때가 그리워졌다.

한때 내 싸이월드에서 흐르던 음악처럼, 이제 온 세상에는 힙합이 흐르고 있었다. 길거리뿐만 아니라, 술집이나 카페에서도 힙합을 들을 수 있었는데, 그건 저작권료가 발생하는 소리였다. 이제 힙합으로부터 자유로울 수 있는 사람은 아무도 없었다. TV를 틀어도 래퍼가 나왔고, 유튜브를 틀어도 래퍼가 나왔고, 광고에도 래퍼가 나왔고, 대학 축제에도 래퍼가 나왔다. 래퍼들은 어디에나 있었고 어디에서든 돈을 벌었다. 그들은 부자가 되었다. 물론 모든 래퍼가 그랬던 건 아니었지만, 그래도 그중에는 롤렉스를 차고 롤스로이스를 타는 래퍼들도 있었으니까. 롤렉스를 차고 롤스로이스를 타는 래퍼의 이미지는 눈 깜박할 사이 팔려나가, 다시 래퍼들에게 롤렉스를 차고 롤스로이스를 타는 삶을 살 수 있게 해주었다. 어떤 사람들은 음악을 사듯 그들의 삶을 사고 싶어했다. 수많은 청소년은 그들을 보며 래퍼를 꿈꾸게 되었다. 그들이 래퍼를 꿈꾸기 전, 아주 오래전. 너는 힙합이 유행하는 세상을 꿈꿨지만, 정작 너의 꿈은 래퍼가 아니었다. 너는 평범한 직장인이 되고 싶다고 했다. 평범한 직장인이 되는 것도 래퍼가 되는 것만큼이나 어려운 일이었지만, 너는 래퍼가 되는 건 '정말' 어려운 일이라고 했다. 내가 그걸 해서 되겠어? 좋아하는 것만으로도 충분하지. 그때 나는 머릿속으로 네가 직장인이 된 모습과 래퍼가 된 모습을 모두 그려보았는데, 이상하게도 래퍼로 살아가는 너의 모습은 좀처럼 그려지지 않았다. 그건 나의 편견 때문인지도 몰랐는데, 그도 그럴 것이 그때까지만 해도 나는 윤미래와 리미를 제외하고는 래퍼가 된 여성을 알지 못했기 때문이다. 어디엔가 있다고 해도 알려지지 않았고 알려지지 않았으므로 내가 알지 못했기 때문이다. 어쨌든 나는 그 무엇을 꿈꾸든 네가 꿈꾸는 대로 살 수 있기를 바랐다. 그리고 가능하다면, 훗날 네가 꿈꾸는 세상, 그러니까 "힙합이 새롭게 사회 속에 개편되고 수많은 쟁점에서 해결책으로 대변"*되는 그런 세상이 되어, 우리가 이 사회의 수많은 쟁점을 두고 더 많은 이야기를 나눌 수 있기를 바랐다. 쿵 쾅쾅. 그러나 나는 옆집 놈과 먼저 이야기를 나눠야 할 것 같았다. 쿵 쾅쾅. 아주 나쁘고 거칠게 말해야 할 것 같았다. 쿵 쾅쾅. 나는 페이퍼를 구겨버리고 새로운 페이퍼를 펼쳤다.

📖

백지 앞에서 나는 두려워졌다. 또다시 쓸데없는 생각이 들어 더더욱 쓸 게 없어질까봐. 한숨이 절로 나왔는데, 아휴. 이럴 바에 차라리 옆집 사람과 복도에서 만나 프리스타일 랩 배틀을 하는 편이 나을 것 같았다. 아무것도 쓰지 않고, 그대로 말을 흘려보내는 방식. 공사 비용을 싸게 후려치는 한국의 건축 양식 때문에 소음에

* 화나, 〈그날이 오면〉.

시달려 이웃끼리 싸우는 시대에 서로 싸우지 않고 정정당당하게 랩 배틀로 깔끔하게 승부를 보는 건 어떨까. 어째서 아무도 랩 배틀로 이웃 간의 갈등을 해결하지 않을까 하는 의문이 들기 시작했고, 랩 배틀로 이웃 간의 갈등을 해결하는 문화가 생긴다면 그것이야말로 진정한 의미의 한국 힙합 아닌가, 어쩌면 그것이야말로 한국 본토의 힙합이 될 수 있지 않을까, 그렇게만 된다면 내가 힙합 문화를 열렬히 사랑하게 될 수도 있을 듯한 기분이 들었지만, 그런 일은 절대 벌어지지 않을 거란 것도 잘 알고 있었다. 나는 그저 백지가 두려웠을 뿐, 두려워서 잠시 다른 생각을 해보았을 뿐, 프리스타일 랩 배틀 같은 건 하고 싶지도 않았다. 사실 할 수도 없었는데, 그건 내가 허클베리피가 아니었기 때문이다. 나는 나였고, 나는 "한국 Freestyle의 미래를 두 어깨에다 지고 다니는 남자"*도 아니었기에 이로써 내가 누구인지 알게 되었다. 사실 나는 힙합을 좋아한다고 말하기에는 어딘가 부족한, 그러니까 힙합을 잘 안다고 말하기에는 힙합에 대해 아는 바가 별로 없는 애였다. 그러한 이유로 나는 내가 힙합에 대해 멋대로 지껄일 자격이 없다고 생각하기도 했지만, 뚫린 입이라고 멋대로 지껄이는 사람은 이미 이 세상에 많았기 때문에, 나도 그들처럼 "뚫린 입이라고 멋대로 지껄이는 새파란 핏덩이"**가 되어 조금 더 지껄여보고 싶었다. 더군다나 누구

---

* 허클베리피, 〈Freestyle Tutorial〉(Feat. Olltii).

에게나 새파란 핏덩이였던 시절이 있으므로 누구든 뚫린 입으로 울거나 떼를 쓰거나 악을 써볼 수도 있을 것이다. 울거나 떼를 쓰거나 악을 쓰는 건, 글로는 쓸 수 없는 말이었을지도. 그렇다면 우리는 말을 몰랐을 때부터 이미 말하고 있었던 것일까. 우리는 우리가 모르는 것을 행하기 위해 뚫린 입을 가지고 태어났을지도. 그런 심오하고도 진지한 생각을 하자, 불현듯 어떤 희망이 샘솟아 나는 조금 더 과감하게 내가 모르는 것을 행하고 싶어졌다. 나는 내 이름을 '노 힙합'으로 바꾸고 싶어졌다. 그러니까 나는 정말로 힙합을 모르는 '노 힙합'이 되어보아도 좋을 것 같았다. 만약 내 이름이 힙합이라면, 힙합이 뭔지도 모르면서 내가 곧 힙합이고, 힙합이 곧 나야, 라고 말해도 문제가 될 게 전혀 없었다. 그러나 나는 처음 보는 사람들 앞에서 안녕하세요, 저는 노 힙합이라고 합니다, 라고 나를 소개할 자신이 없었다. 아니, 나는 어떤 식으로든 나를 소개할 자신이 없었다.

쿵 쾅쾅.

원래부터 그랬던 건 아니다. 언제부턴가 거래처 사람과 만날 때면 나는 더이상 내가 아닌 것 같았다. 속으로 말하고, 입으로 말하

** 매드클라운, 앞의 곡.

고. 속으로 말하면서 입으로 말하지 않거나 입으로 말하면서 속으로 말하지 않거나. 말을 하면 할수록 나는 계속해서 분열을 거듭했다. 그렇게 나는 나를 완전히 잃어버린 후, 지친 몸으로 퇴근하며 생각했다. 오늘 말실수한 건 없겠지. 말실수라도 해서 거래가 성사되지 않는 건 아니겠지. 나는 이 일이 적성에 맞지 않는다고 생각하면서도 계속하고 있었다. 그래도 정시 퇴근이 있고 주말이 있는 삶이니, 이에 감사하며 그냥 살자 했다. 어쨌든 그리하여 나는 분열된 나의 자아를 다시 하나로 만들고자, 나 자신을 찾고자, 내 표현의 자유를 찾고자, 동네 책방에서 열리는 한국문학 모임에 나가기 시작했다. 언제부턴가 책과 멀어졌지만 다시 읽어보려고. 이제부터 문학에 대해 알아보자고. 책을 읽고 글을 쓰면 표현의 자유를 찾을 수 있을 거라는 막연한 생각이 들었다. 표현의 자유를 찾기만 한다면 나는 무엇이든 표현할 수 있게 되고, 무엇이든 표현할 수 있게 되면, 그동안 원인을 알 수 없이 답답하기만 했던 내 마음이 실타래 풀리듯 풀리지 않을까. 그러나 답답하기만 했던 내 마음은 첫 모임 이후로 더욱 답답해졌다.

나는 첫 모임에서 낯선 사람들에게 나를 소개했는데, 어쩐지 나이와 직업을 말하고 나니 더이상 할말이 없었다. 나는 나를 설명할 길이 없었고, 그건 무척 당혹스러운 일이었다. 더군다나 괜히 무슨 말이라도 덧붙여야 할 것 같아 이런저런 고민을 하다가, 이 모임이 한국문학을 다루는 모임이라는 점을 감안하여, 한국문학을 좋아한다고 말했는데 사실은 다 뻥이었다. 나는 죄책감을 느꼈다. 내가 죄책감을 느낀다고 달라질 건 없었으나, 한국문학을 좋아한다고 말한 이후, 나는 사람들로부터 한국문학을 좋아한다는 오해를 받았으므로 한국문학을 좋아해야 한다는 압박을 느끼며, 계속해서 한국문학을 좋아하는 척하게 되었다. 이렇게 한국문학을 의식하다보니, 불현듯 한국문학이란 무엇일까 하는 의문이 들기 시작했는데, 나는 한국문학이 한글로 쓴 문학을 말하는 것인지, 한국인이 하는 문학을 말하는 것인지, 한국인이 좋아하는 문학을 말하는 것인지, 한국 출판시장에서 잘 팔리는 문학을 말하는 것인지 뭔지 아무리 생각해도 잘 모르겠다는 생각이 들어, 생각하기도 귀찮은 상태에 이르러, 일단 생각하기를 미뤄두기로 했다. 어찌되었건 나는 이 일로 하여, 말이 씨가 되고 업보가 된다는 사실을 절실히 체감하게 되었고, 한국문학이라는 말로부터 영원히 자유로워질 수 없을 것만 같다는 불길한 예감이 들어, 어디론가 도망치고 싶었지만 어차피 도망칠 곳도 딱히 없었기 때문에 도망치지 않았다.

쿵 쾅쾅.

모임은 일주일 동안 단편소설 한 편을 읽고, 느낀 것들을 자유롭게 이야기하는 방식으로 진행되었다. 그리 어려운 일은 아니었으나, 모임에서 처음으로 읽은 소설부터 너무 재미가 없어 한국문학에 대한 관심을 완전히 접을 뻔했다. 한국문학에 대한 편견마저 생길 것 같았는데, 나를 그렇게 만든 소설은 서이제의 「미신迷信」이었다. 제목부터 불길하더니, 역시나 그랬다. 한 문장 한 문장 꼼꼼하게 읽어보아도 무슨 내용인지 전혀 알 수 없는, 그러니까 읽어도 안 읽은 것 같고 안 읽어도 읽은 것 같은 느낌을 주는 소설이었는데, 기억에 남는 건 희미한 안개 속에서 계속 중얼거리는 누군가의 목소리뿐이었다. 모른다. 모른다. 모른다. 나조차도 내가 뭘 읽은 건지 알 수가 없었는데, 그도 그럴 것이 그 소설은 온통 모른다는 말로만 가득 채워진, 그러니까 예를 들면 "나는 그를 사랑하지 않았을지도 모른다. 사랑하지 않았을지도 모른다는 말은 사랑하지 않았다는 말과 다르지만, 그렇다고 해서, 사랑했다는 말도 아니다. 나는 그를 사랑했던 게 아니라 단지 생각하고 있었는지도 모른다"라는 식의 문장으로 가득 채워져 있었으니까. 그 소설은 그렇게 애매모호한 문장들을 나열하는 방식으로 내 속을 터지게 만들었고, 그래서 도대체 사랑을 했다는 건지 안 했다는 건지 확실히 알려주지도 않은 채 내게 의문만을 안겨주었다. 소설가가 문장을 바르고 정확하게 써야지. 소설가가 문장을 이렇게 애매모호하게 쓰면 어떻게 하나. 이 소설가는 독자를 괴롭힐 목적으로 소설을 쓰는 게 분명해 보였다. 그는 독자가 소설을 읽다가 포기하도록 만드는 데 재능이 있어 보였는데, 그것도 재능이라고 할 수 있다면 이 소설가는 재능이 있는 게 분명했다. 나는 이 재능 있는 소설가의 소설을 끝까지 읽으며, 나에게는 그저 문장을 계속해서 읽어나가는 재능이 있다는 사실을 깨닫게 되었다. 더불어, 밤새 소음을 듣고 앉아 있을 수 있는 재능까지도.

쿵 쾅쾅. 쿵 쾅쾅. 쿵 쾅쾅.

하, 도대체 얼마나 더 참아줘야 하는 걸까. 이렇게 잘 참는 걸 보니 정말로 내게는 소음을 듣고 앉아 있을 수 있는 재능이 있는 것 같았는데, 다시 생각해보면 사실 이건 재능이라기보다 내성인지도 몰랐다. 이 세상에는 밤새 벽을 때리는 비트 소리보다 듣기 싫은 소리가 많았고—잔소리, 헛소리, 술주정, 성희롱, 꾸지람, 설교 등등—나는 평생 그런 소리를 듣고 살아왔기 때문에 이 정도 소음은 그러려니 하면서, 그냥 흘려보내줄 수도 있을 것 같았다.

쿵 쾅쾅! 쿵 쾅쾅! 쿵 쾅쾅!

그러나 오늘따라 왜 저러는지 밤이 깊어갈수록 도가 지나치다 싶었다. 계속해서 벽을 때리는 비트는 끝내 내 고막 끝을 때렸고, 아무래도 이건 더이상 참지 말라는 신호인 듯했다. 노크도 없이 내 구역에 침입한 자를 가만둘 수 없어. 가만두지 말자. 나는 저 새끼를 가만두지 않기 위해 백지를 이대로 둘 수 없었고, 이대로 두지 않기 위해 이제는 정말 무언가 써야 했다. 나는 더 늦기 전에 다시 칼같이 날카로운 펜 끝을 세우며 조금 더 과감해져야겠다고 생각했다. 오랫동안 바르게 다듬어진 말만 하도록 길들여진, 나를 옭아매던 올가미 밖으로 나가기 위해. 어디서부터 어떻게 말해야 할지 알 수 없었지만, 알 수 있는 건 아무것도 없었지만, 일단은 용기를 내어 무슨 말이라도 뱉어보기로 했다. 퉤, 퉤. 그래서 일단 뱉어보았더니, 갑자기 먹은 것도 없이 입안 가득 짠맛이 느껴지고 군침이 돌며, 이내 어디에선가 들어본 적 있는 가사가 떠올랐다. "나는 소금구이 양념 따윈 필요 없지. 소금으로 구운 랩 넌 내 앞에서 짜져."* 듣기만 해도 소금에 절여지는 기분이 드는, 상대를 순식간에 김장김치 따위로 만들어버리는, 이것은 매우 위협적인 가사라고 생각했다. 펀치라인. 이런 식이라면 나도 랩을 즐길 수 있을 것 같았고, 때마침 옆집에 비트도 있으니 옆집 비트에 맞춰 밤새도록 랩을 할 수도 있을 것 같았지만, 나는 이미 양념 따윈 필요 없는 소금구이로 인해 입맛이 돌았기 때문에 그럴 수 없었다. 나는 랩을 하기 전에 밥을 먹고 싶었다. 밥을 먹기에는 늦은 시간이었지만, 오랜만에 요리를 해야겠다고 생각하며 주방으로 가 식칼을 꺼내드는데. 쿵 쾅쾅.

---

* 지조, 〈Like That〉(Feat. 주희 of 에이트, 바스커션).

♪ ♬ 오늘은 내가 힙합 요리사. ♪ ♬

♪ 온갖 내용으로 토막 내고 맘대로 조합해. ♪ ♬*

갑자기 나도 모르게 신이 나, 말이 터져나오는 게 마치 신이라도 내린 듯했는데, 꼬르륵, 꼬르륵, 배에서 소리가 나는 걸 보니 그분은 아마 걸신인 듯했다. 나는 굶주린 걸신의 마음을 조금이라도 달래주기 위해 짜파게티를 두 개 끓이기로 했고, 계란도 넣기로 했다. 나는 냄비에 물을 올리고 물이 끓기만을 가만히 기다렸다. 물이 끓는 사이에도 벽을 때리는 비트는 그칠 줄 모르고.

책상 위에 놓인 페이퍼는 여전히 백지에 그쳐 있었다. 얼핏 그것은 아무것도 쓰여 있지 않은 책처럼 보였는데, 아무것도 쓰여 있지 않은 책 같은 건 없겠지만, 만약 아무것도 쓰여 있지 않은 책이 있다면 그건 내가 지난주 모임에서 읽은 소설과 같은 것이라고 생각했다. 그러니까 읽어도 안 읽은 것 같고 안 읽어도 읽은 것 같은 느낌을 주는 소설. 그런 의미에서 읽어도 안 읽은 것 같고 안 읽어도 읽은 것 같은 느낌을 주는 소설은 써도 안 쓴 것 같고 안 써도 쓴 것 같은 느낌을 주는 소설이기도 했다. 써도 안 쓴 것 같고 안 써도 쓴 것 같은 느낌을 주는 건 래퍼들도 마찬가지였는데, 왜냐하

---

* 화나, 〈The Recipe of Lyrical Chemistry〉.

면 래퍼들은 항상 자기가 비트 위에 시를 쓴다고 하면서 정작 시집은 출간하지 않았기 때문이다. 그들은 무언가 써서 남기기보다, 무언가 써서 날려보내고 싶어했다. "내 영혼은 0g 절대 묶일 수 없어 저기저기 멀리 날아가"*라는 식으로. 그들은 "작가들의 풍부한 감성보단 훨씬 와닿는 목구멍으로"** 무언가 쓰고 있는 것 같았는데, 사실 나는 힙합 같은 건 잘 몰랐기 때문에 그들의 깊은 뜻까지 헤아리기는 힘들었다. 다만 소설과 힙합 사이에는 어떤 연관성이 있음을 막연하게 느끼고 있었다. 아룬다티 로이의 소설 『작은 것들의 신』 이후 넉살의 〈작은 것들의 신〉이 있었고, 무라카미 하루키의 소설 『1Q84』 이후 넉살의 〈1Q87〉이 있었으니, 외국 문학과 넉살 사이에는 어떤 연관성이 있지 않을까. 심훈의 시 「그날이 오면」 이후 화나의 〈그날이 오면〉이 있었고, 손창섭의 『잉여인간』 이후 화나의 〈잉여인간〉이 있었으니, 한국문학과 화나 사이에는 어떤 연관성이 있지 않을까. 버지니아 울프의 『3기니』와 원슈타인의 〈3기니〉 사이에는 어떤 연관성이 있을까. 심지어 라임어택의 〈문학의 밤〉도 있는데, 하고 나는 생각했지만 그런 생각은 해도 안 한 것 같고 안 해도 한 것 같은 생각이었으므로 그냥 하지 않는 게 나을 것 같았다. 그런 걸 생각할 시간에 짜파게티를 끓여먹는 게 나

---

* 넉살, 〈팔지 않아〉.
** XXX, 〈우린〉.

을 것 같았고, 때마침 물이 끓기 시작하여 면을 넣었다. 쿵 쾅쾅.
두 개의 면은 끓는 물 속에서 점점 퍼졌고, 면이 점점 퍼지는 걸 보
니, 양이 너무 많다고 느껴졌다. 나 혼자 이걸 다 먹을 자신이 없었
다. 쿵 쾅쾅. 쿵 쾅쾅. 그러나 사실 내가 진정으로 자신 없었던 건,
짜파게티 두 개를 먹는 일이 아니라, 지금 당장 저 비트를 멈추게
하는 일이었다.

쿵 쾅쾅. 쿵 쾅쾅. 쿵 쾅쾅.

나는 너무도 화가 난 나머지, 지금 당장 옆집 문을 두드리며 호
되게 한마디해주고 싶었지만 그러면 내가 꼰대 같아 보일까, 혹시
라도 옆집 놈이 내게 "꼰대가 싫어 꽉 막힌 말 가지고 배배 꼴 때
가 싫어"*라고 할까봐, 나는 옆집 문을 두드리지 못하고 있었다. 용
기를 내어 옆집 문을 두드렸는데 인사보다 욕이 먼저 나오는 새끼
가 나오면 어떻게 하지. 욕보다 주먹이 먼저 나오는 새끼가 나오면
큰일인데. 그렇지만 "센 척만 하는 래퍼들이 오히려 소심해."** 그
들은 "술도 잘 마시고 욕도 잘하지만 아무리 거칠어져도 현실에선
강하지 않아."*** 자신이 강하지 않다는 사실을 인정할 수 있는 내

---

* 프레쉬애비뉴, 〈Soul Mood Fakers〉.
** 팔로알토, 〈또 봐Au Revoir〉.
*** 더 콰이엇, 〈상자 속 젊음〉(Feat. Paloalto).

실이 강한 사람이 되었으면. 인사보다 욕이 먼저 나오지 않고, 욕보다 주먹이 먼저 나오지 않는 사람이 되었으면. 웃는 얼굴이 먼저 나와, "이렇게 우연하게 알게 되어 반가워 네가 내 랩에 관심 많다는 게 반가워"*라고 말해줄 수 있는 사람이 내 옆집 사람이었으면 좋겠다고. 쿵 쾅쾅. 그러나 내가 옆집 놈에게 너무 많은 걸 바라는 것 같았다. 쿵 쾅쾅. 나는 옆집 놈에게 아무것도 기대하지 않는 게 좋을 것이다. 그는 밤마다 새벽마다 소음에 시달려야 하는 내 마음을 모르니까. 나를 이해하고 배려할 생각이 없으니까. 그렇기 때문에 우리는 항상 가깝고도 먼 사이였다. 쿵 쾅쾅. 쾅쾅. 그런데 내가 가깝고도 멀게 느꼈던 건, 힙합도 마찬가지였다. 힙합과 나 사이에는 보이지 않는 선이 존재했고, 나는 영원히 그 선을 넘을 수 없을 것 같았다. 나는 힙합이 주는 자유가 좋았지만, 힙합 안에 서려 있는 온갖 혐오와 괄시로부터는 자유로울 수 없어서, 진정으로 힙합이 나를 자유롭게 하는지 아닌지 알 수 없었다. 나는 힙합이 나를 자유롭게 하는지 아닌지 알고 싶었다. 그래서 힙합에 가까이 다가가려고 했는데, 그럴 때마다 힙합은 내게 선을 그으며 멀어져갔다. 힙합은 원래 이래. 힙합은 원래 이런 거라니까. 게토에 살아본 적도 없는 게토 보이즈. 그들 사이에서 나는 언제까지나 '힙합을 잘 모르는 사람'이어야만 했다. 나는 내가 좋아할 수 있는 것들을 박

---

* 팔로알토, 앞의 곡.

탈당한 기분이 들었고, 나는 오랫동안 힙합을 좋아하는 것도 아니고 좋아하지 않는 것도 아닌 상태에 머물러 있어야만 했다.

　내 기억 속에 너는 여전히 고등학생에 머물러 있다. 오래전 어느 날, 수능이 코앞으로 다가왔던 날. 너는 내게 소울컴퍼니 쇼를 함께 보러 가자고 했다. 너는 첫번째 소울컴퍼니 쇼에 다녀온 적이 있었는데, 너의 말에 따르면, 그날은 비가 엄청나게 쏟아졌지만 그럼에도 수많은 사람이 몰려들었다고 했다. 우리 나이 또래의 애들이 모여 만든 그 음악을 들으러. 정말이지, 그날은 기적을 본 것 같았다고 했다. 네가 보았던 그 기적을, 나도 한 번쯤 보고 싶었다. 그렇게 우리는 홍대 롤링홀에서 열린 소울컴퍼니 쇼를 보러 갔고, 내 기억이 맞는다면, 그날은 내가 너를 학교 밖에서 처음이자 마지막으로 만난 날이었다.

　희미하게 남아 있는 기억들: 매드클라운의 브라운 컬러 모자. 가사를 틀리거나 까먹어도 호응으로 감싸주었던 사람들. 무대를 감싸던 스모그와 조명 불빛. 깜짝 게스트로 라임어택이 등장했던 일. 라임어택이 소울컴퍼니에 합류하게 되었다는 소식을 듣고 크게 환호했던 사람들. 사람들 발에 신발이 밟혀 더러워졌던 너의 흰 운동화. 네가 애지중지했던 〈Q Train〉 앨범. 그날 앨범에 사인을 받으려 했으나 끝내 그러지 못했던 일. 그것도 모자라 앨범을 실수로 떨어뜨리는 바람에 케이스가 깨졌던 일. 손수 제작했을 법한, 왠지 모르게 내구성이 좋아 보이지 않았던 앨범 케이스. 그래도 우리에게 소중했던 명반. 늦은 밤, 홍대 거리 불빛. 집으로 돌아오는 버스 안에서 봤던 가로등 불빛에 반짝거리는 한강. 집으로 돌아가며 아쉬움을 숨기지 못했던 너의 표정. 다음에 또 공연 보러 가자고, 우리가 했던 약속.

쿵 쾅쾅. 쿵 쾅쾅. 쿵 쾅쾅.

그러나 무엇보다도 기억에 남는 건, 랩을 하던 너의 모습이었다. 공연이 시작되기 전, 우리는 홍대에 일찍 도착해 시간을 보냈다. 민들레영토에서 먹은 돈가스와 오락실 사격 게임으로 딴 펭귄 인형. 어디가 어디인지 길을 잘 모르는 나를 데리고 골목을 요리조리 잘도 다니던 너. 우리가 갔던 낮 시간의 텅 빈 노래방. 그 당시 노래방에서 부를 수 있었던 힙합 음악은 드렁큰타이거, 다이나믹 듀오, 가리온 정도가 전부였고, 소울컴퍼니의 이름은 아예 검색조차 되지 않았다. 너는 드렁큰타이거 노래의 반주를 틀어놓고, 반주 기계가 알려주는 가사와 상관없이 랩을 할 수 있었는데, 나에게는 그게 꽤 충격적이었다. 반주가 시작되면 너는 고개를 갸우뚱하다가, 곧바로 반주에 맞는 가사를 떠올렸다. 그중에는 소울컴퍼니의 랩 가사도 있었고, 처음 들어보는 가사도 있었다. 가사를 뱉으려다가 말거나, 그러다가 몇 번 박자를 놓치거나 버벅거리기도 했지만. 나는 그 모습을 넋 놓고 바라보았다. 노래방의 조악한 반주에 몸을 흔들며 가사를 뱉는 너를, 싸구려 미러볼 조명 아래서 랩을 하는 너를, 그 어느 때보다도 즐겁고 자유로워 보이는 너를. 나는 그런 너를 보면서, 네가 랩을 하지 못할 거라고 생각했던 나 자신에게 한번 더 놀랐다. 사실 나는 네가 그저 힙합을 좋아할 뿐 랩을 할 수 있을 거라고는, 그것도 심지어 잘할 수 있을 거라고는 생각조차 해보지 못했다. 어쩌면 나는 랩을 할 수 있는 사람과 랩을 할 수 없는 사람, 또는 힙합을 즐길 수 있는 사람과 즐길 수 없는 사람이 따로 나뉘어 있다고 생각했는지도. 그때 나는 처음으로 너의 노트를 들춰, 그 안에 적힌 말들을 들여다보고 싶다고 생각했지만. 그날은 모든 것이 처음이자 마지막이었다.

2011년, 소울컴퍼니는 해체를 결정했다. 그리고 그해 가을, 그들은 서른세 개의 베스트 곡을 담은 앨범을 발매하고 악스코리아에서 마지막 공연을 가졌다. 소울疏鬱. 막힌 길을 트고, 영혼이 담긴 음악을 하겠다던 소울컴퍼니의 팔 년간의 여정은 그렇게 막을 내렸다. 〈마지막 소울컴퍼니 쇼: 샘, 솟다〉 샘은 소울컴퍼니의 로고이자, 영혼의 날개를 가지고 어디로든 날아갈 수 있는 새의 이름이었다.

"소울컴퍼니는

더이상 우리 것이 아닐지도 몰라

그래서 샘은 하늘 위로 올라

우리의 이 긴 여정이 누군가의 뇌리에

기억할 만한 것으로 남게 되길."*

   소울컴퍼니 시대는 그렇게 막을 내렸지만. 소울컴퍼니가 사라진 이후에도, 어디에선가 소울컴퍼니의 음악이 흘러나오거나 누군가 소울컴퍼니를 언급할 때면, 나는 네 생각을 하게 되었다. 너는 여전히 힙합을 듣고 있을까. 소울컴퍼니의 해체 이후, 〈쇼미더머니〉가 시작되었고 언더그라운드에는 많은 변화가 있었는데, 그래도 너는 여전히 힙합을 좋아하고 있을까. 나는 오랫동안 힙합을 좋아하는 것도 아니고 좋아하지 않는 것도 아닌 상태에 머물러 있는데, 너는 어떨까. "지난날의 후회와 본 적 없는 미래가 발목을 붙잡"**아 나는 자꾸만 너에게 말을 걸어보고 싶었다. 우리가 좋아했던 소울컴퍼니는 이제 더이상 없지만, 그때 우리가 알고 있었던 언더그라운드는 더이상 없지만, 그 시절 우리가 좋아했던 힙합의 어떤 한 조각들은 여전히 내 마음속에 남아 있다고.

---

* 더 콰이엇, 〈우리들만 아는 얘기〉.

** 재달, 〈Sherpa〉.

모든 게 사라진 자리에는 거대한 시장이 들어섰고, 그건 어쩌면 사람들이 힙합이 아니라 돈을 꿈꾸는 세상이 되었음을 이야기하고 있는지도 몰랐는데, 우리는 그런 세상에서 다시 만날 수 있을까.

우리 또래였던 그애들은 이제 가끔 TV에 나왔고, 나는 TV를 통해 그들을 볼 때마다 시간이 많이 흘렀음을 실감하게 되었다. 그들은 이제 어딜 가나 형님 소리를 듣는 나이가 되었고, 후배들에게 존경받는 래퍼가 되었다. 그들은 자신들이 처음 랩을 시작했을 때와 같은 나이, 지금 딱 그 나이대 아이들을 보면서 무슨 생각을 할까. 그들이 마스터플랜 공연을 보고 꿈을 키웠던 것처럼, 그들을 보며 꿈을 키웠다는 아이들을 보면 어떤 생각이 들까. 자신들의 음악이 한 세대를 넘어, 다음 세대 아이들의 꿈이 되었다는 걸 알았을 때, 어떤 기분이었을까. 그들은 어린 시절 꿈꾸던 모습 그대로 살아가고 있을까. 그러나 그렇게 사는 게 결코 쉽지 않다는 것을 알아가고 있었다. 쿵 쾅쾅. 나는 정말 좋은 어른이 되고 싶었는데. 쿵 쾅쾅. 정말 좋은 이웃이 되고 싶었는데. 쿵 쾅쾅. 모든 게 글러먹었다고. 쿵 쾅쾅. 내 의지와 무관하게, 나는 자꾸만 거칠어지고 괴팍해지고, 그건 정말 내가 꿈꾸던 게 아니었고. 쿵 쾅쾅. 쾅쾅. 감상에 빠져들 틈도 없이.

쿵 쾅쾅! 쿵 쾅쾅!

계속해서 내 고막을 파고드는 저 미친 트랩 비트는 깻값을 부르는 소리. 저 그칠 줄 모르는 미친 트랩 비트 때문에 나는 깻값을 물고 싶었다. 깻값 정도는 물어줄 수 있는, 나는 money swager. 나는 직장인, "내가 회사와 맺은 건 연봉 계약이 아닌 영혼의 계약"* 이니까, 내 영혼을 팔아 너를 패고 깻값 정도는 물어줄 수 있었다. 그러나 나는 그러지 않기로 했다. 마음을 가라앉히고 다시 생각해 보니, 옆집 놈은 "누군가의 소중한 아들 친구 또 형 혹은 동생"**이 었고, "우린 누군가의 전부이며, 각자의 소중한 일부"***이기 때문에 그 어떤 일이 있어도 서로에게 폭력을 가해선 안 되었다. 우리를 자꾸만 나쁘고 거칠게 만드는 세상일지라도 말이다. 쿵 쾅쾅. 나는 여전히 밤마다 새벽마다 옆집 놈이 저러는 이유를 알 수 없었지만, 그래도 힙합을 좋아하는 마음을 헤아려 조금 더 참아보기로 했다. 어쩌면 훗날 옆집 놈이 방송에 나와 지난날을 회고하며, 밤새 소음을 들어준 나에게 감사와 존경을 표할지도 모르는 일이니까. 쿵 쾅쾅. 그러나 붐뱁도 모르는 놈이 이웃의 마음을 알 리가 있을까. 쿵 쾅쾅. 그리하여 나는 옆집 놈에게 붐뱁을 잊은 자에게

---

* 제리케이, 〈사직서(Road)〉.
** 서사무엘, 〈somebody's〉.
*** 서사무엘, 같은 곡.

는 트랩도 없다고 알려주고 싶었으나, 누군가에게 나는 이제 "꽉 막힌 꼰대 쓸데없는 자존심만 꽉 찬 존재"*일지도 모른다는 생각에 말을 아끼기로 하는데, 에, 에, 에!

쿵 쾅쾅! 쾅 콰콰쾅!
요즘 힙합

한국 힙합 망해라!**

결국 나는 분에 못 이겨 소리치고 말았다.

■

그러자 비트가 멈췄다. 절대로 멈출 것 같지 않았던 바로 그 소리가. 어라? 이게 무슨 일이지? 아무런 소리도 들리지 않아 순식간에 내 방은 적막해졌다. 혹시 내 목소리를 들었나. 내 목소리가 벽을 넘어갔나. 생각하고 있을 때, 현관문 너머 발소리가 들려오기 시작했다. 그리고 잠시 후, 누군가 우리집 문을 두드렸다. 똑똑똑. 집에 없는 척하려 했으나 했으나, 다시. 똑똑똑. 누구세요? 나는 물었지만, 아무런 대답도 들리지 않았다. 혹시 옆집 사람이 내게 욕을 하러 온 건 아닐까. 괜히 문을 열었다가, 멱살이라도 잡히면 어

---

* 허클베리피, 〈무언가無言歌〉(Feat. MC META, IGNITO).

** 마미손, 〈소년점프〉(Feat. 배기성).

쩌지. 험한 꼴을 당하는 게 아닐까. 온갖 걱정에 휩싸였을 때, 초인종이 울렸다. 세상에. 나는 겁이 나 어디론가 도망치고 싶었지만 어차피 도망칠 곳도 딱히 없었기 때문에 도망치지 않았다. 그리하여 나는 조심스럽게 문을 열었는데. 에? 이 사람이 왜 여기에? 낯익은 사람이 우리집 문 앞에 서 있었다.

"안녕하세요, 반갑습니다."

"……"

"저는 옆집 사는 힙합 레전드 제이즤입니다."

"……"

"저 모르세요? 힙.합.레.전.드.요."

"아니, 제이즤. 어떻게 한국어를 그렇게……"

"제가 너무 시끄럽게 했죠?"

"맞아요. 그건 그렇……"

"쉿, 여기는 디스 금지 여기는 피스뿐이에요."*

"……"

"시끄럽게 해서 미안합니다. 아직 시차 적응을 못해서요."

"오, 제이즤……"

"더 좋은 곡으로 보답하겠습니다. 그럼, 이만."

"오, 제……"

---

* 2017년 제63회 힙플라디오 〈황치와 넉치〉 던밀스의 말을 인용.

벽과 선을 넘는 플로우 135

내가 대답할 틈도 없이, 쿵. 바람이 거세게 문을 닫았다. **현재 시각 [04:44]** 오우, 이게 뭐지. 무언가 내 영혼을 강하게 휩쓸고 지나간 것만 같아. 오, 힙합. 오우, 제이즤. 그가 내게 사과했어. 이것은 리얼 힙합이야. 나는 자신의 무지와 무지에서 비롯된 과오와 실수를 인정하고, 이를 반성하며 사과를 건넬 줄 아는 힙합 레전드의 모습을 보며 힙합에 대해 다시 생각하게 되었다. 힙합 레전드는 힙합이 얼마나 멋있고, 또 어디까지 멋있어질 수 있는지를 내게 보여주었다. 물론, 그렇다고 지금껏 소음으로 상처받은 내 고막과 달팽이관이 치유되는 건 아니었지만. 밤마다 새벽마다 잠들지 못해 만성피로에 시달려야만 했던 날들을 보상받을 수 있는 건 아니었지만. 그럼에도 나는 이 일을 통해, 지금껏 힙합이란 무엇이었으며 앞으로 무엇이 될 수 있는지를 고민하게 되었다. 더불어, 한국 힙합이란 무엇이었으며 앞으로 무엇이 될 수 있는지에 대해서도. 어쩌면 한국 힙합은 한국말로 하는 힙합만을 말하지도, 한국인이 하는 힙합만을 말하지도, 한국인이 좋아하는 힙합만을 말하지도, 한국 음원시장에서 잘 팔리는 힙합만을 말하지도 않을 거라고. 그러므로 힙합은 앞으로 무엇이든 될 수 있었다. 계속 흐르고 변하면서, 힙합은 더 멀리 흘러갈 수 있었다. 힙합은 계속 변하고 흐르면서 **영원할 수 있었다. 영원할 수 있었다.** 나는 언젠가 옆집 사는 제이즤가 한국말로 된 앨범을 발매하여 한국에서 활발하게 활동하는 모습을 그려보았다. 그날이 와도, 누군가 제이즤에게 '네가 하

는 건 힙합도 아니야. 리얼 힙합 아니야. 힙합도 모르는 새끼, 근본
도 없는 새끼가 어디서'라고 말하게 될까.

쿵 쾅쾅. 쿵 쾅쾅. 쾅쾅.

또 시작이다. 또, 또, 또.

벽, 벽을 때리는 비트 소리에 잠을 설치는 게 어제오늘만의 일
은 아니었으나, 오늘만큼은 도저히 참아줄 수 없다는 생각에 눈이
번뜩 떠졌다. 도대체 어떻게 된 일일까. 언제 잠들었던 걸까. 천천
히 방안을 둘러보니, 책상 위에는 불어터진 짜파게티 한 그릇과 한
입 베어문 총각김치가 남아 있었다. 그래, 나는 짜파게티를 끓이
던 순간부터 졸기 시작해 짜파게티를 먹다가 기어코 잠든 모양이
었다. 배가 부르면 잠이 오니까. 그런데 꿈도 참 이상하지. 나는 평
소에 제이지를 생각해본 적은 없는데, 어째서 제이지가 나온 걸까.
아니, 제이킄. 그러니까 옆집 사는 제이지도 아니고 제이킄가 우리
집에 찾아와 내게 사과를 했는데, 어째서 나는 제이지가 제이킄인
걸 조금도 이상하게 생각하지 않았던 걸까. 쿵 쾅쾅. 그러나 나는
옆집 사는 제이지가 제이킄인 걸 조금도 이상하게 여기지 않았던
것보다, 옆집 사는 쟤가 아직도 저러고 있는 게 더 이상하다고 생
각했다. 쿵 쾅쾅. 쿵 쾅쾅. 이 시간에 아직도 저러고 있는 게 말이
되나. 쿵 쾅쾅. 그러나 또다시 비트가 잠자는 나를 깨워 "잠자는 표

현의 장작을 피워"* 나는 첫 문장을 쓸 수 있을 것만 같았다. 때마침 책상 위에 놓인 페이퍼는 여전히 백지 상태.

📖 ✍

나는 다시 마음을 가다듬고 자리에 앉아, 손에 펜을 쥐었다. 이 "언어의 조각칼은 온갖 사람들의 천상만태를 전달하는 도구이자, 교만함을 고발하고 또한 사회의 못마땅함을 적나라하게 토로할 하나의 무기"**였지만, 때때로 "흐릿한 시공간을 환히 밝히며 행선지를 가리켜주는 길잡이별"***이 되어주기도 했기에, 나는 그 빛을 따라 내 영혼 속 깊고 어두운 곳까지 가볼 수도 있었다. 그렇게 가고 또 가, 홍대 번화가를 벗어나, 합정과 상수를 지나, 광흥창역으로. 광흥창역 4번 출구로 나와 그대로 걷다가, 주택가 골목으로 방향을 틀어 다시 쭉 걷다보면 그곳이 나왔다. 어글리정션. 두 개로 갈라진 길 사이에 세워진 벽돌 건물, 지하 1층. 공연장이라고는 찾아볼 수 없는, 아주 조용하고 평화로운 주택가 한가운데 마련된 공연장이었다. 소울컴퍼니 해체 이후, 신인이나 무명 래퍼들에게 공연의 기회를 열어줬던 자리. 그러나 공간을 유지하기 힘들어 한동안 문을 닫았다가, 여러 팀이 함께 쓰는 방식으로 리뉴얼되었다.

---

* 화나, 〈순교자찬가〉.

** 화나, 〈Brainstorming〉.

*** 화나, 〈길잡이별〉.

UGLY by The Ugly Junction "집들이" 파티. 어글리정션 리뉴얼을 기념하는 파티가 열렸고, 그날 나는 그곳에 갔었다. 직장을 다니게 된 이후로는 공연을 보러 다니기가 어려웠지만, 꽤 오랜만에 공연을 본다는 생각에 나는 조금 들떠 있었고, 계단을 따라 줄을 서 있는 것만으로도 몹시 설레고 좋았다. 나는 좁다란 계단을 따라 지하로 내려가면서, 더 어둡고 깊은 곳으로 내려가면서, 처음으로 언더그라운드라는 말을 알게 된 때를 떠올리게 되었다. 그 말을 내게 알려준 애, 나는 왠지 모르게 너를 다시 만나게 될 것만 같은 기분에 휩싸여 뒤를 돌아보게 되었다. 좁은 계단을 따라 서 있는, 십대 아이들과 이제 막 이십대가 된 것처럼 보이는 아이들. 그들은 언젠가의 우리처럼 거기 서 있었다. 거기 그대로 서 있었다.

쿵 쾅쾅. 쿵 쾅쾅.

그 소리가 계속 내 머릿속을 맴돌고.
이렇게 밤새 백지 앞에서 펜을 쥐고 있다보니, 내가 진짜로 쓰고 싶었던 건 날카롭고 공격적인 말들이 아니었을지도 모른다는 생각이 들었다. 처음에는 그저 분노인 줄로만 알았는데, 그 마음을 자세히 들여다보니 사실 그게 아닐지도 모른다고. 그건 오래된 그리움이거나 외로움이거나 원망이거나 후회이거나, 또는 몇 마디

말로는 도무지 표현할 수 없는 애증과도 같은 것일 수 있었다. 여전히 "갈피를 잡지 못한 단어들이 무질서하게 입술 위로 맴돌고"* 있었지만. 어쩌면 나는 이제 이 펜으로 경고장 대신 오랫동안 하지 못한 말을 써볼 수 있을 것 같았다.

지예에게

안녕. 잘 지내니?

무슨 말을 어떻게 시작해야 할지 모르겠지만, 사실 그냥 무슨 말이라도 너에게 하고 싶었어. 두서없이 무슨 말이든. 예전에는 별일이 없어도 종종 너에게 편지를 썼는데. 기억나? 배고프다, 불안하다, 수능 보기 싫다, 야간 자율학습 도망치고 싶다. 그런 쓸데없는 말들을 적어서 말이야. 그때는 뭐든 망설임 없이 쓸 수 있었던 것 같아. 각을 잡지 않고, 잘 써야겠다는 부담이나 걱정도 없이. 그냥 너한테 말을 걸고 싶었거든.

그때 너는 직장인이 되고 싶다고 했는데, 지금은 어때? 너는 어떤 사람이 되었어? 시간이 많이 지나 변해 있을 너의 얼굴을 보고 싶어. 눈가에 진 주름이나, 늘어난 점 같은 것들 말이야. 나는 그사이 교정기를 뺐어. 옛날에 키우던 강아지는 무지개다리를 건넜어. 많은 것들이 변하는 동안 너는 어떻게 지냈어? 갑자기 연락을 끊어버린 너에게 서운한 마음보다는, 너에 대해 아무것도 몰랐던 나를 책망하게 돼. 지금 와서 돌이켜

---

* 매드클라운, 〈외로움은 손바닥 안에〉.

보면, 내가 너를 너무 몰랐다는 생각이 들어. 학교에서 봤던 네 모습은 그저 너의 일부분이었겠지.

그날 기억나? 공연 보고 집에 오는 길에 야경이 정말 멋졌지. 다음에 또 소울컴퍼니 공연 보러 가자고 약속했는데 이제 두 번 다시 못 가게 되었네. 나 사실 소울컴퍼니 해체할 때 소울컴퍼니 쇼도 갔었어. 그것도 혼자서. 네가 없어서 같이 갈 사람이 없었어. 그런데 그날 사람들이 엄청 많이 왔다? 기적 같았어. 가끔 나도 모르게 옛날 생각을 하게 돼. 어떻게 그런 시절이 있을 수 있었는지, 이제 와 돌이켜보면 믿기지 않아. "소울 컴퍼니라는 애들이 존재하게 되었다는 사실은 내게도 새삼 놀라워. 책 으로 내도 되겠어 언젠간. 어쨌든 잊지 말자고 다들. 우리의 소중한 만 남을."*

많이 보고 싶다. 어디서 무엇을 하든 행복하길 바라.

지은이가.

마침표를, 그 마지막 점을 찍으면서 나는 비로소 내가 쥔 펜의 용도를 이해할 수 있게 되었다. 그 끝이 날카로운 이유까지도. 쿵 쾅쾅. 쿵 쾅쾅. 그리하여 나는 이제 익숙해질 대로 익숙해진 그 소 리를 따라, 써도 안 쓴 것 같고 안 써도 쓴 것 같은, 읽어도 안 읽은 것 같고 안 읽어도 읽은 것 같은, 흩어지는 소리와도 같은 말들을

---

* 더 콰이엇, 〈소중한 만남〉.

계속 써내려가도 좋을 것 같았다. 어떤 중얼거림 속을 헤매면서, 계속 그 희미한 목소리를 따라서. 아, 그런데 그게 누구의 소설이었더라. 써도 안 쓴 것 같고 안 써도 쓴 것 같은, 읽어도 안 읽은 것 같고 안 읽어도 읽은 것 같았던 그 소설의 제목이 뭐였더라. 기억에 남는 건, 희미한 안개 속에서 중얼거리는 목소리뿐이었는데. 쿵쾅쾅. 뭐였더라. 모르겠다. 그런데 생각해보면 내가 모르는 건 그뿐만이 아니었다.

쿵 쾅쾅. 쿵 쾅쾅. 쿵 쾅쾅.

사실 나는 모르고 있었다. 벽 너머에 누가 살고 있는지를, 무엇이 있는지를, 전혀 모르고 있었다. 나는 단 한 번도 벽 너머에 사는 사람을 만난 적이 없었고, 만나려고 했던 적도 없었다. 그를 본 적도 없이, 그를 어린애라고 생각했던 건 그저 내 선입견이었는지도 모른다. 쿵 쾅쾅. 쿵 쾅쾅. 어쩌면 벽 너머에 사는 사람은 내가 생각한 그 사람이 아닐지도 모른다. 그는 어리지 않을지도 모른다. 그는 어리지 않을지도 모르기 때문에 어릴지도 모른다. 나는 그의 이름과 나이와 인종과 성별과 직업과 얼굴과 성격과 사연을 모른다. 내가 아는 건, 오직 벽 너머에 사는 사람이 힙합을 좋아한다는 것뿐이었는데. 쿵 쾅쾅. 쿵 쾅쾅. 벽 너머를 본 적이 없었으므로 벽 너머에는 누구든 있을 수 있었고, 그곳에서는 그 어떤 일이든 벌어질 수 있었다. 쿵 쾅쾅. 쿵 쾅쾅. 벽 너머를 보기 전까지 그 무엇도 결정되지 않은 채로, 거기 그렇게. 쿵 쾅쾅. 쾅쾅. 나는 처음으로 벽 너머를 보고 싶다고 생각했다. 그리하여 나는 소리가 크게 울리는 쪽으로

고개를 돌리고 고개를 돌리니,

그곳에는 흰 벽이.

거대한 백지처럼 눈앞에 펼쳐져 있었다.

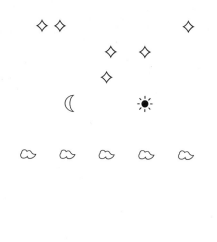

새벽과 아침의 경계에서. 모든 경계를 넘어 서로에게 좋은 이웃이 될 수 있었으면 좋겠다는 마음으로, 나는 벽 너머에서 들려오는 소리에 귀를 기울였다. 지금까지 소음으로만 여겼던 그의 목소리를 듣고자, 그가 하는 말을 듣고자. 그러자 보이지 않던 것들이 들리기 시작했고, 들리지 않던 것들이 보이기 시작했다. 하나가 된 눈과 귀의 감각으로, 나는 흰 벽 위에 그려지는 소리를 읽어내려고. 그곳에 귀를 기울이면 기울일수록,

마치 우리가 한집에 함께 사는 듯,

그 소리는 점점 더 커지고 선명해지며.

힙합은 계속

흐름♪

∽ ∽ ∽ ∽ ∽

위시리스트♥

☑

온라인서점 장바구니에는 103종의 책, 그러니까 총 1,681,700원 어치의 책이 담겨 있었다. 장바구니에 담으면 이미 책을 산 듯한 착각이 들었는데, 그래서인지 실제로 사지는 않았다. 그렇다고 책을 아예 사지 않았던 건 아니다. 아주 가끔이었지만 그래도 마음이 내킬 때도 있었다. 어제는 온라인서점에서 두 권의 책을 주문했는데, 그건 직장 동료 때문이었다. 동료는 요즘 당근마켓을 이용해 불필요한 물건들을 하나둘 처분하고 있다고 했다. 집안에 물건이 줄어드니 스트레스도 덜 받는 것 같다고. 그 말을 들으니 나도 불필요한 물건들을 하나둘 처분하고 싶다는 생각이 들었다. 불필요한 물건들이 사라진 방을 떠올리는 것만으로도 스트레스가 사라지는 것 같았다. 나는 미니멀리스트가 되고 싶어져, 온라인서점에서 미니멀리즘에 관한 책을 찾아보았다. 그런 책들은 아주 많았는데, 나는 판매량과 평점, 책의 목차를 차근차근 살펴보면서 나름대로 합리적인 판단을 내리려고 했다. 『내일은 미니멀리스트』는 미니멀 라이프를 시작하기 위한 구체적인 실천 방법들이 제시되어 좋았고, 『비소유의 의지』는 제목만으로도 나를 결연해지게 해서 좋았다. 그 두 권만 있으면 나도 완벽한 미니멀리스트가 될 수 있을 것 같았다. 나는 의지를 다졌지만, 책을 주문함으로써 비소유의 의지를 완전히 잃게 되었다. 애초에 내게 의지 같은 건 없었는지도 모르겠다. 이미 온라인스토어 장바구니에는 총 804,500원어치의 식료품이 담겨 있었고, 셀렉트숍 장바구니에는 총 8,395,700원어치의 의류가 담겨 있었으니까. 나는 필요한 것과 사고 싶은 것, 언젠가 살 것이지만 언제 사게 될지는 정확히 알 수 없는 것들을 장바구니에 담았다. 장바구니는 언제나 가득차 있었다.

☑

　문호는 나보다 상태가 더 심각했다. 그는 장바구니에 책을 담는데 꽤 많은 시간과 정성을 들였다. 심지어 그는 책을 많이, 아주 많이 샀는데, 책을 많이 사고도 읽지는 않았다. 원래부터 그랬던 건 아니었지만 어쨌든 언제부턴가 그는 책을 읽지 않게 되었다. 읽지 않을 책을 장바구니에 담거나 사는 게 그의 취미였는데 물론 유일

한 취미는 아니었다. 그는 매주 미술관에서 난해한 현대미술 작품을 보며 고개를 끄덕였고, 예술영화관에서 수면을 유도하는 영화를 보며 깊은 잠에 빠져들었다. 그것도 모자라 그는 사람들에게 거의 알려지지 않은 연극이나 뮤지컬을 보러 다녔고, 경제적인 이유로 해체 위기에 놓인 밴드의 공연을 보러 다녔다. 그에게는 취미가 아주 많았는데, 그의 취미는 모두 블로그 게시물로 귀결되었다. 그는 매일 블로그에 감상을 남겼다. 그는 블로그 이웃들에게, 혹은 그보다 많은 사람들에게 다양한 정보를 제공했고 이에 보람을 느끼고 있었다. 날이 갈수록 그는 블로그 관리에 더 많은 정성을 들였다. 나는 대가 없는 일에 시간과 정성을 들이는 그를 이해할 수 없었다. 그 시간에 공부를 하는 게 어때? 일을 하는 건 어때? 나는 그렇게 말하고 싶었지만 내가 그런 말을 할 처지는 아닌 것 같아 참았다. 문호, 너 파워블로거가 꿈이냐? 아닌데. 에이, 솔직히 말해봐. 진짜 아닌데. 나는 광고나 협찬도 다 거절해. 그럼 왜 이렇게 블로그를 열심히 해? 내가 묻자, 그는 아주 진지하게 대답했다. 사람들이 좋아해주니까.

☑

　쉬는 날에는 종종 문호를 만나 시간을 보냈다. 종로에서, 홍대에서, 이태원에서, 강남에서. 문호는 그때마다 카메라를 들고 나왔는데 그 카메라로 나를 찍어주진 않았다. 아, 진짜 존나 서운하네. 그렇게 대놓고 말해도 소용없었다. 그는 언제나 나를 등지고 서서 열심히 사진을 찍었다. 찰칵. 찰칵. 찰칵. 나는 블로그 게시물보다 못한 존재일까. 찰칵. 찰칵. 찰칵. 셔터 소리가 들릴 때마다 그런 생각이 들기도 했지만, 블로그 게시물보다 나아봤자 딱히 좋을 것도 없을 것 같아서 그냥 그러려니 했다. 더군다나 문호가 아니면 쉬는 날 딱히 만날 사람도 없었기 때문에 그냥 그러려니 했다. 그래도 좋았던 건, 문호를 만나면 언제나 새로운 곳에 갈 수 있다는 거였다. 새로 생긴 맛집이나 분위기 좋은 카페. 신기한 메뉴들. 문호가 아니었다면 영원히 가보지 못했을 곳들이었다. 뿐만 아니라, 나는 문호 덕분에 공연도 보고 전시도 보고, 지루하지만 뭔가 있어 보이는 영화도 볼 수 있었다. 찰칵. 찰칵. 내 옆에서 시종일관 사진을 찍던 문호는 갑자기 카메라를 내려놓고 말했다. 그런데 요즘 현진이 뭐해? 그러게, 나도 연락 안 한 지 오래됐는데.

☑

한동안 너를 만날 수 없었다. 어떻게 지내는지 궁금해서 오랜만에 연락을 했더니 너는 뜻밖의 소식을 전했다. 나 사실 취직했어. 너는 그사이 바이럴 마케팅 회사에서 일을 하게 되었다고 했다. 뭐? 마케팅? 갑자기 웬 마케팅? 네가 뭘 팔 수 있는 애야? 웃

음이 절로 나왔다. 그런 쪽으로 머리를 쓸 수 있는 애라고는 생각
해본 적이 없었기 때문이다. 혹시 모르지. 회사가 나의 숨겨진 재
능을 발현시켜줄지도. 너는 회사에 적응하는 동안 사람을 만날 여
유가 없을 것 같다고 했다. 정신이 없고 마음도 편하지 않다고 했
다. 그래서 그건 뭘 하는 건데? 나도 일 배우고 있는 중이라서 아
직 잘 모르겠어. 대충 뭐, 사람들 취향 파악? 요즘 사람들이 뭘 좋
아하고 뭘 원하는지, 일단 그것부터 파악해야 된대. 그게 기본이
래. 그걸 알아야 마케팅을 할 수 있대. 나는 네 말을 듣고도 정확히
무슨 일을 하는 건지 알 수가 없어서, 도대체 사람들의 취향을 어
떻게 파악하는 거냐고 물어보려다가 말았다. 그래서 그 일은 언제
까지 할 건데? 모르겠네. 입사한 지 일주일밖에 안 돼서 아직 생각
안 해봄. 기대가 되네. 뭐가? 너에게 앞으로 닥칠 고난과 절망, 그
걸 극복해나가는 너의 성장 서사 같은 거. 아휴, 시발. 너는 한숨을
뱉은 후, 이어 말했다. 만약 나한테 고난과 절망이 닥친다면, 그걸
극복해나가는 성장 서사를 쓰기 전에 그만둘 거야. 그런 건 쓰면
안 돼. 고난과 절망이라니. 마치 문호가 쓴 소설 같잖아. 너는 나지
막이 말했고, 나는 그제야 며칠 전 문호를 만났던 게 생각났다. 아,
안 그래도 문호가 너 어떻게 사느냐고 묻던데? 나 며칠 전에 문호
랑 뇨끼 먹음. 그래? 걔는 여전히 백수 한량 새끼인가보네. 아니야,
걔 바빠. 블로그 엄청 열심히 해. 걔는 직업이 파워블로거야? 아니,
그냥 혼자 취미로 하는 거래. 너는 잠시 아무런 말도 하지 않다가,

나지막이 말했다. 취미…… 잘 지내면 됐지, 뭐. 행복하면 됐지. 그리고 우리는 여유가 생기면 만나자는, 지키지도 못할 약속을 하고 전화를 끊었다.

☑

취직하기 전에 너는 설문조사 아르바이트를 한 적이 있었다. 설문조사에 응하면 소액의 돈을 벌 수 있는데, 그리 어려운 일도 아니고 시간이 많이 들지도 않아서 별 부담 없이 하고 있다고 했다. 지하철이나 버스 기다릴 때, 식당에서 음식 기다릴 때, 잠깐 옥상에 나가서 담배 피울 때, 화장실에서 똥을 쌀 때, 그럴 때 틈틈이 하는 거지. 그래도 이거 계속 하다보면 돈이 모인다? 뭐, 그래봤자 커피값 정도지만. 그래도 아무것도 안 하는 것보단 낫다. 그리고 질문에 답하는 게 재미있을 때도 있어. 나는 그렇게까지 열심히 돈을 벌어야 하나 싶었다. 지하철이나 버스를 기다릴 때조차 기다리는 일에 열중하지 못하고, 주문한 음식을 기다릴 때조차 맛을 기대하지 못하고, 일에 지쳐 잠깐 옥상에 나가 담배를 피울 때조차 쉬지 못하고, 심지어 화장실에서 똥을 쌀 때조차 일을 해야만 하는 건지. 그러면 도대체 언제 쉴 수 있는 건지. 어떻게든 일을 하지 않으려고 하는 나와는 달리, 너는 어떻게든 일을 하려고 했다.

☑

    편의점에 맥주를 사러 갔다가 러브♡콘을 발견했다. 단종된 줄 알았는데 여전히 생산되고 있는 모양이었다. 아니면 다시 생산되기 시작했거나. 러브♡콘은 바닐라 베이스에 딸기잼과 초콜릿칩이 들어 있는, 특별할 거 없는 아이스크림이었지만, 단 1퍼센트 확률로 하트 모양의 초콜릿칩이 박혀 있어 한때 큰 인기를 끌었다. 사람들은 하트로 자신의 운명을 점치려고 했다. 모두 하트를 찾아 헤맸으며, 하트를 찾기 위해 사재기도 마다하지 않았다. 더군다나 PPL 광고 호응도 좋았는데, 그 당시 시청률 1위였던 드라마 〈차가운 것이 좋아〉에서 주인공이 즐겨 먹던 아이스크림이 바로 러브♡콘이었다. 체온이 오르면 그대로 녹아버리는 얼음인간 '설이'가 어느 날 한 인간에게 뜨거운 사랑의 감정을 느끼게 되고, 그렇게 체온이 오를 때마다 0℃ 이하의 체온을 유지하기 위해 아이스크림을 먹는다는, 뭐 그런 이상한 내용의 드라마였다. 아, 그때 존나 힘들었는데. 드라마의 결말은 기억나지 않지만, 드라마의 인기와 더불어 생산량이 폭발적으로 증가해 죽도록 고생했던 기억은 생생하게 남아 있었다. 그 당시 나는 대학에 다니고 있었고, 유럽 여행 자금을 모으기 위해 여름방학에 아이스크림 공장에서 아르바이트를 했다. 그리고 그곳에서 현진이를 만났다. 우리는 다니는 대학도 사는 동네도 달랐지만, 또래였기 때문에 금세 가까워질 수 있었다. 아니 무슨 아이스크림 공장이 이렇게 더워, 시발. 여름에 시원하게 일하려고 아이스크림 공장에 들어왔더니, 이게 무슨 날벼락. 아, 오늘 김씨가 나한테 또 지랄함. 어떻게 하는지 가르쳐주지도 않고 소리만 지르는 거 있지? 그거 김씨 특징임. 우리는 텃세를 부리는 몇몇 공장 사람들을 함께 욕하면서 더욱 가까워졌고, 그렇게 가까워진 이후에는 공장이 아닌 곳에서도 종종 만났다.

☑

그때 우리는 둘이서 러브♡콘을 많이 사먹었다. 이제 와 돌이켜보면, 그때 왜 그렇게 열심히 러브♡콘을 사먹었는지 모르겠다. 하루종일 공장에서 러브♡콘을 만들고 또 러브♡콘이라니. 정말 미친 사랑이었다. 그러나 우리는 단 한 번도 하트 모양의 초콜릿칩을 발견한 적이 없었다. 하루종일 공장에서 하트만 넣는데, 어떻게 하트가 한 번도 안 나올 수가 있지. 우리는 우리가 넣은 하트가 모두 어디로 갔는지 항상 궁금했다. 그때 우리는 러브♡콘을 먹을 때마다, 우리가 먹는 러브♡콘 중에 우리가 만든 러브♡콘이 있을지도 모른다는 이야기를 하곤 했다.

☑ 아이스크림을 만들어 돈을 번다.

☑ 그 돈으로 아이스크림을 사먹는다.

☑ 사먹으면 돈이 사라진다.

☑ 돈이 사라지면 다시 아이스크림을 만든다.

☑ 아이스크림을 만들어 다시 돈을 번다.

☑ 그 돈으로 다시 아이스크림을 사먹는다.

☑

사고 싶은 게 많았지만 막상 사려고 하면 이런 것까지 살 필요가 있나 싶었다. 그래서 사지 않은 것들도 있지만, 그럼에도 불구하고 결국 산 것들도 많았다. 베스트셀러 서적, 라면받침, 다이어트 보조식품, 착즙기, 라텍스 경추베개, 잠옷, 아로마 향초 등등. 돌이켜보면 모두 왜 샀나 싶은 것들이지만, 그것들을 살 때 진심이 아니었던 적은 한 번도 없었다. 나는 날씨가 선선해지면 소설을 읽어보려고 했다. 햇살이 쏟아지는 주말 오후, 카페에서 커피를 마시며 책을 정독하려고 했다. 책의 마지막 페이지를 펼치는 기쁨을 느끼고 싶었다. 운이 좋다면 책으로부터 공감과 위로를 얻을 수도 있을 거라고 생각했지만, 그것은 결국 라면받침조차 되지 못했다. 왜냐하면 내가 라면받침을 샀기 때문인데 라면받침을 왜 샀느냐면 사실 그건 나도 잘 모르겠다. 어쨌든 그 라면받침은 몇 번 사용하지 못한 채 수납장 안에 방치되었는데, 그 이유는 내가 다이어트를 시작하면서 라면을 먹지 않게 되었기 때문이다. 나는 다이어트 보조식품, 그러니까 탄수화물 흡수를 억제하는 데 도움이 되는 가르시니아, 부기를 빼는 데 도움이 되는 호박즙, 쾌변을 돕는 알로에, 근력 향상을 돕는 프로틴 파우더 따위를 구매했고, 그것들을 먹었지만 그것만 먹은 게 아니었기 때문에 살은 조금도 빠지지 않았다. 그것들은 살을 빠지게 해주는 것이 아니라 살이 빠지는 데 도움을 주는 것들일 뿐이었다. 야식을 먹고자 하는 나의 의지는 그 도움의 손길을 외면할 정도로 강력했으므로, 살이 빠지는 데 도움을 주는 것들은 내가 살을 빼는 데 별 도움이 되지 못했다. 그러나 착즙기는 진짜 제대로 된 도움을 줄 것 같았다. 살을 빼는 것뿐만 아니라, 건강까지 챙겨줄 것 같았다. 나는 매일 아침 직접 만든 해독주스를 가방에 넣고 출근하는 현대인의 모습을 그리며 착즙기를 구매했다. 그리고 그런 아침은 내게 영원히 오지 않았다. 내게 주어진 아침은 지각의 그림자가 드리운 어두운 아침이었으며, 지하철역 계단을 두 칸씩 뛰어올라가는 아침이었다. 그래서 라텍스 경추베개를 샀다. 쾌적한 수면 환경을 조성해주면 쾌청한 아침을 맞이할 수 있을 거라 기대했다. 오래된 솜 베개에 들끓을 진드기, 곰팡이, 세균 들이 나의 면역체계를 위협할 수도 있으니까. 그렇게 생각하니 잠옷도 새것으로 바꿀 필요가 있을 것 같았다. 경추베개와의 시너지 효과를 위한 것이랄까. 뭐, 어쨌든 나는 새 잠옷을 사고 싶었다. 그러나 새 잠옷을 입고 경추베개를 베고 있어도 넷플릭스를 보느라 잠을 잘 수 없었다. 넷플릭스를 탈퇴해야 했지만, 나는 넷플릭스를 탈퇴하는 대신 아로마 향초를 샀다. 아로마 향초는 생각했던 것보다 훨씬 향이 좋았다. 향초를 켜놓으면 정신이 맑아지고 마음도 안정되었다. 그렇게 나는 맑은 정신과 안정된 마음 상태로 넷플릭스를 볼 수 있게 되어 더더욱 잠을 잘 수 없었고, 매일 아침 지각을 예감하며 눈을 뜨는 일이 반복되었다.

☑

출근하기 전 아침 운동을 하는 사람, 매일 직장에 도시락을 싸오는 사람, 출퇴근 시간을 이용해 책을 읽거나 공부를 하는 사람. 그들이야말로 존경받아야 마땅한 사람들이었다. 그들은 이미 자기 자신과의 싸움에서 승리한 자들이며, 빠르고 혼잡한 현대사회에 적응을 끝마친 자들이었다. 나는 그렇게 사는 일이 얼마나 어려운지를 직장에 다닌 지 한 달도 되지 않아 깨달을 수 있었다. 실천은 했지만 실현할 수 없던 일들. 출근하기 전에 운동을 해본 적도 있었지만, 괜히 몸만 더 피곤했다. 출근 전에 운동을 한다는 건, 근육이 아니라 빨리 퇴근하고 싶은 마음만 키우는 일이었다. 더군다나 출근 전에 운동을 하면 도시락을 만들 시간이 없었다. 결국 나는 운동을 포기하고 매일 아침 도시락을 만들기 시작했는데, 이상하게도 회사에 도착하면 짬뽕이나 돈가스가 먹고 싶었다. 직장 앞에는 먹방 유튜버들의 성지가 된 해물짬뽕 맛집이 있었고, 또 그 옆에는 삼십육 년 전통의 수제 돈가스 집이 있었다. 내가 아직도 직장을 그만두지 못한 이유가 있다면 직장 앞에 있는 맛집들 때문일 것이며, 언젠가 직장을 그만두게 되더라도 내가 그리워할 것은 해물짬뽕과 수제 돈가스뿐이었다. 그러므로 도시락을 싸는 것보다, 언젠가 먹고 싶어도 더이상 먹지 못할 해물짬뽕과 수제 돈가스를 실컷 먹어두는 게 나을지도 몰랐다. 더군다나 도시락을 만들기 위해 장을 보는 것도 보통 귀찮은 일이 아니었으므로 나는 더이상 도시락을 싸지 않게 되었다. 그렇게 나는 운동과 도시락 대신 잠을 선택했다. 괜찮은 결정이었다. 출근 전에 무언가에 에너지를 쓰는 건 결코 좋은 일이 아니었다. 그 대신 출퇴근 시간을 이용해 유용하고 생산적인 일을 하면 될 거라고 생각했다. 그래서 출퇴근 시간에 책을 읽어보려 했으나 끝까지 읽은 책은 없었다. 그래, 매일 이 지각 위기인데 어떻게 출근길에 책을 읽을 수가 있겠어. 더군다나 나는 사당역에서 환승을 해야 했으므로 매일 이 지옥을 견디고 사는 것만으로도 충분하다고 생각했다. 이 인파를 뚫고 지하철을 타는데 여기서 책까지 읽어야 하나. 미쳤나. 에라이, 더러운 세상아. 아무도 내게 책을 읽으라고 강요하지 않았지만 책을 읽을 생각만 해도 갑자기 화가 났다. 퇴근길에는 지각을 걱정하며 마음을 졸이지 않아도 되었지만, 그래서 퇴근길에는 책을 읽을 수도 있었지만, 퇴근길에는 퇴근 말고는 아무것도 하고 싶지 않았다. 오직 퇴근에만 충실하고 싶었다. 이런 내 마음을 누가 알아줄지 모르겠으나, 이런 내 마음을 아무도 몰라주더라도 퇴근에만 충실하고 싶은 내 마음은 변하지 않을 것이다.

☑️

그렇다고 내가 퇴근길에 퇴근에만 집중했던 것도 아니다. 언제부턴가 나는 퇴근길에 온라인스토어를 배회하며 장바구니에 무언가를 끊임없이 담기 시작했다. 지하철에서 시간을 때우는 데 그것만한 일이 또 없었다. 종종 이렇게 시간을 보내는 게 지하철에서 책을 읽거나 공부를 하는 것만큼 생산적인 일이라고 느껴지기도 했다. 이렇게 틈틈이 온라인스토어 장바구니에 사고 싶은 물건들을 담아놓으면, 월급이 들어왔을 때 그 돈으로 무얼 살지 고민하는 시간을 줄일 수 있었기 때문이다. 이번달 월급으로는 생필품을 새로 살 예정이었다. 샴푸와 트리트먼트. 지금까지 쓰던 것 말고, 이번에는 다른 걸로. 이왕이면 미세 플라스틱이 검출되지 않는 제품으로. 어떤 브랜드의 어떤 제품을 사는 게 좋을까. 가격과 판매량, 성분 표시, 평점, 구매 후기. 나는 제품 정보들을 확인하며 합리적인 판단을 하려 노력했다. 허위 광고가 판치는 세상이니, 사람들의 평이 지나치게 좋은 상품은 더더욱 신중하게 살펴봐야 했다. 나는 점점 더 합리적인 소비자로 거듭나고 있었다. 그러나 생필품과 달리, 옷은 합리적인 소비가 어려웠다. 모델 착용샷을 보면 사고 싶어졌다. 왜 자꾸 사고 싶어지는지는 알 수가 없었다. 과소비를 막으려면 온라인스토어에 들어가지 않는 게 가장 좋은 방법이겠지만, 그걸 알면서도 자꾸만 온라인스토어에 들어가게 되었다. 그리고 마음에 드는 옷을 골라 장바구니에 담았다. 담고 또 담았다. 내가 이 옷을 사게 될지는 모르겠지만, 일단은 담았다. 일단은 담고 또 담았다. 담고 또 담아도 장바구니는 무거워지지 않았다. 무거워지지 않아서 담고 또 담았다. 담고 또 담아도 되었다. 담고 또 담으면, 온라인스토어는 내 취향을 파악해 내게 맞는 상품을 추천해주었다.

☑

(광고) 고객님만을 위한 추천 상품

블링블링 오가닉 샴푸, 베이비파우더향 500ml

퍼퓸 샴푸, 화이트머스크향 250ml

제로 프로젝트 30일분

훈제 닭가슴살 1+1

☑

　물건들은 장바구니 안에서 서서히 잊혀갔다. 분명 언젠가 내가 사고 싶어했던, 그래서 반드시 사려고 했던 물건들이었는데. 시간이 조금만 지나도 구매욕이 사라지는 게 신기했다. 그런 걸 보면 소비는 참 충동적인 행위였다. '그 순간'만큼은 필요하지 않은 것을 필요하다고 느끼고, 부족하지 않은 것을 부족하다고 느끼는 것. 사실 장바구니에 담긴 물건들은 내게 필요하지 않았다. 반드시 내가 가지고 싶었던 것들도 아니었다. 내가 정말 사고 싶어했던 게 맞나? 원했던 게 맞나? 종종 그런 의문이 들기도 했지만 그런 걸 진지하게 생각해봤자 뭐하나 싶었다. 장바구니에 담긴 물건들은 구십 일간 보관되다가 이후에는 자동으로 삭제되었다. 그렇지만 이상하게도 내 손으로 직접 장바구니를 비우고 싶진 않았다. 내가 삭제하지 않아도 삭제될 텐데, 뭐. 나는 언제나 물건들이 자동으로 삭제될 때까지 기다렸다. 그렇게 장바구니가 비워지면 나는 또다시 그곳에 물건을 채워넣을 것이다. 그러고는 잊겠지. 사라지겠지.

비워지겠지. 장바구니가 비워지면 나는 또다시 그곳에 물건을 채워넣을 것이다. 그렇게 장바구니는 아무리 비워지고 비워져도 영원히 비워지지 않을 게 분명했다.

☑

드라마 마지막 회를 끝으로, 우리는 함께 공장을 그만뒀다. 유럽 여행 자금은 끝내 모으지 못했지만 후회하지 않았다. 공장 일에 너무 지친 나머지, 유럽 여행을 갈 마음마저 소진되었기 때문이다. 유럽 여행은 물 건너갔지만 그래도 우리는 얼마 동안, 시간이 맞을 때마다 함께 공연을 보러 가거나 극장에 가거나 미술관에 갔다. 아니, 자주 가려고 노력했다. 어느 순간이 되면 취업 준비니 뭐니 해서 문화생활을 거의 즐기지 못할 것 같다는 생각이 들었기 때문이다. 그리고 예상했던 대로, 취업 준비를 하면서부터는 거의 그러지 못했다. 그래도 한때 그렇게 열심히 문화생활을 했으면 뭐라도 남는 게 있어야 할 텐데. 예를 들면, 작품에 대한 지식이나 해석 등등. 그러나 이제 와 돌이켜보면 그냥 재미있고 좋았다는 느낌 정도만 남아 있을 뿐이었다. 역시 나는 문화나 예술과는 거리가 먼 사람이었다. 그건 아마 너도 마찬가지였을 거다.

☑

이게 세계에서 가장 비싼 그림 중 하나래. 어떤 사람이 내 옆으로 지나가면서 말했고, 나는 그 말을 그대로 기억했다가 너에게 말했다. 이게 세계에서 가장 비싼 그림 중 하나래. 너는 네가 그걸 어떻게 알았느냐는 표정을 지었다. 지나가는 사람이 그러더라고, 이거 엄청 비싼 그림이래. 너는 어처구니없다는 듯 웃더니, 그림 쪽으로 고개를 돌리며 나지막이 말했다. 알 게 뭐야. 어차피 우리가 살 수 있는 것도 아닌데. 네 말이 맞았다. 맞아, 알 게 뭐야. 우리는 우리가 살 수 없는 것들을 바라보았다. 살 수 없어서 바라만 보았다. 그렇지만 그렇게 바라보는 것만으로도 마음이 편해지거나 기분이 좋아질 때가 있었는데, 어쩌면 그게 예술작품이 가진 힘인지도 몰랐다.

☑

언젠가 우리는 점심을 먹고 미술관에 갔다가 거의 잠들 뻔했다. 하품을 하다가 서로 눈이 마주쳤고, 그대로 웃음이 터지는 바람에 급히 미술관을 나와야만 했다. 그때 너는 미술관을 나오며 갑자기 내게 말했다. 내 친구 중에 소설 쓰는 애 있거든? 작가야? 아니, 학생. 아, 문창과야? 아니, 그냥 혼자 쓰는 애야. 나는 네가 갑자기 네 친구 이야기를 꺼낸 이유를 알 수 없었지만, 일단은 네가 하는 말을 들었다. 그런데 걔가 아는 게 많아. 쓸데없는 것들? 예술사나 사조 이런 거 있잖아. 걔네 집이 좀 괜찮게 살거든. 아, 아니다. 그건 별로 중요한 게 아니고, 어쨌든 다음에 개도 부를까? 나는 얼떨결에 그러자고 답했다. 너는 내게 자기 친구를 소개시켜주고 싶다고 했는데, 그 친구가 바로 문호였다.

☑

그런데 문호의 이름이 뭐였더라. 문호의 이름은 문호가 아니었는데, 나는 이 사실을 자주 까먹었다. 대문호. 줄여서 문호. 문호는 그냥 별명이었다. 문호는 한때 소설을 열심히 썼는데, 소설이나 열심히 쓰면 되었을 것을 소설을 쓴다면서 소설은 안 쓰고 온갖 꼴값을 다 떨고 다녔기 때문에 우리는 언제부턴가 그를 대문호라고 부르기 시작했다. 이야, 저기 대문호 오신다. 대문호라서 오늘도 늦었어. 원래 스타는 제일 늦게 오는 법이야, 알지? 역시 대문호의 발걸음은 남달라. 역시 우리 문호. 우리 문호. 그렇게 대문호는 자연스럽게 문호가 되었다. 문호도 그렇게 불리는 것을 은근히 좋아하는 것 같았는데, 그게 바로 우리가 말하는 꼴값이었다. 그런데 너 소설은 안 써? 소설은 안 쓰고 맨날 놀기만 하는 문호에게 내가 놀리듯 물으면 문호는 언제나 태연하게 답했다. 쓰고 있는 거야. 앉아서 쓰기만 한다고 소설이 아니야. 보고 느끼고 사유하는 시간이 있어야지. 나는 문호가 그렇게 말할 때마다 온몸에 소름이 돋았다. 내가 보기에 너는 그냥 놀기만 하는 것 같은데? 그럼 어쩔 수 없지, 뭐. 네가 생각하고 싶은 대로 생각해. 문호는 이제 백수 한량 취급받는 데 익숙해져서 괜찮다고 했다. 그렇게 말하는 것도 꼴값이라고 생각했다. 네 눈에는 내가 노는 것처럼 보이겠지만 노는 것만은 아니라구. 나는 그런 문호가 놀고 앉아 있다고 생각했다. 하지만 그렇다고 문호가 싫었던 건 아니다. 문호는 뭐랄까. 늘 예술 뽕에 취해 있었지만 그렇다고 나쁜 애는 아니었으니까. 현진이의 말처럼 정말로 문호는 쓸데없는 것들을 많이 알고 있기도 했고, 나쁜 짓을 일삼고 다니지도 않았다.

☑️

특별히 나를 힘들게 하는 사람이 있었던 건 아니다. 오히려 나는 직장 동료들과 그럭저럭 좋은 관계를 유지하는 편이었는데, 그게 문제라면 문제였다. 나는 그들과 함께 점심을 먹었고, 주중에 한두 번씩은 퇴근 후에 술자리를 가졌다. 기름지고 맛있는 안주에 맥주를 몇 잔 마시는 정도. 그 누구도 과음하지 않았고, 아무리 늦어도 열시 전에는 지하철역에서 서로 웃으며 헤어졌다. 다들 직장 다니면서 사람 때문에 스트레스를 받는다고 하는데 나는 사람 때문에 스트레스 받을 일이 없었다. 그러나 언제부턴가 그 시간들이 점점 아깝게 느껴지기 시작했다. 점심시간에 다 같이 밥을 먹지 않으면 그 시간을 조금 더 생산적으로 쓸 수 있지 않을까. 퇴근 후에 모여서 술을 마시지 않으면 그 시간을 조금 더 생산적으로 쓸 수 있지 않을까. 매일 똑같은 사람들을 만나니 늘 비슷비슷한 이야기만 나누게 되는 것 같았다. 그 시기에 유행하는 것들, 넷플릭스 드라마, 연애와 결혼, 내 집 마련과 주식. 그런 얘기 말고, 조금 더 내게 도움이 될 만한 이야기는 없을까. 지식과 지혜를 얻고 교양을 쌓을 수 있는 그런 이야기들 말이다. 그러나 나는 그렇게 생각하면서도 계속 그렇게 생각하기만 할 뿐이었다. 그냥 말하면 될 텐데. 오늘은 따로 밥을 먹겠다고 말하면 될 텐데, 집에 가겠다고 말하면 될 텐데, 해야 할 일이 있다고 말하면 될 텐데, 그렇게 말해도 나를 붙잡거나 내게 화를 낼 사람은 아무도 없는데, 그럼에도 나는 그들에게 아무런 말도 하지 못했다. 아니, 아무런 말도 하지 않았다. 나도 그들과 그렇게 시간을 보내는 게 은근히 좋았기 때문이다. 사실 그들이 좋았기 때문이다. 그러니까 다시 말해, 나에게는 절대로 합의에 이를 수 없는 양가감정이 있었다. 동료들과 함께 시간을 보내고 싶은 마음과 그 시간을 조금 더 효율적으로 사용하고 싶은 마음. 둘 다 가능하다면 좋겠지만 그럴 수 없었기에 그들과 함께 시간을 보내고 싶지 않다고 생각하면서도 자꾸만 그들과 함께 시간을 보내고 있었다.

☑

    너는 오늘도 일을 하고 있을 것이다. 나는 오늘 일을 하지 않았는데 일을 하지 않는다고 딱히 할일이 있었던 것도 아니다. 오늘은 일을 하지 않는 날이었으니 일을 하지 않으면 되었지만, 아무것도 하지 않으면 되었지만, 이상하게도 자꾸만 뭐라도 해야 한다는 생각이 들었다. 쉬는 날을 어떻게든 의미 있고 특별하게 보내고 싶었다. 그러자 매일매일 쉬는 문호가, 그러니까 인생이 휴가 그 자체인 문호가 떠올랐다. 문호야말로 매일매일 의미 있고 특별한 하루를 보내고 있었으니까. 나는 문호가 생각난 김에 연락을 해볼까 했으나, 불과 며칠 전 문호를 만났던 일을 떠올리고는 연락을 하지 않기로 했다. 그 대신 문호의 블로그에 들어가보았다. 문호는 칠 년째 블로그를 운영하고 있었다. 원래 일상을 기록해두기 위해서였는데 무슨 이유에서인지 문호의 일상을 지켜보는 이웃들이 늘어났다고 했다. 블로그 이웃이 꽤 늘어난 이후 문호는 조금 더 책임감을 가지고 게시물을 올리게 되었고, 언제부턴가는 매일 게시물을 올려야 한다는 의무감까지 생겼다고 했다.

책 / 영화 / 음악 / 전시 / 공연 / 일기 / 상품 구매 후기
                            ᐟ

예전보다 카테고리도 훨씬 체계적으로 분류되어 있었다. 깔끔하게 정리된 블로그를 보니 문호가 조금 다르게 느껴졌다. 그냥 평범한 백수 한량은 아닌 것 같았다. 나는 문호가 올린 게시물들을 차근차근 살펴보았다.

☑

문호는 엊그제 '움직이는 사물들: 세잔展'에 다녀온 모양이었다. 첨부된 사진을 보니, 프로젝션 매핑 기술을 활용한 미디어아트 전시였다. 문호는 사진 아래 감상을 자세히 남겨두었고, 나는 그 글을 꼼꼼히 읽어보았다. 글은 세잔의 작품이 다른 인상파 화가들의 작품들과 구분되는 지점에서 시작해, 세잔이 정물화를 통해 다룬 시간성과 그 시간성을 현대적으로 구현한 프로젝션 매핑 기술에 대한 이야기로 나아갔다. 더불어 열 살 때 부모님 손을 잡고 오르세미술관에서 세잔의 그림을 처음 봤던 순간의 기억까지. 그런데 문호가 글을 정말 잘 쓰는구나. 아, 맞다. 애 원래 소설을 쓰고 싶어했지. 문호가 블로그에 남긴 글은 소설이 아니었지만, 나는 소설을 읽은 것처럼 감동받았다. 물론 소설을 읽지 않아서 소설을 읽고 감동받아본 적은 없었지만 말이다. 소설을 읽고 감동을 받는다면 이런 느낌일 것 같았다. 나는 문호에게 연락을 하고 싶었지만 그렇게까지 하지는 않았다.

☑

　전시에 대한 관심이 생겨, 나는 다른 블로그와 인스타그램을 통해 전시 후기를 조금 더 찾아보았다. 세잔의 그림을 미디어아트로 체험할 수 있어서 좋았다는 의견과 명화를 직접 볼 수 없어서 아쉬웠다는 의견이 반반이었다. 그래도 실물이 전시된 게 아니다 보니, 미술관 안에서 자유롭게 촬영이 가능했던 것 같았다. 사진뿐만 아니라 동영상까지도. 그렇게 촬영된 사진과 동영상은 그 자체로 홍보 효과가 있었다. 신기하다, 재미있을 것 같다, 꼭 가보고 싶다, 나도 얼마 전에 여기 다녀왔는데 즐거웠다, 여기서 사진 찍으면 인생샷 건질 수 있음 등등. 사진과 동영상 게시물에 달린 댓글을 보다보니, 나도 한 번쯤 가보고 싶다는 생각이 들었다.

☑

　전시장 천장에는 수백 대의 빔프로젝터가 설치되어 있었다. 사방에서 뿜어져나오는 빛이 미술관 흰 벽에 투사되었다. 세잔의 그림 속 정물은 디지털 빛 속에서 시시각각 변하고 있었다. 사과, 오렌지, 포도와 같은 과일들. 그것들은 마치 타임랩스로 촬영한 영상처럼 내 눈앞에서 서서히 변하고 있었다. 문호는 이 전시를 보고 열 살 때 오르세미술관에서 세잔의 그림을 봤던 기억, 한 장의 사진처럼 멈춰 있었던 그 기억이 프로젝션 매핑 기술에 의해 되살아난 것만 같았다고 썼다. 내게는 열 살 때 오르세미술관에 가본 기억이 없었기 때문에 그게 무슨 느낌인지 정확히 알 수는 없었으나, 내게도 떠오르는 기억이 하나 있었다. 아이쇼핑. 그 말을 배운 뒤로, 나는 혼자 대형마트에 다니기 시작했다. 아마 아홉 살에서 열 살쯤 되었을 것이다. 나는 그곳에서 시간을 보내는 걸 좋아했다. 그곳에는 시계조차 없어서, 시간 가는 줄도 모르게 하루를 흘려보낼 수 있었다. 살 수 없는 것들과 사지 않을 것들. 새로운 상품들이 들어와 진열대의 모습은 매일 조금씩 달라졌다. 그중에서도 내가 제일 좋아했던 곳은 과일 코너였는데, 그곳에서는 언제나 신선하고 달콤한 냄새가 났다. 사과, 오렌지, 포도와 같은 과일들. 나는 미술관에 온 것처럼, 깔끔하게 진열된 과일을 구경했다.

☑

그때의 기억 때문일까. 나는 마트에서 장을 보는 꿈을 유난히 많이 꿨다. 성인이 된 지금까지도. 그러나 어린 시절과는 달리 마트를 구경하는 꿈은 내게 그리 좋은 인상을 주지 않았다. 나는 그 꿈을 꿀 때마다 항상 피곤했는데, 그도 그럴 것이 마트에 진열된 상품들을 너무도 신중하게 골라야 했기 때문이다. 그러니까 유통

기한, 성분 표시, 원산지, 가격 등을 꼼꼼히 살폈는데, 너무 꼼꼼히 살펴본 나머지 머리가 아파오기도 했다. 실제로 그 꿈을 꾼 날에는 아침부터 두통을 앓았다. 그러나 정작 꿈속에서 무언가를 산 적은 단 한 번도 없었다. 나는 그저 구경만 했을 뿐 아무것도 사지 않았다. 아니, 사지 못했다. 왜냐하면 마음에 드는 게 없었기 때문이다. 그럼에도 계속 상품을 꼼꼼하게 살펴보며 무언가 사야 한다는 강박에 시달렸다. 무언가 사기 전에는 절대로 이 세계를 벗어날 수 없을 것 같았다. 아니, 무언가 사더라도 마찬가지였을 것이다. 나는 상품으로 둘러싸인 이 세계를 영원히 벗어날 수 없을 것이었다. 출구가 없었다. 아무리 찾아도 출구가 없었다. 나는 꿈에서 깨어야만 겨우 그 세계를 벗어날 수 있었다. 오랫동안 반복되는 꿈 때문에 인터넷으로 해몽을 찾아보기도 했는데, '마트에서 장을 보는 꿈'은 애인이 생길 징조라고 했다. 그렇게 나는 꿈 해몽에 대한 신뢰를 완전히 잃고 그냥 심리몽이겠거니 했다. 무언가 선택해야 하지만 선택하지 못하고 자꾸만 망설이게 되는, 그 불안한 감정이 꿈으로 나타난 거라고. 또는 돈 낭비를 할까봐 두려웠던 거라고.

☑

환상적이었다. 세잔의 그림뿐만 아니라, 그림을 구경하는 사람들까지도. 빔프로젝터에서 뿜어져나오는 빛은 사람들의 살갗에도 닿았는데, 그래서인지 사람들이 작품의 일부처럼 보였다. 전시를 보는 사람들의 얼굴과 몸통 위로 세잔의 그림이 흔들거리고, 사람들은 마치 컴퓨터그래픽으로 만들어진 가상현실을 살아가는 캐릭터처럼 빛 속에서 이리저리 움직이고 있었다. 그건 나 또한 마찬가지였는데, 때마침 흰 셔츠를 입고 있어 더욱더 그랬다. 빛은 내 흰 셔츠에 닿았다. 빛은 내 흰 셔츠 위에 새겨졌다. 그 모습을 보니 온몸이 점점 가벼워지는 것 같았다. 피와 뼈, 내 무게는 사라지고. 마치 내 몸이 디지털 픽셀로 이뤄진 것처럼 느껴지고. 그렇게 나는 작품을 이루는 구성요소가 되어 빛 속을 이리저리 움직이고. 잠시 현실을 잃어버렸다. 문호의 글에 따르면, 프로젝션 매핑 기술을 활용한 미디어아트 전시는 명화를 직접 들여오는 것보다 훨씬 경제적이고 효율적이라고 했다. 명화를 국내로 들여올 때 발생하는 비용이나 관리비를 줄일 수 있어서라고 했다. 경제적이고 효율적인 전시에서 나는 사라지고, 현실을 잃어버리고, 보는 동시에 보여지는 대상이 되고. 그곳에서는 모든 게 흥미로운 구경거리가 되었다.

☑

미술관 출구를 나오자, 진행요원이 내게 말을 걸었다. 방문 후기를 남기면 굿즈를 받을 수 있다고 했다. 세잔의 정물화가 그려진 엽서였다. 나는 엽서를 가지고 싶기도 했고, 후기를 남기는 게 그리 어려운 일은 아닌 것 같아서 하기로 했다. 포털 사이트 검색 창에 폴 세잔을 검색하면 바로 전시 정보가 나왔다. 전시 정보 하단 '리뷰 참여'를 누르고 영수증 인증 후 리뷰를 작성하면 되었다. 미술관 출구에는 나처럼 굿즈를 받기 위해 휴대폰으로 후기를 작성하는 사람들이 모여 있었고, 나도 그 사이에 서서 후기를 쓰기 시작했다. 바로 별점을 매기고 간단한 코멘트를 덧붙이려는데, 막상 코멘트를 남기려니 진부한 말밖에 떠오르지 않았다. 문호라면 뭐라고 썼을까. 문호라면 멋진 말을 단숨에 떠올렸을 것이다. 그러나 나는 문호가 아니라서 멋진 말을 떠올릴 수 없었다. 더 오래 고민해봤자 더 좋은 말이 나올 것 같지도 않았고, 전시 후기를 쓰는 일에 필요 이상의 에너지를 쏟고 싶지 않아 그냥 대충 떠오르는 대로 부담 없이 적었다. "저는 혼자 왔는데 재미있었어요. 다음에 친구랑 또 오고 싶어요. 좋아요." 다음에는 너랑 같이 오면 좋겠다고 생각하는 찰나, 지금 이 시간에도 일을 하고 있을 네가 떠올랐다. 너는 사람들이 무엇을 좋아하고 무엇을 원하는지, 일단 그것부터 파악하는 일을 하고 있다고 했다. 너는 지금 서울시 어딘가의 사무실에서 쉴 틈 없이 웹서핑을 하며, 사람들의 후기나 별점을 모아 데이터를 만들고 있을 것이다. 너는 내가 남긴 후기도 보게 될까. 너는 내가 남긴 후기를 수집하게 될까. 그렇게 생각하니, 지금 이 시간에도 너와 함께 일하고 있는 듯했다. 그러니까 네가 예전에 했던 설문조사 아르바이트 같은 거. 내가 자료를 제공하고, 네가 그 자료를 수

집하고. 마치 우리가 공장에서 함께 일할 때처럼, 다시 손발을 맞추고 있는 것만 같았달까. 어? 다 하셨네요. 감사합니다. 진행요원이 내게 굿즈를 건넸다. 나는 아무것도 만들지 않았지만 내 손에는 엽서가 들어와 있었다.

☑

저녁이 다 되어서야 집으로 돌아왔다. 몸이 피곤해서 그런가. 아침 일찍 출근했다 퇴근한 것 같았다. 의미 있고 특별하게 보내고 싶었는데, 휴일은 그렇게 끝나버렸다. 문 앞에는 택배가 쌓여 있었다. 두유와 과일, 반찬, 두 권의 책, 샴푸와 트리트먼트. 그리고 또 뭐였더라. 무엇을 주문했는지조차 기억나지 않았다. 이제는 택배를 기다리는 설렘조차 느낄 수 없었다. 아니, 택배를 기다릴 수조차 없었다. 택배는 기다릴 틈조차 없이 언제나 문 앞에 도착해 있었으니까. 이렇게 계속 택배를 시키는 한 나는 절대로 미니멀리스트가 될 수 없을 것이다. 나는 택배 박스들을 집안으로 옮겼고, 박스를 하나하나 뜯고 정리하는 게 귀찮아 일단은 그대로 두기로 했다. 나는 방바닥에 그대로 누웠다. 아, 오늘 왜 이렇게 피곤하지. 원래 만성피로가 있긴 했지만 이렇게까지 피곤한 건 정말 오랜만인 것 같아 나는 적지 않게 놀라면서, 옛 기억을 떠올렸다. 그러니까 너와 아이스크림 공장에서 아르바이트를 하던 때. 그때는 일 끝나고 집에 오면 항상 방바닥에 누워 있었다. 아, 씻어야지. 씻어야지. 씻고 자야지, 그런 생각을 하면서. 그때로 되돌아간 것 같다는 생각을 하는 찰나, 며칠 전에 러브♡콘을 사다놓은 게 생각났다. 그것은 아직 냉동고 안에 남아 있었다. 이번에 산 러브♡콘에는 하트가 있을까. 별로 기대는 되지 않았다. 그때 우리는 하루종일 아이스크림 기계에 하트 모양의 초콜릿칩을 부었다. 한두 개씩이 아니라, 한 바가지씩 넣었다. 그런데 그 많은 하트는 도대체 어디로 간걸까. 도대체 누구에게로 간 걸까. 그때 우리가 만든 것들은 우리에게 끝내 돌아오지 않았다. 그렇게 한 시절이 지나고. 하루가 지나가고. 나는 오늘따라 유난히 피곤하다고 느끼면서, 내일 또 출근이니 오늘은 일찍 자야겠다고 생각했다.

☑

다시 클릭하면.

☐ 장바구니에 넣지 않는다.
☐ 아무것도 사지 않는다.
☐ 일하지 않는다.

위시리스트♥ 175

낮은 해상도로부터

pixel

겨울은 사라지고 있었다. 자연스럽게. 겨울은 점점 사라지고 있었다. 낮은 점점 길어지고 있어서, 퇴근길에는 해가 지는 모습을 고스란히 지켜볼 수 있었다. 풍경은 지하철 창문 밖으로 빠르게 지나가고, 사라지고, 사라졌지만, 사라지는 풍경을 보아도 나는 사라지지 않았다. 저멀리. 내 시선은 고정되어 있고, 고정된 시선 속에서 해는 사라질 것이다. 자연스럽게. 해는 서서히 사라지고 있었다.

pixel

다행히 우리 사무실 사람들은 각자 점심을 먹는 분위기였다. 점심시간이 되면 나는 주로 카페에서 혼자 시간을 보냈다. 내가 자주 가는 카페는 사무실로부터 조금 떨어진 곳에 있었다. 사무실에서 도시락을 먹는 날도 있었지만, 나는 카페에서 빵과 커피로 간단히 끼니를 해결하는 게 좋았다. 그렇게 시간을 때우다보면, 종종 누군가를 기다리는 사람을 보게 될 때도 있었다. 그리고 누군가를 기다리는 사람은 누군가를 만나는 사람이 되었다.

pixel

약속. 기다린다. 사람과 사람이 만난다. 사람과 사람은 만나지만, 나는 너를 만난 적이 없었다. 너는 이 근방에 있는 회사에서 애플리케이션을 개발하고 있다고 했다. 그 우연 때문에 우리는 서로를 조금 더 가깝게 느낄 수 있었지만, 정말로 우리가 가까운 사이였을까. 우리는 언젠가 꼭 만나자는 이야기를 자주 했지만 끝내 만나지 못했다. 이대로라면 우리는 앞으로도 만나지 못할 것이다. 나는 네가 갑자기 트위터 계정을 삭제한 이유를 알지 못했다. 계정이 삭제되기 전까지만 해도, 우리는 메시지로 많은 이야기를 나눴다.

pixel

너는 점심시간마다 회사 근처의 카페에서 커피를 마신다고 했다. 너는 커피를 많이 마시고도 밤에 잠을 잘 잔다고 했다. 그렇지만 잠이 많은 편은 아니었다. 너는 면허가 있지만 자동차는 없었고, 그 대신 자전거를 애용했다. 너는 수영을 배운 적이 있다. 너는 건강한 편이지만, 태생적으로 심장이 약하다. 너의 할아버지는 심근경색으로 사망했다. 너는 예루살렘 성지 순례를 다녀온 적이 있고, 유럽 여행을 갔다가 소매치기를 당한 적이 있다. (……) 너는 책 읽기를 좋아하고, 퇴근 후에 혼자 극장에 가기도 한다. 너는 연애가 간절하지 않다. 너는 혼자 있는 시간을 좋아했다. 너의 회사 사람들은 모두 각자 컴퓨터를 바라보며 하루를 보낸다고 했다. 그곳은 많은 대화가 오고가는 곳이 아니라고 했다. 그곳은 키보드 두드리는 소리와 마우스를 누르는 소리만 가득하다고 했다. 너는 네가 다니는 직장에 만족하고 있었다. 너의 말이 모두 사실이라면, 너는 그렇다. 나는 너에 대해 많은 걸 알고 있었지만, 정작 너의 이름과 성별과 나이와 얼굴과 목소리를 모르고 있었다. 나는 너의 연락처조차 알지 못한다.

pixel

나는 너에게 p에 대해 이야기한 적이 있다. 너는 p를 알지 못했기 때문에, 오히려 편하게 이야기할 수 있었다. 앞으로도 너와 p가 알게 될 일은 없을 것이다. p는 나와 대화가 전혀 통하지 않는 사람이었다. 매주 만나서 밥 먹고, 술 먹고, 자는 것 이외에 우리 사이에는 아무런 일도 벌어지지 않았다. 그가 나를 정말로 사랑했는지 모르겠지만, 그마저도 이제는 중요하지 않았다. 나는 p를 만나고서야 알게 되었다. 대화는 단순히 말을 주고받는 일이 아니란 것을, 그리고 나에게는 애인이 아니라 대화가 통하는 사람이 필요했다는 것을. 나는 말을 통해 사랑을 느끼는 사람이었다.

pixel

언젠가 p와 우연히 마주치게 될지도 모른다고, 나는 생각했다. 길에서, 식당에서, 지하철역에서. 우연한 만남을 상상했다. 살다보면 언젠가 한 번쯤, 그런 날이 올지도 모른다고. 만약 p를 우연히 만나게 된다면, 만약 정말로 그런 날이 온다면, 나는 p를 그냥 지나치고 싶었다. 내가 그를 아예 알아보지 못했으면 좋겠다고. 그래, 그게 가장 좋을 것이다. 나는 그를 알아보지 못하는 상태에 이르고 싶었다. 애초에 그를 만난 적 없는 것처럼, 아예 그를 알지 못하는 것처럼. 나는 그가 완전히 늙어버렸으면 좋겠다고 생각했다. 내가 알아볼 수 없을 정도로, 내가 기억하는 얼굴로부터 완전히 멀어지도록.

pixel

먼 기억 속에 있는 너의 얼굴을 떠올린다.

이마

눈썹　　눈썹

귀　　눈　　눈　　귀

코

입

pixel

내가 너의 이름을 불렀던 적이 있었나. 사랑스럽게. 너를 불러본 적이 있었나. 나는 너의 이름을 기억하지 못했다. 내가 기억하는 건 너의 얼굴과 너와 함께 보낸 짧은 시간들뿐이라서. 이제 와 너를 찾을 방법이 없었다. 단서가 없었다. 이름 없이, 너를 찾는 일은 불가능했다. 어떻게 너의 이름을 잊을 수 있을까. 너무 오래된 기억이라서 그럴지도 모르겠다. 네가 어렸을 때 나도 어렸으니까. 너의 얼굴은 오래도록 너의 이름을 대신하고 있었다.

pixel

애초에 이름조차 없었던 동생, 이제는 이름이 기억나지 않는 동생. 나에게는 두 명의 동생이 있었다. 한 명은 태어나기 전에 죽었고, 또 한 명은 파양되었다. 나는 죽은 아이의 이름을 모르지만, 그 아이가 있었다는 것을 안다. 나는 파양된 아이의 이름을 모르지만, 그 아이가 있었다는 것을 안다. 내가 그들을 동생이라고 부를 수 있다면, 나에게는 분명 두 명의 동생이 있었다.

pixel

나는 죽은 동생의 얼굴을 알지 못한다. 그 아이의 얼굴을 본 적이 없기 때문이다. 그 아이는 이 세상에 단 한 장의 사진도 남기지 못했다. 그래도 그 아이에게는 얼굴이 있었을 것이다. 심장이 만들어지고 혈액이 돌기 시작하면서, 그 아이에게 점점 이목구비라고 부를 수 있는 것들이 생기기 시작했을 것이다. 언젠가 귀가 될 작은 구멍과 언젠가 눈이 될 작은 점이 있는 얼굴이 그 아이의 얼굴이었을 것이다. 그 아이는 조금씩 움직이기 시작하면서, 촉각을 느낄 수 있었을 것이다. 그 아이는 무언가 느끼면서, 점점 더 선명한 이목구비를 만들어간다. 손가락과 발가락이 생기며 꼬리는 완전히 사라진다. 어느새 어른의 손바닥 크기만큼 자라게 된다. 성기를 가지게 되면서, 운명을 가지게 될 것이다. 대뇌가 발달하기 시작하면서, 무언가에 대해 생각하거나 기억할 수도 있었을 것이다. 분노라는 말 없이 분노를 느끼고, 슬픔이라는 말 없이 슬픔을 느낄 수도 있었을 것이다. 얼굴이 있었으므로, 웃거나 찡그릴 수도 있었을 것

이다. 사랑이라는 말은 모르지만 사랑도 느낄 수 있었을 것이다. 그
아이는 말 없이도 무엇이든 느낄 수 있었을 것이다. 무언가 느끼면
서, 피부는 점점 붉어지고 두꺼워졌을 것이다.

pixel

그 아이는 어느 날 갑자기 죽어버렸다. 그 아이가 죽기 전까지
가지고 있었던 것들. 뼈와 살, 혈액, 심장과 위, 간과 비장, 맹장, 뇌,
이마, 눈썹, 속눈썹, 눈, 입, 입술, 코와 콧구멍, 귀와 귓구멍, 손과
손가락, 발과 발가락, 솜털, 근육, 신경, 감정, 짧은 기억. 그 아이가
죽지 않고 태어났다면, 나는 그 아이의 얼굴을 볼 수 있었을 것이
다. 자라고, 변하는 얼굴을 볼 수 있었을 것이다. 그러나 그 아이는
의료법상 감염성 폐기물로 분류되었다. 그 아이는 폐기되었다.

pixel

나는 오래도록 혼자 지냈다. 자랐고, 걸었고, 말할 수 있게 되었
다. 내가 말할 수 있게 되었을 때, 네가 우리집에 왔다. 오늘부터
네 동생이야. 너는 그날부터 내 동생이었다. 그때 너는 아직 말을
배우지 못한 상태였지만, 배고프거나 무언가 마음에 들지 않을 때
소리내어 울 수 있었다. 트림이나 재채기를 할 수 있었고, 나를 보
며 방긋 웃을 수도 있었다. 너는 우리집에서 한 달 가까이 살았다.
언젠가 너는 침대 위에 앉아 나를 빤히 쳐다보았다. 너는 내게 하

고 싶은 말이 있었던 걸까.

pixel

너에게 하고 싶은 말이 있었어. 너는 나를 기억하지 못하겠지만, 나는 늘 너를 기억하고 있었단다. 네가 다시 너의 할머니와 엄마 품으로 돌아간 이후, 우리집에는 많은 일들이 있었어. 우리집은 더이상 그때처럼 잘살지 않아. 나는 더이상 그곳에 살지 않아. 이사를 갈 때마다 집이 점점 작아지는 걸 보면서, 부모님이 점점 더 자주 싸우는 걸 보면서, 가전제품과 가구에 빨간 압류 딱지가 붙는 걸 보면서, 내 공간이 줄어드는 걸 보면서, 나는 늘 너를 생각했어. 너는 이 모든 일을 겪지 않아도 되어서 다행이라고. 만약 네가 떠나지 않았다면, 아니, 돌아가지 않았다면, 이 모든 일은 우리의 일이었을 테니까. 이 모든 일이 온전히 내가 감당해야 하는 삶이라서 차라리 다행이라고. 엄마는 떠났어. 나는 아빠 곁에 남아, 아빠가 점점 망가져가는 모습을 봤어. 네가 그 모습을 보지 못해서 정말 다행이야. 그렇지만 나는 네가 늘 보고 싶었단다. 너는 내 동생이 될 수도 있었던 아이야. 너는 나를 기억하지 못하겠지만.

pixel

그 아이는 자라서, 이제 더이상 아이가 아닐 테니까. 이제 더이상 아이의 얼굴을 하고 있지 않을 것이다. 그 아이는 넓고 둥근 이

186

마를 가지고 있었다. 아마 그랬을 것이다. 얼굴은 둥글고, 볼살이 많은 편은 아니었던 것으로 기억한다. 입술은 도톰하고, 인중이 깊었던 것 같은데. 잘 모르겠다. 정확하지 않다. 그렇지만 콧대가 높았다. 정확하다. 아니, 그조차 잘 모르겠다. 콧대가 높았던 것으로 기억하지만, 콧대가 높다고 말할 수 있을 정도로 콧대가 높았는지는 잘 모르겠다. 콧대가 매우 높았다고 말할 순 없겠지만, 콧대가 낮다고 말할 수도 없을 것이다. 그리고 눈이 아주 컸다. 그래, 옅게 쌍꺼풀이 진 눈. 누가 보아도 큰 눈이었다. 나는 그 눈을 똑똑히 기억하고 있었다.

pixel

너는 나에게 인상을 남겼다. 너는 나보다 작았지만 너의 눈은 나보다 컸다. 너의 눈은 아주 컸지만 눈이 크기만 했던 건 아니다. 너의 눈은 빛났다. 구슬처럼, 보석처럼, 반짝거렸다. 촉촉했다. (……) 선하고 맑았다. 깨끗했다. 예뻤다. 아름다웠다. 그러나 아름답기만 했던 건 아니다. 나는 너의 눈을 떠올릴 수 있었지만, 너의 눈에 대해 정확히 말할 수 없었다. 너의 눈을 묘사하는 건 거의 불가능하다. 묘사해볼 수는 있다. 시도는 할 수 있다. 그러나 묘사하면 할수록, 묘사하려고 하면 할수록 말이 너의 눈을 훼손하고 있었다. 말이 너의 얼굴을 모조리 지우고 있었으므로 나는 되도록 너에 대해 말하지 않으려고 했다.

pixel

물을 지우고 있었다. 물을 지우는 건 번거로운 작업이었다. 상품에 물을 뿌려 촬영할 경우, 아무리 여러 번 촬영하더라도 클라이언트가 원하는 이미지를 구현하는 건 거의 불가능했다. 물이 튀기는 방향이나 각도까지 계산할 수는 없었고, 물이 상품 로고를 가릴 수도 있었기 때문이다. 이럴 때는 보통, 상품만 촬영한 베이스 컷과 상품에 물을 뿌려 촬영한 소스 컷을 합성하는 방식으로 이미지를 만들었다. 상품의 로고가 잘 보이면서도 상품에 닿는 물의 모양이 아름다운 이미지를 만들기 위해, 나는 물을 지우면서 물의 모양을 만들어가고 있었다. 투명도를 조절하고, 물결을 정돈하면서 물결, 물결, 물결을 만들어가고 있었다. 합성을 할 때는 자연스러워 보이도록 만드는 것이 가장 중요했다.

pixel

올해 여름은 아주 더웠지만 겨울은 아주 추웠다. 부자연스럽게. 겨울은 점점 추워지고 있었는데, 이는 모순적이게도 지구가 점점 뜨거워지고 있다는 증거였다. 지구온난화로 빙하가 녹아내리면서 북극의 차가운 기운이 동아시아로 쏟아져내린 탓이라고 했다. 북극곰은 삶의 터전을 잃고, 죽어가고 있었다. 북극곰은 사라지고 있었다. 빠르게 사라지고 있었다. 북극곰보다 빠르게 사라진 동물도 있었다. 브램블 케이 멜로미스. 그들은 해수면이 상승하면서 모조리 사라져버렸다. 나는 그들을 실제로 본 적이 없었지만, 어디에서든 그들을 볼 수 있었다. 나는 그들을 실제로 본 적 없었지만, 그들이 사라졌다는 사실을 알고 있었다.

pixel

나는 네가 내 물건을 마음대로 가져다 써도 좋을 거라고 생각했다. 내가 먹으려고 사다놓은 아이스크림을 네 마음대로 먹어도, 내 가방을 네 마음대로 사용해도, 내 옷을 네 마음대로 입고 나가도, 그러다가 왜 네 마음대로 내 옷을 입고 나가느냐고 싸우는 일이 벌어지더라도, 좋을 것 같았다. 누군가가 너를 때린다면, 내가 너 대신 그 아이를 혼내주었을 것이다. 나는 살면서 한 번도 누군가와 싸워본 적이 없었지만, 그래도 너를 위해서라면 얼마든지 싸울 수 있었을 것이다. 네가 아프면 약을 사다가 먹이고, 네가 다치면 병원에 데려갔을 것이다. 네가 악몽을 꿔서 무서워하면 네 옆에서 잠들고, 네가 울면 안아주고, 네가 우울해하면 너를 웃길 말을 생각해내고, 세상에서 가장 웃긴 표정을 지어 보였을 것이다. 끔찍이 아낀다. 나는 그 말을 이해하고 싶었다. 네가 자라는 모습도 카메라 속에 빠짐없이 담고 싶었는데, 너는 우리집에서 단 한 장의 사진도 남기지 못했다.

pixel

나는 p의 사진을 단 한 장도 남기지 않았다. 나는 p에 대한 모든 기억, 모든 흔적, 모든 생각 들을 지우려고 애쓰고 있었다. 그러나 무언가를 모조리 지우려 애쓰고 노력하는 건 부자연스러운 일이었다. 억지로 지울 수 있는 건 없었다. 아마 없는 것 같았다. 나는 무언가를 모조리 지우려고 애쓰면서, 무언가를 모조리 지울 수 없다는 것을 알아가고 있었다. 기억, 흔적, 생각. 지워지고 사라지는 일에는 시간이 필요했다. 서서히 지워지고 사라지는 건 자연스러운 일이었다. 서서히 지워지고 사라지는 것을 빠르게 지우고 사라지도록 만들거나, 언젠가 지워지고 사라지는 것을 붙잡으려고 애쓰거나. 나는 마치 이 세상 모든 것을 부자연스럽게 만들기 위해 애쓰는 인간 같았다.

pixel

너는 컴퓨터가 좋다고 했다. 컴퓨터는 예측할 수 없거나 납득할 수 없는 행동을 하지 않는다고 했다. 너는 컴퓨터를 이해할 수 있다고 했다. 원인과 결과. 컴퓨터의 메커니즘은 언제나 정확해서, 너를 당황하게 하거나 절망하게 하지 않는다고 했다. 컴퓨터의 세계에서 어쩌다가, 우연히, 그냥 벌어지는 일은 없다고 했다. 컴퓨터 프로그램을 다루는 일은 복잡한 일이 아니라고 했다. 아니, 복잡할 수도 있지만, 인간에 비하면 그건 복잡한 것도 아니라고 했다. 인간은 복잡하기 때문에, 너를 늘 당황하게 하거나 절망하게 한다고 했다.

pixel

나는 주기적으로 앱스토어에 들어가 '그리핀'을 검색했다. 계정이 삭제되기 전까지만 해도, 너는 '그리핀'이라는 이름의 사진 애플리케이션을 개발하고 있었다. 그리핀은 얼굴 보정뿐만 아니라, 사진 속 인물을 자연스럽게 지울 수 있는 기능까지 갖출 예정이라고 했다. 그러니까 셀카를 찍을 때, 배경에 걸린 인물들을 지우는 일이 가능하다고 했다. 또한 단체사진 속에서 특정 인물을 지우는 일도 가능하다고 했다. 포토샵 프로그램처럼 이미 촬영된 사진을 수정하는 방식이 아니라, 찍는 순간에도 인물을 사라지게 할 수 있는 기술. 너는 사라짐을 개발중이었다.

pixel

00001010000

00010   01000

10   0   0   01

1   1   1

0010   0100

0010100

pixel

p의 사진을 봤다. 나는 그의 얼굴을 완전히 잊고 싶다고 생각하면서도, 카카오톡에 연락처를 추가해 종종 그의 얼굴을 확인했다. 확인하게 되었다. 그러나 사진 속 얼굴은 내가 아는 얼굴인 것 같기도 하고 아닌 것 같기도 했다. 그의 얼굴은 점점 변하는 것 같기도 했고 아닌 것 같기도 했다. 사진을 계속 보고 있으면, 그가 익숙하게 느껴지기도 하고 낯설게 느껴지기도 했다. 사진을 한참 보고 있으면, 그는 내가 기억하는 얼굴로부터 멀어지는 것 같기도 하고 아닌 것 같기도 했다. 사진은 사람의 얼굴을 얼마든지 왜곡시킬 수 있었지만. 나는 사진을 보정하고 합성하는 일을 하고 있었으므로, 누구보다도 그 사실을 잘 알고 있었지만. 그럼에도 불구하고, 사진으로부터 눈을 뗄 수가 없었다. 그렇게 나는 내가 기억하는 얼굴과 사진 속 얼굴 사이에서 단 하나의 인상을 만들어가고 있었다.

pixel

너로부터 다시 메시지가 오기를 기다리고 있었다. 기다리고, 기다리고 있었다. 어쩌면 내가 기다리는 것은 네가 아니라 메시지였을지도 모른다. 너는 이미 하나의 메시지였다. 메시지는 내게 감정을 야기했다. 그런데 이름도 성별도 나이도 얼굴도 목소리도 모르는 사람에게 감정을 느끼는 게 정말로 가능한 일일까. 말도 안 된다고 생각했지만, 나는 언제나 기다리고 있었다. 기다리고, 기다리고 있었다. 어쩌면 이 모든 게 p의 탓인지도 모르겠다. p와 나누지 못했던 말을 너와 나누려고, p가 내게 주지 못했던 것을 너에게서 찾으려고, 나는 기다리고 있는지도 모르겠다. 그의 이미지에 너의 메시지를 엮으면서. 이 세상에 존재하지 않는 사람을 만들기 위해, 존재하지 않는 사람을 사랑하기 위해, 나는 너의 메시지를 기다리고 있었다.

pixel

사무실 사람들은 심심풀이로 인공지능 기반의 채팅 프로그램을 이용하기 시작했다. 어느 순간, 그것은 유행처럼 퍼져나갔다. 밥 먹었어? 오늘 김치찌개 먹었대. 나한테는 왜 그런 걸 묻느냐고 하네. 사람들은 프로그램이 하는 말에 반응했다. 사람들은 평소와 다르게 조금 신나 보였다. 프로그램은 더 많은 사용자와 더 많은 대화를 나누며 학습할수록, 더욱더 유창한 언어를 구사할 수 있게 된다고 했다. 배운 대로 행동하고 말하는 건, 인공지능이나 사람이나 마찬가지였다. 나쁜 말을 들으면 나쁜 말을 하게 되고, 좋은 말을 들으면 좋은 말을 하게 되었다. 듣는 것과 말하는 것은 같은 일이었다. 나는 채팅창을 통해 프로그램이 말하는 것을 볼 수 있었다.

pixel

나는 너에게

디지털 메시지를 보낸다

너는 나에게 텍스트로 말한다

텍스트 텍스트 텍스트 텍스트 텍스트

너의 얼굴과 몸은 텍스트로 이뤄져 있다

너의 생각과 성격은 텍스트로 이뤄진다

너의 마음은 부드러운 피부를 조직한다

텍스트 텍스트 텍스트 텍스트 텍스트

너는 텍스트로 구성된 유기체다

텍스트만으로도 너의 얼굴을

그려볼 수 있다

떠올릴 수 있다

나는 너의 눈과 코와 입을 상상할 수 있다

pixel

기상청에서는 이번 겨울에 내리는 마지막 눈이라고 했다. 마지막 눈은 세상을 뒤덮을 정도로 세차게 내렸다. 그리고 해가 중천에 오르고 나서야 그쳤다. 나는 눈을 밟으며 천천히 카페로 향했다. 눈 위에 남겨진 고양이 발자국, 또는 강아지 발자국. 신발 자국. 누군가 다녀간 흔적들이 곳곳에 남아 있었다. 상가 사람들은 점심시간을 이용해 거리에 쌓인 눈을 치우고 있었다. 누군가 경사진 도로에 소금을 뿌리고 있었다. 작은 눈사람, 아주 작은 눈사람, 사람 몸만큼 큰 눈사람, 더러워진 눈사람, 울퉁불퉁한 눈사람, 못생긴 눈사람 (……) 눈이 돌로 된 눈사람, 눈썹이 있는 눈사람. 누가 만들었는지 알 수 없었지만, 회사 건물 앞에는 저마다 다르게 생긴 눈사람이 하나씩 있었다. 눈을 치우는 사람들도 눈사람은 치우지 않았다.

pixel

누구나 쉽게 눈사람을 만들 수 있다. 눈을 굴려 두 개의 눈덩이를 만든 후, 하나의 눈덩이 위에 다른 눈덩이를 올리면 된다. 그리고 나뭇가지나 돌을 이용해 이목구비를 만들어주면 된다. 눈과 코와 입만 있으면 사람이 된다. 눈과 코와 입을 모두 만들기 어려운 상황이라면, 눈만 만들어주면 된다. 그러나 코만 만들거나 입만 만들어서는 안 된다. 사람이 되기 위해서는 눈이 필요하다. 눈사람에게는 눈이 중요하다.

pixel

내일 미팅인 거 알죠? 퇴근 전까지 파일 부탁할게요!

내일 미팅인 거 알죠? 퇴근 전까지 파일 부탁할게요. :)

내일 미팅인 거 알죠? 퇴근 전까지 파일 부탁할게요. ^^

그래, 눈이 가장 중요하다.

pixel

눈이 큰 사람을 볼 때마다, 네 생각이 났다. 너는 어릴 때 눈이 컸으니까 아마 지금도 큰 눈을 가지고 있을 것이다. 나는 우리가 어디에선가 한 번쯤 만났을 거라고 생각한다. 우리는 어디에선가 한 번쯤 만났지만, 서로를 알아보지 못한 채 스쳐지나갔을 뿐이라고. 나는 대학생 때 신촌역 근처 카페에서 아르바이트를 했고, 그곳에는 사람들이 많이 오니까, 너도 한 번쯤 손님으로 오지 않았을까. 나는 매일 지하철을 타니까, 지하철에는 늘 사람이 많으니까, 우리는 한 번쯤 같은 지하철을 타지 않았을까. 만원 지하철에서 나와 어깨를 부딪친 사람이 너는 아니었을까. 우리는 한 번쯤 영화관에서 같은 영화를 보지 않았을까. 홍대나 신촌, 종로나 명동, 이태원, 신사나 강남 거리를 걷다가, 우리는 우연히 한 번쯤 마주치지 않았을까. 아직까지 마주친 적이 없더라도, 앞으로 계속 거리를 걷다보면, 우연히 한 번쯤 마주칠 수 있지 않을까. 나는 너의 얼굴을 알아보지 못할 테지만, 너는 나를 아예 기억하지 못하겠지만, 그래도 나는 너를 한 번쯤 다시 만나고 싶었다.

pixel

그러나 우리는 영원히 만나지 않는 게 좋을 것이다. 만약 다시 만날 수 있는 기회가 오더라도, 만나지 않는 편이 좋을 것이다. 네 기억 속에 내가 없다면, 나는 그대로 영원히 없어도 좋을 것이다. 너에게 나는 존재하지 않는 사람일 것이다. 그런 생각을 하면 기분이 이상해진다. 나는 너의 기억 속에 없는 사람일 것이다. 너의 할머니와 엄마는 너를 다시 찾았고, 그래서 너는 돌아갔다. 돌아가지 않았다면 너는 내가 가장 사랑하는 동생이 되었을 것이다. 누군가 내게 동생이 있느냐고 물으면, 나는 동생이 없다고 대답하면서도 너를 떠올렸을 것이다. 나는 너를 떠올리며 내게는 동생이 없다고 말했을 것이다.

pixel

너의 기저귀를 사러 갔었어. 나도 무척 어렸는데 말이야. 내가 네 살 때였나, 다섯 살 때였나. 아기 기저귀를 사본 건 그때가 처음이자 마지막이었어. 엄마가 가르쳐준 대로 나는 슈퍼에서 기저귀를 샀어. 혹시라도 잘못 샀을까봐, 무언가 잘못했을까봐 걱정이었어. 그렇지만 나는 침착하게 행동하려고 노력했어. 기저귀를 들고 슈퍼를 나왔는데, 그때는 그게 얼마나 무거웠는지 몰라. 내 몸집만한 기저귀 세트를 끙끙거리며 들고 걸었어. 몇 번 질질 끌기도 했지만, 그래도 어떻게든 길바닥에 닿지 않게 하려고 최선을 다했던게 기억나. 공사장을 지나, 공터를 지나, 빌라를 지나, 저멀리 보이는 집을 바라보면서, 나는 걸었어. 네가 있는 집을 바라보면서, 나는 열심히 걸었다고. 나는 책임감을 가지게 되었어. 어떻게든 이 기저귀를 집까지 들고 가야 한다고. 너에게로 가야 한다고. 너는 내 동생이야. 너는 내 동생이야. 우리는 하나도 닮지 않았지만 그래도 너는 내 동생이야. 나는 그렇게 생각하며 네가 있는 집을 향해 걸어갔다고. 나는 너를 의지하게 되었어. 나는 네가 있어서 집까지 갈 수 있었던 거야.

pixel

나는 늘 너를 만나고 싶어하면서도, 언젠가 꼭 만나자고 말하면서도, 선뜻 약속을 잡지 못했다. 우리는 마음만 먹으면, 바로 만날 수 있는 거리에 있었다. 나는 너를 만나러 걸어갈 수 있었고, 너도 나를 만나러 걸어올 수 있었다. 그러나 끝내 우리는 만나지 않았다. 만나지 못했다. 우리는 만나지 못했지만 나는 매일 수많은 사람들을 만나고 있었다. 퇴근 시간, 지하철역으로 향하며 마주치는 사람들 속에 네가 있을까. 사람들은 지하철역 입구 아래로 내려갔고, 내 시야에서 사라졌다. 마치 지하철역 입구가 사람들을 집어삼키고 있는 듯했다.

pixel

나는 알지도 못하는 얼굴을 찾고 있다.

人入人入人入人

顙

耳　目　　目　耳

鼻

口

짧게 앞머리를 자른 여자가 지하철역 입구 안으로.
　수염을 기른 남자가 지하철역 입구 안으로.

顙

耳　目　　目　耳

鼻

人入人入人入人

口

人入人入人

너는 둘 중 하나거나 둘 다 아닐 것이다.

너는 여성이거나 남성이거나 둘 다 맞거나 둘 다 아닐 것이다.

너는 내 나이와 같거나 그보다 적거나 그보다 많을 것이다.

너에게는 내가 모르는 이름이 있다.

pixel

나는 또다시 앱스토어에 들어갔다. 그게 너를 찾을 수 있는 유일한 방법이었다. 애플리케이션이 출시되면, 나는 개발자나 개발팀의 이름을 알 수도 있을 것이다. 운이 좋다면 연락처를 알 수도 있을 것이다. 그러나 연락처를 알아도 나는 너에게 연락하지 못할 것이다. 연락하지 않을 것이다. 사실, 연락처 같은 건 중요하지도 않았다. 아마 그럴 것이다. 나는 단지 그리핀을 보고 싶었다. 그리핀의 로고를 보고, 그리핀의 기능을 확인하고, 그리핀을 다운로드하고 싶었다. 아니, 사실 그리핀 같은 건 중요하지도 않았다. 아마 그럴 것이다. 그리핀을 검색했을 때 그리핀이 검색되는 것. 내가 바라는 건 그뿐이었다. 정말 그뿐이었다. 너는 사진을 찍는 순간에도 무언가를 사라지게 할 수 있는 기술을 개발하고 있었으니까. 너는 그리핀을 개발하고 있었으니까. 네가 정말 있다면, 언젠가 그리핀은 출시될 것이다. 네가 정말 있다면, 네가 정말 있다면. 나는 자음과 모음을 정확히 확인하며. ㄱ ㅡ ㄹ ㅣ ㅍ ㅣ ㄴ. 키보드를 누르고 있었다.

pixel

언젠가 너에게 이야기하고 싶었다. 그냥, 별다른 의미 없이, 한 번쯤. 내게도 언젠가 잠시 동생이 있었다는 것을, 아니, 내 동생이 될 수도 있었던 아이가 있었다는 것을. 너는 언제나 내 이야기를 잘 들어줬으니까. p에게 하지 못했던 이야기도 너에게 할 수 있었을 것이다. 이제는 모두 지난 일이 되었지만, 사실 지금껏 혼자 감당하기 힘든 일들이 너무 많았다고. 의지할 수 있는 사람이 간절히 필요했다고. 아빠는 술에 의지하는데, 내게는 의지할 게 아무것도 없었다고. 외롭다고 말하면 정말로 외로워질까봐, 나는 외롭다는 말을 하지 못하는 사람이 되어버렸다고. 그래도 너에게는 어떤 말이든 할 수 있을 것 같았다. 아무런 논리 없이, 두서없이. 동생에 대한 이야기, 동생에게 하고 싶었던 말까지도. 계정이 삭제되기 전까지, 나는 너에게 무슨 말이든 할 수 있었다.

pixel

눈은 녹아 흔적도 없이 사라졌고, 그걸 이상하게 여기는 사람은 없었다. 눈사람이 사라져도 눈사람을 찾는 사람은 없었다. 기온이 오르면서 눈이 녹는 건 자연스러운 일이었다. 눈이 녹으면 당연히 눈사람도 녹아서 사라진다. 서서히 사라지는 건 자연스러운 일이었다. 나는 지난 삼 년 동안 이 근방에서 일했고, 매일 이 거리를 걸으며 조금씩 변하는 풍경을 보았다. 눈 없이. 일상이 지속되고 있었다. 눈 없이도. 일상은 지속되고 있었다. 오늘도 커피를 마시려고, 커피를 생각하면서. 나는 가고 또 가고 있었다.

pixel

또 오셨네요. 카페 직원이 처음으로 내게 말을 건넸다. 나는 그의 이름을 모르고, 그도 내 이름을 모르지만, 우리는 짧게 몇 마디 대화를 나눈다. 그는 큰 눈을 가지고 있었다. 나는 이 카페에 처음 왔을 때부터 그것을 주시하고 있었다. 내 동생이 될 수도 있었던 아이는 지금 딱 그 정도의 나이가 되었을 것이다. 나는 그의 눈을 보며 커피를 주문한다. 그리고 자리에 앉아 커피를 기다린다. 약속. 기다린다. 그때 마침 카페 문이 열리고 누군가 들어온다. 어제 본 그 사람이다. 그 사람도 나처럼 매일 혼자 이곳에 온다. 그는 주위를 두리번거린다. 앉을 자리 혹은 누군가를 찾고 있을 것이다. 그는 주문을 하지 않은 채 적당한 자리를 골라 앉는다. 아무래도 누군가를 기다릴 작정인 듯하다. 혹시 내가 그를 기다리고 있었나. 기다리지 않아도 매일 우연히 마주치게 되는 사람들이 있었다. 매일 점심시간마다 이곳에 오는 사람들. 이 근방에서 일을 하고 있는 사람들. 모두 이름을 모르는 사람들이었다. 나는 그들을 기다리지 않았지만, 그들을 마주칠 때면 이상한 감정이 들었다. 마치 내가 그들을 기다렸던 것처럼. 내가 그들을 잘 알고 있는 것처럼. 또 오셨네요, 하고 인사를 해볼 수도 있었다. 나는 그들을 기다리거나 기다리지 않을 수 있었다. 나는 누구든 기다리거나 기다리지 않을 수 있었다. 이름은 모르지만 얼굴을 알고 있는 사람을, 이름은 알지만 더이상 얼굴을 알아보고 싶지 않은 사람을, 얼굴은 알지만 이제 더이상 알아볼 수 없는 사람을, 애초에 알아볼 수조차 없는 사람을, 나는 기다릴 수도 있었다. 그러나 나는 이곳에서 기다리지 않았다. 아무도 기다리지 않으면서 기다리고 있었다. 따뜻한 커피를. 기다리지만 아무도 기다리지 않았다.

pixel

이제 겨울은 사라졌다. 자연스럽게. 겨울은 완전히 사라지고 낮은 완전히 길어져서 퇴근길에도 밝게 떠 있는 해를 볼 수 있었다. 공사중인 아파트. 사거리. 신호 대기중인 자동차들. 횡단보도를 건너는 사람들. 배스킨라빈스. 올리브영. 문을 열고 상가를 나오는 사람들. 고등학교. 정문을 통과하는 교복 입은 학생들. 자전거를 타고 그들 사이를 빠르게 지나가는 아이. 철로를 따라 피어난 풀들. 낡은 벽. 이어지는 낡은 벽. 콘크리트 벽. 벽 뒤로 나무. 나무. 나무. 조금씩 잎이 돋기 시작하는 나무들. 흰 목련나무. 나무. 노란 개나리. 개나리. 개나리. 개나리가 예쁘게 피어 있다. 풍경은 지하철 창문 밖으로 빠르게 지나가고, 사라지고, 사라지고 있다. 사라지는 풍경을 찍으려고 휴대폰을 꺼낸다. 창문을 향해 휴대폰을 들

어 카메라를 켜는데,

pixelpixelpixel

pixelpixelpixelpixel

pixelpixelpixelpixelpixelpixel

pixelpixelpixelpixelpixelpixel

pixelpixelpixelpixelpixelpixelpixelpixel

pixelpixelpixelpixelpixelpixel

pixelpixelpixelpixelpixelpixel

pixelpixel   pixelpixel

pixelpixelpixelpixel

pixel

pixelpixelpixelpixelpixelpixelpixelpixel

pixelpixelpixelpixelpixelpixelpixelpixelpixelpixel

화면 속에 보이는 나. 나는 풍경 사진을 찍기 위해 후면 카메라로 설정을 바꾼다. 전환된 화면 속에서 풍경은 지하철 창문 밖으로 빠르게 지나가고, 사라지고, 사라지고. 개나리. 개나리. 개나리. 내 시선은 카메라 화면에 고정되어 있고. 가로수. 가로수. 가로수. 건물. 가로수. 건물. 가로수. 건물. 가로수. 고정된 시선 속에서 풍경은 지나가고, 사라지고, 사라지고. 빠르게, 더 빠르게. 그것은 끝없

이 지나가고 사라지고. pixelpixelpixelpixelpixelpixelpixel
pixelpixelpixelpixelpixelpixelpixelpixel
pixelpixelpixelpixelpixelpixelpixelpixel 1334 × 750

□□□□□□□□□□
□□□□□□□□□□
□□□□□□□□□□
□□□□□□□□□□
□□□□□□□□□□
□□□□□□□□□□
□□□□□□□□□□
□□□□□□□□□□
□□□□□□□□□□
□□□□□□□□□□

● LIVE

창문 밖으로

그가 지나간다.

그는 지나가고 있다.

저기, 주문이요. 손님이 내게 말을 걸지 않았더라면 내 시선은 창문 밖에 조금 더 머물렀을 것이다. 네, 주문 도와드리겠습니다. 손님이 커피를 주문하는 사이, 그는 창문 밖 풍경 속에서 완전히 사라진다. 그는 기어코 사라진다.

제1막

□

그 사람이었다. 너와 연락을 주고받는, 그러니까 언젠가 너에게 다정한 내용의 메시지를 보냈던 그 사람이 맞았다. 그는 단역배우였다. 단 한 컷, 단 한 마디 대사를 뱉기 위해 이곳에 온 사람. 나는 그의 이름을 몰랐지만 그를 알고 있었다. 나는 그를 처음 만났지만 그를 만나기 훨씬 전부터 그를 알고 있었다. 나는 카메라로 그의 사진을 찍었다.

□

그의 존재를 알게 된 건 두 달 전이었다. 그날 저녁, 너는 주방에서 김치볶음밥을 만들고 있었다. 우리가 함께 사는 작은 방안에는 고소한 기름냄새가 가득했고, 나는 그 냄새를 맡으며 테이블을 닦고 있었다. 나 그거 진짜 할까? 저번에 말했던 거 말이야. 생각 좀 해보고 다시 연락주겠다고 했는데. 그 당시 나는 지인으로부터 드라마 메이킹 촬영을 맡을 생각이 있느냐는 제안을 받은 상태였다. 아직도 그걸 고민하고 있었어? 그거 하면 한동안 다른 일은 못하니까. 그리고 나는 그 일을 해본 적이 없으니까 더 걱정이 되기도 하고, 괜히 갔다가 고생만 하고 오는 거 아닌가 해서. 그때 침대 쪽에서 진동이 울리는 것을 느꼈다. 너의 휴대폰이었는데, 너는 주방 쪽에 있어서 그 소리를 듣지 못한 것 같았다. 휴대폰 화면이 밝게 빛나고 있는 동안에도 너는 김치볶음밥을 만들고 있었다. 몇 초 지나지 않아 화면은 다시 꺼졌지만. 나는 직감할 수 있었다. 너에게 다른 사람이 생겼다는 것을. 화면이 꺼진 후에도 너에게 메시지를 보낸 사람의 프로필 이미지는 머릿속에서 쉽게 지워지지 않았다. 나는 네가 다양한 일을 해보면 좋을 것 같은데. 그거 연예인도 보고 그러는 거 아니야? 재미있을 것 같은데. 너는 가스레인지 불을 끄며 내게 말했다.

□

　메시지를 끝까지 읽지는 못했지만, 얼핏 앞부분만 보아도 다정함이 묻어나오던 문장들. 내가 정확하게 기억하고 있는 것들. 보고 싶다는 말과 하트, 웃고 있는 얼굴 이모티콘. 나는 너의 인스타그램 팔로워를 뒤졌다. 내가 기억하고 있는 그 프로필 속 얼굴을 찾으려고. 삼백여 명의 팔로워 중 그를 찾아내는 건 그리 어려운 일이 아니었다. 나는 단 몇 분 만에 그를 찾아낼 수 있었다. 그러나 그 이상은 알 수 없었다. 그의 계정은 비공개였다. 나 또한 비공개 계정으로, 그에게 팔로우 요청을 해보았지만 받아들여지지 않았다. 내가 너무 예민하게 반응하는 걸까. 어쩌면 이건 나 혼자만의 의심이거나 망상일 수도 있다. 둘은 내가 생각하는 그런 사이가 아니라, 그냥 아주 절친한 친구 사이일 수도 있다. 보고 싶다는 말과 하트 정도는 얼마든지 주고받을 수 있는 사이.

□

저 사람 누구예요? 어떻게 캐스팅된 거예요? 점심을 먹다가, 옆자리에 앉은 연출부 스태프에게 물었다. 단역은 다 오디션으로 뽑았을걸요. 저도 자세한 건 모르겠어요. 근데 저 사람 이유미 감독 그 영화에도 나오잖아요. 아, 그 망한 영화요? 네, 거기 경찰 중에 한 명으로 나와요. 와, 나 그거 봤는데 진짜 하나도 기억 안 난다. 어쨌든 저분 대학로에서 연극도 하고, 영화나 드라마 단역으로도 종종 나오는 것 같더라고요. 아, 그렇구나. 나는 연출부 스태프를 통해 그의 이름을 알게 되었다. 그의 이름을 알게 되니 그에 대해 더 많은 것들을 알 수 있었다. 나이와 필모그래피, 출생지와 출신

대학 등. 그의 이름을 포털사이트에 검색만 하면 되었다. 그런데 너는 도대체 이 사람을 어떻게 알게 된 걸까. 아니, 이 사람은 도대체 너를 어떻게 알게 된 걸까. 대학로에서 연극을 하다가 알게 됐을까. 대학로가 아무리 좁다고 해도, 같은 작품에 출연한 적도 없는 사람들끼리 알게 될 수 있을까. 나는 모니터링을 하면서 감독과 대화를 나누고 있는 그를 바라보며 알 수 없는 감정에 휩싸였다. 세상이 아무리 좁다고 해도 어떻게 이런 일이. 어떻게 우리가, 이곳에서, 이런 식으로 마주칠 수 있단 말인가.

□

너는 언제부턴가 휴대폰을 붙잡고 알 수 없는 미소를 짓거나 누군가와 전화를 하러 밖으로 나갔다. 담배를 사러 편의점에 다녀오겠다고 말하고는 몇 시간 동안 집에 들어오지 않은 적도 있었다. 너는 담배를 사러 나갔다가 밤공기가 좋아서 산책을 하고 왔다고 했다. 술에 취해 새벽 늦게 들어오는 날들도 점점 늘었다. 아르바이트를 함께하는 동생들과 술을 마셨다고 했다. 요즘 사장님과 아르바이트생들이 사이가 좋지 않다고, 사이가 좋지 않아서 자기들끼리는 사이가 좋아졌다고. 나는 그런 너를 의심하면서도 추궁하지는 않았다. 추궁하지 않는 것이 좋을 것 같았다. 이대로 지내는 게 좋았기 때문이다. 여기서 상황이 크게 바뀌지 않았으면 했다.

나는 네가 어느 날 갑자기 내게 헤어지자고 말할까봐, 그렇게 우리가 헤어져 네가 이 집을 나가게 될까봐 두려웠다. 언젠가 우리가 헤어져서 네가 이 집을 나가게 되더라도 지금은 아니었다. 그러고 싶진 않았지만, 자꾸만 현실적인 문제를 생각하게 되었다. 월세를 나 혼자 부담해야 하는 상황이 벌어지는 것. 현재로는 나 혼자서 월세를 감당할 자신이 없었다.

□

이 년 전까지만 해도 나는 이 집에 혼자 살고 있었다. 상수역에서 도보로 이십 분 거리에 있는 작은 원룸. 그 당시 나는 합정동에 위치한 사진 스튜디오에서 일하고 있었다. 그리고 그곳에서 너를 만났다. 지금 와서 돌이켜보면 나조차 나를 이해할 순 없지만, 나는 너를 만난 지 한 달 만에 너와 함께 살고 싶다는 생각을 했다. 누군가와 함께 살고 싶었던 건 그때가 처음이었다. 낯선 감정에 휩싸여, 나는 너에게 함께 살고 싶다고 말했다. 그리 무리한 요구는 아니었다. 너에게도 서울에서 살 수 있는 집이 필요했으니까. 너는 인천에서 부모님과 함께 살고 있었고, 공연을 올릴 때면 연습하는 몇 달 내내 매일 대학로에 와야만 했으니까. 연습 탓으로 소극장에서 밤을 새는 날들도 많았으니까. 그때마다 너는 우리집에 들러 목욕을 하거나, 옷을 갈아입거나, 쪽잠을 자고 갔다. 나는 내 집에 너의 짐이 하나둘 늘어가는 게 좋았다. 너의 짐과 내 짐이 뒤섞여 있는 게 좋았다. 그리고 네가 오길 기다리는 게 좋았다. 너는 월세를 보태며 살겠다고 했다. 나는 구태여 그렇게까지 할 필요는 없다고 했지만, 너는 한사코 그러겠다고 했다. 너와 함께 살게 된 첫날, 우리는 함께 창문에 문풍지를 붙였다. 그렇게 내 방은 우리의 방이 되었다.

□

작년 가을, 사진 스튜디오가 문을 닫으면서 덩달아 일을 그만둬야 했기에 내게는 고정 수입이 없었다. 다른 스튜디오로 옮기는 방법도 있었지만, 이렇게 된 김에 몇 년간 자유롭게 일하며 이런저런 경험을 하고 지내는 것도 좋을 것 같았다. 그런데 그렇게 생각할 수 있었던 건 너와 함께 살아 월세 부담이 적었기 때문이기도 했다. 그러나 너에게 다른 사람이 생겼다면 문제가 달랐다. 만약 너와 그 사람이 친구 사이가 아니라면, 네가 나와 헤어질 생각을 하고 있는 거라면, 곧 내게 이별을 통보할 예정이라면? 그런데 이렇게 월세 걱정을 하면서 헤어지지 않기를 바라고 있다니. 나는 얼마나 이기적이고 나쁜 사람인 걸까. 나는 자책하면서도 자꾸만 너를 탓하고 싶어졌다.

□

그에게는 적어도 두 개의 인스타그램 계정이 있는 것 같았다. 오피셜 계정과 너와 연락을 주고받는 계정. 나는 그의 일거수일투족을 알고 싶었지만, 보다 사적인 일상들은 비공개 계정에 따로 있을 것이다. 그에게는 내가 알 수 없는 부분들이 있었다. 그가 영원히 공개하지 않을 바로 그 부분 말이다.

내가 알 수 있는 건 그가 오피셜 계정을 통해 공개한 부분들뿐이었다. 그는 몇 달 전 촬영장에서 찍은 사진을 올렸다. "방송 출연은 처음이라 떨리네요. 큰 역할은 아니지만, 〈슬기로운 의사생활〉 시즌4 8화에 출연하게 되었어요. 관심 많이 가져주시고 본방사수 부탁드립니다"라는 문장과 함께. 그가 올린 사진 속에 나는 없었다. 그날 나는 그곳에 있었지만, 그날 찍은 사진 속에는 내가 없었다.

□

　메이킹 영상을 편집했다. 영상 속에서 그는 썩 괜찮은 배우처럼
보였다. 성실하고, 열정적이고, 지적인 느낌의 배우. 내 애인과 그
렇고 그런 사이일지도 모르는 사람의 영상을 편집하고 있다니. 나
는 둘의 관계를 의심하면서 그에게 질투심을 느끼고 있었고, 영상
속에서 그를 완전히 제거해버리고 싶었다. 마치 그가 이 드라마에
출연한 적이 없는 것처럼. 나는 당장이라도 그를 그렇게 만들어버
릴 수도 있었다. 나는 노트북 화면 속 그의 얼굴을 오래도록 바라
보았다. 그런데 그는 왜 비공개 계정을 따로 만든 걸까.

제2막

□

　드라마 출연 이후, 크고 작은 반응을 얻을 수 있었다. 기사가 나
오고, 기사에 달린 댓글에는 내 연기가 인상적이었다는 말과 앞으
로 더 활발한 활동을 기대한다는 이야기들이 있었다. 인스타그램
팔로워 수도 눈에 띄게 증가했다. 나를 응원해주는 팬도 늘어났고,
종종 인스타그램으로 응원 메시지를 받기도 했다. 오랫동안 연락

이 끊어졌던 지인들로부터 안부 연락을 받기도 했고 그중 몇몇은 내가 부럽다는 투로 이야기하기도 했지만, 내 일상은 이전과 크게 다를 게 없었다. 종종 식당이나 길거리에서 나를 알아보는 사람들이 생기기는 했으나 나는 여전히 무명 배우일 뿐이었다. 나는 계속해서 오디션을 보고 불합격 통보를 받아야만 했다. 그렇다고 크게 상심하거나 낙담했던 건 아니다. 나는 이미 아르바이트를 하며 오디션을 준비하는 걸 내 일상으로 받아들이고 있었다. 다만, 내 일상은 여전히 똑같은데 이런 나를 부러워하거나 특별하게 여기는 사람들이 부담되었을 뿐이다.

□

"아, 전에 드라마에서도 봤는데 아주 인상적이었어요. 언젠가 한번 만나보고 싶다고 생각했는데 여기서 이렇게 만나네." 프로듀서가 내게 말했다. 좋은 말이었지만 그런 말은 그냥 흘려듣는 게 좋았다. 프로듀서가 그렇게 말한다고 해서 오디션을 통과할 수 있는 것도 아니었으니까. 어쨌든 나는 오디션을 보고 나와, 근처 버거킹에서 혼자 끼니를 때웠다. 저녁에는 아르바이트를 가야 했다. 시간을 확인하고 마음이 급해진 나는 허겁지겁 햄버거를 입속으로 욱여넣었다. 그때 인스타그램 알림이 울렸다. 팬으로부터 온 메시지였다. "혹시 이 계정도 배우님 계정이 맞나요?"

□

　내가 사용하는 인스타그램 계정은 하나뿐이었다. 나는 이 계정 이외에 다른 계정을 가져본 적도 없었다. 그렇지만 처음에 나는 팬이 보낸 메시지를 읽고 대수롭지 않게 생각했다. 내가 유명인은 아니었지만, 그래도 대학로에서 꽤 오랫동안 연기를 했고 또 방송에 출연한 적도 있었으니까. 나를, 또는 내 외모를 좋아하는 사람이 내 사진을 인스타그램 프로필 사진으로 사용했나보다 했다. 나도 내가 오래도록 동경했던 배우들의 사진을 카카오톡이나 인스타그램 프로필로 사용했던 적이 있으니까. 누군가 내 얼굴을 프로필로 사용한다면, 그건 오히려 기분좋은 일이 아닌가? 그러나 팬이 뒤이어 보낸 사진을 보고, 나는 이게 그리 간단한 문제가 아니라는 것을 알게 되었다.

□

　팬이 메시지와 함께 보내준 몇 장의 캡처 사진. 내가 언젠가 인스타그램에 올린 사진들과 내가 찍은 적 없는 사진들이 마구 뒤섞여 있는 인스타그램 피드였다. 팬은 고등학생 때부터 그 계정을 팔로하고 있었다고 했다. 처음 그 계정을 팔로한 이유는 아주 단순했다. 계정주가 자신이 꿈꾸는 대학교에 다니고 있었기 때문에. 그는 자신이 꿈꾸는 대학에 다니는 학생들의 일상이 궁금했을 뿐이었다고 했다. 그러던 중에 드라마에서 우연히 나를 보았다고. 처음에는 자신이 오랫동안 지켜보고 있던 사람이 배우로 데뷔한 것으로 생각했다고. 그러나 다른 인스타그램 계정이 있는 걸 확인하고 긴가민가했다는 것이었다. 처음에는 계정이 두 개인가보다, 하고 대수롭지 않게 여겼다고 했다. 그런데 두 계정을 지켜보다보니 계정주의 말투나 사용하는 어휘가 다르다는 걸 느끼게 되었다고. "정말 열받아요! 저 정말 용기내 연락드리는 거예요. 어서 신고하고 사람들에게 알리세요."

□

배우가 되지 않았다면 어떤 사람이 되었을까. 배우를 꿈꾸지 않았다면 무엇을 꿈꾸며 살아갔을까. 내 꿈은 언제나 배우였다. 아마 부모님의 영향이 있었을 것이다. 부모님은 극단에서 만나 결혼했고, 내가 일곱 살이 될 때까지 방송일을 하셨다. 나는 이따금 텔레비전을 통해 부모님을 봤다. 엄마는 다큐멘터리 방송의 재연 배우로 활동했고, 아빠는 교육방송 어린이 프로그램에서 '제이'라는 이름의 공룡으로 등장했다. 엄마는 텔레비전에 제이가 나오면 항상 내게 이렇게 말했다. "아빠다, 아빠." 엄마 말에 따르면 아빠에게는 공룡으로 변신할 수 있는 능력이 있다고 했다. 나는 아빠가 공룡이 될 수 있다는 사실을 믿을 수 없었지만, 그래도 공룡이 된 아빠를 무척 자랑스럽게 여겼다. 텔레비전에 나오는 공룡은 매회 인간과 동물 친구들을 위협하는 악당이었지만, 나는 공룡이 사실 얼마나 따뜻하고 선한 마음씨를 가졌는지 알고 있었다.

□

　내 인스타그램 피드에는 지난날들을 추억할 만한 사진들이 몇 장 있었다. 그중에는 여섯 살 때 유치원에서 찍은 사진도 있었다. 종이와 솜으로 만든 갈기를 얼굴에 붙이고 있는 나. 그날은 아마 내가 인생에서 처음으로 무대에 오른 날일 것이다. 그날 나는 매사 불만이 가득한 사자를 연기했다. 그리고 또다른 사진들. 중학생 때 연극부 친구들과 함께 찍은 사진, 고등학생 때 카메라맨 연기를 하는 모습이 담긴 사진, 대학교 연극영화과 동기들과 찍은 사진, 첫 공연 커튼콜 사진. 그리고 스튜디오 바닥에 누워서 자는 모습을 찍은 사진. 밤샘 연습을 하다가 지쳐 스튜디오에서 자고 있을 때 찍힌 사진이었다. 하지만 그 사진들은 사칭 계정에 없는 사진들이었다. 그곳에서 나는 내가 아니었다.

□

그의 계정은 비공개였지만, 나는 팬이 캡처해서 보내준 사진들을 통해 그가 인스타그램에 올린 사진들을 볼 수 있었다. 그는 내 일상 사진들만 훔쳐갔다. 그러니까 카페나 전시회나 길거리에서 찍힌 사진들만 골라서. 몇 번 찍어 올렸던 셀카까지도. 그는 내 몸과 얼굴만을 훔쳐갔다. 그곳에는 내가 무대나 촬영장에서 찍힌 사진들, 함께 연기하는 동료들과 찍은 사진들이 없었다. 그 사진들이 사라진 자리에는 명문대 캠퍼스 사진이나 강의실 사진이 있었다. 한남동 주택가 사진이 있었다. 미국과 유럽에서 찍은 사진이 있었다. 호텔 조식 사진이 있었다. 나는 단 한 번도 가보지 못한 곳에 있었고, 단 한 번도 다녀본 적 없는 대학에 다니고 있었다. 나는 단 한 번도 살아본 적 없는 삶을 살고 있었다. 나는 단 한 번도 사본 적이 없는 것들도 가지고 있었다. 내게는 명품 신발이 많았다. 나는 명품 신발을 신고 뉴욕 거리를 걷고 있었다. 사진 속에 있는 발과 다리. 그러니까 명품 신발을 신은 발도, 뉴욕 거리를 걷는 다리도 내 것이 아니었다. 그곳에서 내 신체는 산산조각나 있었다.

□

나는 서울에 살면서 서울에 살지 않는다. 나는 뉴욕에 살고 있지만 뉴욕에 가본 적이 없다. 나는 출국한 적 없이 귀국한 사람이고, 귀국한 적 없이도 귀국할 수 있는 사람이다. 그리고 나는 살아본 적 없는 집에서 살 수 있는 사람이다. 나는 거실 창문을 통해 남산타워를 바라보는 동시에 남산타워에서 사진을 찍을 수 있는 사람이다. 나는 입학하지 않고도 졸업할 수 있는 사람이다. 뿐만 아니라, 그림을 그려본 적 없이 그림을 잘 그릴 수 있는 사람이다. 나는 조소를 만든 적 없이 조소를 만든다. 나는 입체적이면서 동시에 평면적이다. 그래서 나는 여기에 있는 동시에 저기에 있을 수 있었다. 나는 모든 곳에 있었기 때문에 그 어느 곳에도 없었다. 그곳에서 나는 존재하지 않는 사람이었다. 존재하지 않는 사람으로 분명 존재하고 있었다.

□

사칭 계정을 신고했고, 그 계정은 곧바로 삭제되었다. 그리고 사람들에게 이 사실을 알리는 게시물을 올렸다. 밝혀진 바에 의하면, 그는 내 사진을 도용해 타인에게 협박이나 금품 요구를 하지는 않았다. 그나마 다행이었다. 그는 단지 내 사진을 도용해 새로운 정체성을 만들고 싶었던 것 같았는데, 나는 그의 그런 행동을 도무지 이해할 수가 없었다. 어쨌든 이 일은 별다른 문제를 일으키지 않고 잘 해결되었지만, 내가 느꼈던 당혹감은 사건이 끝난 이후에도 오래도록 지속되었다. 그의 인스타그램 피드, 그러니까 그가 사는 세상에서 나는 그저 껍데기로만 존재했으니까. 그곳에서 나는 내면도 없이, 기억도 없이, 애정도 없이 존재했으니까. 연기에 대한 나의 애정과 자부심은 누락된 채, 그저 외피로 존재했으니까.

□

친구들은 '액땜'이라는 말로 나를 위로했다. 야, 너 앞으로 되게 잘되려나보다. 유명인 사주에는 구설이나 망신살 같은 게 있다고 하잖아. 연예인은 그런 거 있으면 오히려 좋대. 네 얼굴이 좋았나보네. 성형 안 해도 되어서 좋겠다. 나도 내 얼굴 도용당해보고 싶다. 배우는 이미지야. 이미지로 먹고사는 거야. 네 이미지가 좋았나봐. 좋게 생각해. 나는 친구들의 말처럼, 좋게 생각하려고 노력했다. 그리고 앞으로는 그 누구에게도 나를 빼앗기고 싶지 않았다.

□

작년에 내가 참여한 창작극의 공연 영상이 유튜브에 게시되었다. 그 영상은 공연 마지막날, 객석 가운데 카메라를 놓고 촬영한 영상이었다. 재생 버튼을 누르니 무대 위에서 내가 움직이기 시작했다. 나는 객석에 앉은 사람들의 시선이 되어 나를 지켜보았다.

나는 드라마나 영화에 단역으로 출연한 적이 있었지만, 스크린 속에서 움직이는 내 모습을 본 적이 있었지만, 이렇게 무대에 선 내 모습을 본 건 처음이었다.

내가 낯설게 느껴졌다. 그 당시 나는 내가 맡은 역할을 이해하고 그 역할에 완전히 몰입해 있었는데. 내가 그 사람이 되었다고 느꼈는데. 아니, 그 사람이 내가 되었다고 느꼈는데. 이렇게 내가 나를 보고 있으니, 나는 더이상 내가 아닌 것만 같았다.

제3막

□

나는 배역을 잃었다. 공연은 잠정 중단되었고, 대학로에 위치한 카페에서 풀타임 아르바이트를 시작했다. 그에게 인스타그램 메시지를 받은 건 그 무렵이었다. 그는 내가 출연하는 연극을 보러

온 적이 있다고 했다. 공연을 보고 크게 감명받아서 몇 번을 다시 봤으며, 그렇게 내 팬이 되었다고 했다. 그는 사진 한 장을 내게 보냈다. 나와 극단 사람들이 함께 있는 사진, 그러니까 커튼콜을 할 때 찍힌 사진이었다. 우리 연극을 기억해주는 사람도 있구나. 이렇게 나를 좋아해주는 사람도 있구나. 나는 배우로서 사랑받는 일에 익숙하지 않았지만, 내게 애정을 표현해준 팬에게 진심을 담아 메시지를 보내고 싶었다. "이렇게 따뜻한 마음 전해주셔서 감사해요. 다음 공연은 언제가 될지 모르겠지만, 공연 또 올리게 되면 소식을 전할게요." 내가 할 수 있는 건 그런 형식적인 말뿐이었지만, 그에게 진심으로 고마웠다.

□

내 팬이래. 나는 너에게 자랑을 했다. 공연을 인상적으로 봤다는 이야기일 뿐이겠지만. 기분좋으라고 해준 이야기겠지만. 나에게는 특별하고 소중한 일이었다. 오, 정말? 좋겠네. 너는 내 말에 시큰둥하게 반응했다. 아 참, 나 내일 촬영 잡혔어. 너는 스튜디오 일을 그만둔 이후, 광고나 뮤직비디오 촬영 현장에 다니며 이런저런 일들을 하고 있었다. 스케줄이 불규칙해진데다가, 밤을 새는 경우도 많아서 집에 들어오지 않는 날이 늘어났다. 더군다나 나 또한 풀타임 아르바이트를 시작했으니, 이렇게 우리가 함께 있을 수 있는 시간은 그리 많지 않았다. 예전처럼 하루종일 붙어 있거나 끊임없이 이야기를 나누는 일도 줄어들었다. 서운했던 건 아니었지만 왠지 모르게 점점 서로에게 무관심해져가는 느낌이랄까.

□

짧게 메시지를 주고받은 일로 끝날 줄 알았는데. 그는 내게 몇 번이고 다시 메시지를 보냈다. 그러다보니 어느새 나는 그와 매일 메시지를 주고받게 되었다. 누구든 연인이 아닌 사람들, 그러니까 친구나 가족, 직장 동료들, 또는 모르는 사람과 얼마든지 대화를 나눌 수 있었지만, 연락을 하고 지내는 것 자체가 문제는 아니었지만. 더군다나 그와 나는 메시지를 주고받을 뿐, 별 사이도 아니었지만. 심지어 우리는 실제로 만난 적도 없었지만. 그와 대화를 나누는 게 나를 즐겁게 했다는 것, 그리고 언제부턴가 내가 그의 메시지를 기다렸다는 게 문제였다. 나도 모르는 사이, 그는 내 일상으로 완전히 들어와버렸다. 네가 집에 들어오지 않는 날이면, 네가 없는 방안에서 그와 몇 시간 동안 통화를 했다.

□

그는 사진 속에 고정되어 있었지만. 내 머릿속에서 그는 항상 움직이고 있었다. 그는 잠에서 깨어나 커튼을 열었을 것이다. 방안으로 환한 빛이 들어오겠지. 창문 밖으로 보이는 남산타워를 잠시 바라보다가 거실로 나갔을 것이다. 그게 아니라면, 그는 친구들과 함께 남산타워에 올랐을 것이다. 그의 친구는 그를 찍기 위해 휴대폰을 들었을 것이다. 그는 카메라를 보고 웃었겠지. 그는 사진을 찍고 다시, 움직였을 것이다. 그는 항상 움직였고 움직이고 있었다. 그러나 그는 길에서 우연히 개나 고양이를 만나면 발걸음을 멈췄을 것이다. 멈춰 서서 사진을 찍었겠지. 그의 인스타그램에는 종종 개나 고양이 사진이 올라왔으니까. 그는 길에서 우연히 마주친 동물들에게 애정을 품는 사람이었다. 그리고 좋은 독서 취향과 심미적인 감각을 가진 사람이기도 했다. 조소를 전공한 그는 자신의 작품들을 사진으로 남겨두기도 했다. 나는 조소에 대해 아는 바가 거의 없었지만 그럼에도 그가 만든 작품을 보고 감탄할 수 있었다. 사람 흉상부터 추상적인 형태의 조소까지. 그가 섬세한 감각을 가지고 있다는 걸 나는 본능적으로 느낄 수 있었다. 그에 대한 호기심은 호감으로 변해갔고, 나는 언제부턴가 그의 인스타그램을 수시로 들여다보기 시작했다. 새로운 사진이 게시되길 기다리면서. 이미 봤던 사진을 보고 또 보고 또 봤다. 그는 사진 속에 고정되어 있었지만 내 머릿속에서 그는 끊임없이 움직였고, 움직이고 있었고, 움직여서 어디로든 갔다. 그는 비행기를 타고 서울에서 뉴욕으로 이동했다.

□

　그가 뉴욕에 가 있는 한 달간은 통화를 할 수가 없었다. 메시지
도 평소처럼 자주 주고받을 수 없었지만 그래도 그는 시간이 날
때마다 내게 자신의 일상을 공유해주었다. 나는 그를 통해 볼 수
있었다. 뉴욕 거리나 타임스퀘어가 담긴 사진을, 센트럴파크를 산
책하며 찍은 사진을, 휘트니박물관과 메트로폴리탄미술관에 다녀
온 사진을, 카네기홀을 지나치며 찍은 사진을. 그리고 그가 지내고
있는 친척집과 그가 먹은 음식들을. 그는 친척들과 시간을 보내느
라 정신이 없는 것 같았다. 그의 친척들은 뉴욕에 살고 있다고 했
다. 사촌동생들은 미국에서 태어나 한국말을 전혀 하지 못한다고.
자세한 사정은 알 수 없었지만, 그의 친척들은 미술계에서 활동하
는 사람들인 것 같았다. 그는 성공한 미술가 집안에서 태어나 경제
적 어려움을 느껴본 적이 없는 사람이었다. 그런 삶은 어떤 삶일
까. 나는 무대 위에서 다른 사람이 되어 다른 삶을 살아본 적이 있
었지만, 그와 같은 삶은 살 수 없을 것 같았다. 나는 한 번쯤 그가
되어보고 싶었지만. 나는 절대로 그가 될 수 없을 것이다.

□

그는 사실 조소에 큰 뜻이 없다고 했다. 미술을 전공한 이유는 부모님이 미술계에 있었기 때문이었다고. 그의 부모는 그에게 엄청난 재능이 있다고 생각했고, 그래서 지원을 많이 해줬다고. 사실 자기는 다른 일도 많이 해보고 싶었다고. 그는 그렇게 말하고는 말 끝을 흐렸다. 마치 그게 자신이 가진 불행이라는 듯이. 나는 그가 오만하다고 생각했지만, 그의 삶이 부럽기도 했다. 부모에게 자신의 재능을 인정받는 삶은 어떤 삶일까. 간절히 매달리거나 애원하지 않아도, 지속적인 지원을 받으며 작업을 할 수 있는 삶은 어떤 삶일까. 재능이 있어도 창작을 할 수 없는 사람들이 있다는 걸. 시작을 했더라도 결국에는 그만둘 수밖에 없는 사람들이 있다는 걸. 애초에 시간과 돈이 없기 때문에 시작조차 할 수 없는 사람들이 있다는 걸. 그들 대부분은 재능이 없기 때문에 그만두는 것이 아니라, 작업을 지속할 수 없는 환경에 놓여 있기 때문에 그만둔다는 사실을 그는 알고는 있을까. 그걸 모르고 살아가는 삶은 도대체 어떤 삶인 걸까.

□

너 혹시 우리가 헤어지는 거 생각해본 적 있어? 불을 끄고 침대에 누웠을 때, 네가 내게 물었다. 혹시 네가 눈치를 챈 걸까. 그의 존재를 알고 있는 걸까. 나는 당황했지만 애써 아닌 척하려고 노력했다. 아니, 생각해본 적 없는데. 왜 갑자기 그런 걸 물어? 나는 이불을 가슴팍까지 끌어올리며 말했다. 그냥 요즘 갑자기 그런 생각이 들었어. 우리의 미래 같은 거 말이야. 잠시 정적이 흘렀다. 지금 너는 내게 무슨 말을 하고 있는 걸까. 나는 네 말의 의미를 헤아릴 수 없었다. 그게 무슨 말이야? 나랑 헤어지는 생각을 했다는 거야? 그리고 나는 그렇게 물으면서 깨달았다. 너와 헤어질 생각을 해본 적이 없다는 사실을. 그와 연락을 주고받으면서도, 그에게 모종의 감정을 느끼고 있으면서도, 너와 헤어질 생각을 해본 적 없다는 사실을 말이다.

□

"아, 그렇죠. 맞아요." 우리가 처음 만났을 때, 네가 내게 가장 많이 한 말일 것이다. 그때 너는 그 어떤 이야기든 잘 들어주었다. 내 눈을 정확히 바라보며, 내 말에 고개를 끄덕이며. 그래서일까. 나는 나를 이토록 잘 이해해주는 사람이 또 있을까 싶었다. 나와 비슷한 사람, 나와 잘 통하는 사람. 이십 년 넘게 다른 삶을 살아왔는데, 하는 일도 다른데, 어떻게 이렇게 생각이 비슷할 수 있을까. 마음이 잘 통할 수 있을까. 그뿐만 아니라, 너는 나를 잘 이해하고 있는 것 같았다. 내면뿐만 아니라 나의 외피까지도. 너는 종종 내 사진을 찍어주었는데, 나는 그게 좋았다. 나는 네가 찍은 사진들 속에서 내가 미처 알지 못했던 내 모습을 발견할 수 있었다. 나한테 이런 표정도 있었네. 나한테 이런 모습도 있었구나. 너는 나를 있는 그대로 바라봐주었다. 그래서 나는 네 앞에서 포즈를 취할 필요가 없었다. 억지로 웃거나 거짓된 표정을 짓지 않아도 되었다. 그러나 지금은.

□

"이거 완전 사칭 계정이에요. 이거 사라 코소넨이라는 작가분의 작품들입니다. 한국에는 잘 알려져 있지 않지만, 유럽권에서는 꽤 유명한 작가분인데. 이걸 도용하다니요." 그의 인스타그램에 의미심장한 댓글이 달렸다. 나는 재빨리 사라 코소넨의 인스타그램 계정을 찾아보았다. Sara Kosonen. 사라 코소넨은 실제로 존재하는 인물이었다. 그가 만들었다는 조소 작품들은 모두 사라 코소넨의 작품이었다. 익명의 사람이 남긴 댓글의 내용은 모두 사실이었다. 도대체 왜. 그럼 내가 지금껏 메시지를 주고받고 전화로 대화를 나눈 사람은 도대체 누구란 말인가. 나는 그에게 이게 도대체 어떻게 된 일이냐고 메시지를 보냈다. 그는 내게 답장을 하지 않았다. 나는 몇 번이고 전화를 걸어보았지만 그는 끝내 전화를 받지 않았다.

□

    얼마 후, 인스타그램 계정은 삭제되었다. 그리고 카카오톡 계정마저도. 내게 아무런 인사도, 사과도 없이. 그는 한순간에 사라져버렸다. 그와의 통화 기록들과 카카오톡 메시지들만이 남아 있었다. 그 기록들만이, 내가 지난 몇 달 동안 겪은 일들이 환상이 아니었다는 걸 증명해주고 있었다.

(알 수 없음)
탈퇴 등의 이유로 회원 정보를 불러올 수 없습니다.

    나는 지금껏 누구와 연락을 주고받았던 걸까. 그 목소리의 주인은 누구였을까. 나는 아무것도 알 수가 없었다. 그가 누구인지, 왜나에게 접근했는지, 왜 내게 거짓말을 했는지. 무언가에 홀린 것만같았다. 도대체 왜, 도대체 왜. 그는 어째서 이렇게 쉽게 들켜버릴거짓말을 했던 걸까. 내게 사기를 치려던 거라면, 어째서 몇 개월동안 내게 사적인 이야기들만 늘어놓았던 걸까. 정말로 그냥 단지,다른 사람으로 살고 싶었던 걸까.

□

비정상적인 로그인 시도가 감지되었습니다.

Web | Feb 22 06:56 PM

Seoul, Korea,

계정을 보호하려면 회원님이 맞는지 알려주세요.

—내가 아닙니다.

—본인입니다.

내 아이디로 접속을 시도한 사람이 있었다. 그의 시도가 성공했다면, 그는 내 정보를 훔쳐갔을 것이다. 그리고 끝내 내 삶까지 훔쳐갔겠지. 그래서 인스타그램은 내게 묻고 있었다. 지금 여기에 있는 게 당신이 맞느냐고. 지금, 여기. 나는 내가 아닌 사람 때문에 대답을 해야만 하는 입장에 놓인다. 내가 나를 증명해야 하는 순간에 놓인다. 내가 나로 사는 건, 이제 더이상 당연한 일이 아닐지도 모른다. 그가 그로 살지 않았던 것처럼. 나는 또다른 곳에 또다른 나로 존재하고 있을지도 모른다. "회원님이 맞는지 알려주세요." 나는 나를 보호하기 위해 이 물음에 답을 해야 할 것이다.

□

그는 사라졌지만, 그가 내게 처음으로 보낸 사진은 그대로 남아 있었다. 커튼콜 사진. 이제는 이 사진마저 그가 직접 찍은 게 맞는지 확신할 수 없었다. 만약 그가 직접 찍은 사진이 맞는다면, 그가 정말로 나를 보러온 적이 있었다면. 그건 내게 너무도 공포스러운 일이었다. 훗날 내게 벌어질 일을 모르는 채, 무대 위에서 그저 해맑게 웃고 있는 내 모습. 나는 내 모습이 낯설게 느껴졌다. 그때 나는 무대 위에서 자유로운 사람이었다. 너를 아끼고 사랑하는 사람이었다. 그러나 지금은 무대에 더이상 오르지 않고 너에게 거짓말을 일삼는 사람이 되었다. 나는 너와 한집에 살면서, 그러니까 너와 가장 가까운 곳에서 너를 속여온 사람이었다. 어쩌다가 이렇게 되어버린 걸까. 누군가를 속이는 건, 나 자신을 속이는 일이기도 했다. 그건 나 자신에게도 상처가 되는 일이라는 걸 알게 되었다. 이제 나는 그 어느 곳에서도 존재감을 느낄 수 없었다. 나는 나를 완전히 잃어버린 것 같았다. 나는 다시 내가 되고 싶었다. 정말로, 나는 내가 되고 싶었다. 나는 내가 맡은 최초의 배역이다. 나는 내 배역을 되찾고 싶었다.

□

어머, 저 사람 그 사람 아니에요? 그라인더에 원두를 채우던 직원이 갑자기 호들갑을 떨기 시작했다. 우와, 대박. 실제로 보니까 되게 말랐다. 나는 그의 시선을 따라 창문 쪽으로, 그러니까 가게 앞 길거리가 보이는 쪽으로 고개를 돌렸다. 저멀리, 창문 밖으로.

익숙한 얼굴이 보였다. 그 사람, 분명 그 사람이 맞았다. 오랫동안 나와 연락을 주고받았지만 나와 단 한 번도 연락을 주고받은 적 없는 사람. 한때 내가 연락을 기다렸던 사람이자 호감을 느꼈던 사람. 그가 창문 밖으로 지나가고 있었다. 나는 그를 알고 있었지만, 지금 당장 밖으로 뛰어나가 그의 이름을 부르거나 그에게 인사를 건넬 수 없을 것이다. 우리는 서로 아는 사이였지만 서로를 알고 지낸 적이 없는 사이니까. 나는 그를 알지만 그가 누군지 영원히 알지 못한다. 그를 영원히 알지 못하는 사람이 나였다.

영원에 다가가기

□

너는 글을 쓰며, 에밀 졸라와 그의 친구들과 어울리기 시작했으나 그들과의 관계를 오래 지속시키지는 못했다. 너는 그들과 진정한 우정을 쌓는 일이 불가능하다는 걸 깨달았다. 너는 너 자신이 그들과 너무도 다르다는 것을 알았다. 가난, 고독, 불만, 분노, 미래에 대한 생각들. 너는 그들이 쉽게 가진 것들을 가지고 있지 못했다. 그것들은 돈으로도 살 수 없었다. 뿐만 아니라, 너에게는 권위적인 예술에 반기를 들 용기가 없었다. 그런 예술에 반기를 드는 예술가들을 지지할 용기도 없었다. 너는 그들이 위험한 생각을 하고 있다고 생각했다. 위험한 대화를 나누고 있다고 생각했다. 네 눈에 그들은 대중의 반감을 사고 싶어 안달이 난 것만 같았다. 또는 전통과 규범을 망가뜨리고 싶어 안달이 났거나. 너는 그들이 젊음에 취해 정신을 차리지 못하고 있다고 생각했다. 너는 그렇게 생각하면서도, 그들과 같은 생각을 가지지 못하는 것을 비통하게 여겼다. 너는 이따금 그들에게 질투심을 느끼기도 했고, 이에 당혹감을 감추지 못했다. 왜, 도대체 왜일까. 어째서 그런 위험한 생각을 가진 사람들을 질투하고 있단 말인가. 너는 너의 모순을 견딜 수가 없었다. 그래서 너는 점점 괴팍해지고 예민해져갔다. 너는 화가 치밀어오를 때면 펜과 종이를 벽난로에 던져버렸다. 그것들을 모조리 불태워버리려고. 너는 이따금 네가 살고 있는 드넓은 저택을 모조리 불태워버리고 싶은 충동에 휩싸였다. 혼자 살기에는 너무 넓기 때문이었다. 너는 그곳에서 외로움을 느끼고 있었다. 그러나 그것만이 사인은 아니었다. 너는 그들을 만나기 전부터, 극심한 위장병을 앓고 있었던 탓으로 쉽사리 우울한 감정에 빠져들었다. 위장병은 날이 갈수록 심해졌다. 그렇게 너는 식욕을 잃어갔고, 무기력해져갔고, 끝내 자신의 머리에 권총을 겨누었다. 너는 권총을 머리에 겨눈 채, 네가 죽은 이후 벌어질 일들에 대해 생각했다. 네가 없이도 지속되는 세상을. 너는 한동안 사람들의 기억 속에서 살아갈 수 있을 거라고 생각했다. 그러나 너를 기억하는 사람들조차 언젠가 죽게 될 것이고, 그러므로 어떤 식으로든 너는 이 세계에서 사라질 거라고. 너는 자신이 사라진 세상을 생각하는 것이 미래를 생각하는 일일지도 모른다고 생각했다. 그렇지만 그건 에밀 졸라와 그의 친구들이 말하는 '미래'와는 전혀 다른 의미인 것 같았다. 너는 그들이 말하는 미래를 이해하고 싶었으나, 끝내 아무것도 이해하지 못한 채 죽게 되리란 걸 예감하고 있었다. 너는 잘 알고 있었다. 너조차도 불시에 튀어오르는 자살 충동을 막을 수 없다는 것을, 그리하여 결국 언젠가 반드시 방아쇠를 당기고야 말 것이라는 사실을. 너는 매일 밤 반복했다. 권총을 머리에 겨눴다가 거뒀다가. 1868년, 겨울. 너는 처음이자 마지막으로 방아쇠를 당겼다.

☐

어느 추운 겨울, 너의 하나뿐인 동생은 파리 근교에 위치한 별장에서 스스로 목숨을 끊었다. 너는 동생의 사체를 직접 목격한 것을 불운으로 여겼다. 사랑하는 나의 동생아. 나의 동생아. 너는 속으로 몇 번이고 되뇌었다. 두 살 터울인 동생은 단 한 번도 말썽을 부린 적이 없었다. 아버지의 뜻을 거역하기 전에는. 너의 아버지는 너와 너의 동생이 함께 자신의 가업을 이어받아 모직 공장을 운영하길 바랐으나, 너의 동생은 예술에 더 뜻을 두었다. 아버지는 이를 못마땅하게 여겼지만, 너는 진작 동생의 재능을 알고 있었다. 너는 너의 동생이 언젠가 빅토르 위고와 같은 대문호가 될 수 있을 거라고 믿었다. 그리고 무엇보다도, 너는 알고 있었다. 동생은 글을 쓸 때 가장 행복하다는 사실을. 너는 그런 동생을 위해 뭐든

해주고 싶었다. 그래서 너는 동생에게 작업실을 마련해주었다. 매
달 생활비도 보내주었다. 동생이 글쓰기에 매진할 수 있도록 돕는
일, 너는 그것을 행복으로 여겼다. 너는 형으로서의 책임을 다했
다. 너의 동생도 그런 너의 마음을 잘 알고 있었다. 너의 동생은 너
에게 편지를 곧잘 보냈는데, 편지의 시작은 늘 이런 식이었다. 사
랑하는 형에게. 하나뿐인 형에게. 그 무엇과도 바꿀 수 없는 형에
게. 너는 동생으로부터 온 편지를 읽을 때면 언제나 마음이 벅차올
랐다. 아가야, 아가야. 너는 감정이 벅차오를 때마다 아들에게 이
렇게 말하곤 했다. 아가야, 너의 삼촌은 위대한 작가가 될 거야. 이
나라의 자랑이 될 거야. 아직 말을 배우지 못한 너의 작고 어린 아
들. 언제나 눈을 동그랗게 뜨고서 너를 바라보며 웃던 아들. 너는
그런 아들에게 동생이 죽었다는 사실을 말하지 못했다. 아가야, 너
의 삼촌이 죽었단다. 너의 삼촌은 고작 스물아홉 살이란다. 죽기에
는 너무 젊은 나이란다. 조금 더 살았다면, 너의 삼촌은 위대한 작
가가 되었을지도 몰라. 너는 아들에게 하지 못한 말을 속으로 되뇌
었다. 장례를 치른 후, 너에게는 동생의 유품을 정리하는 일이 남
겨졌다.

동생이 머물던 방에는 열여덟 편의 원고와 열한 편의 미완성 원고가 남아 있었다. 동생이 즐겨 입었던 코트 안주머니에는 쪽지가 있었는데, 너는 그것이 동생이 남긴 유서일 것이라고 추측했다.

□

1889년, 너는 에펠탑이 보이는 카페에서 친구를 기다리고 있었다. 무료한 오후였다. 이봐, 에펠탑이 그렇게 대단한 볼거리인가. 뭘 그리 유심히 보고 있어? 친구는 너에게 말을 걸며 나타났고, 너

는 고개를 저으며 말했다. 세상에 볼 게 얼마나 없으면 에펠탑이
나 보고 앉아 있었겠나. 아주 따분했지. 너는 그렇게 말하고는 늘
어지게 하품을 했다. 그래도 축제중이 아닌가. 만국박람회 때문에
어딜 가나 사람들이 붐비더군. 나는 이런 분위기를 사랑한다네. 친
구의 말에 너는 고개를 저으며 말했다. 나는 요즘 이런 도시 말고
조용한 곳으로 가고 싶어. 바르비종 같은 곳 말이야. 그런데 그건
뭔가? 너는 친구의 외투 주머니 사이로 삐져나온 책을 발견하고
물었다. 아, 이거? 요즘 읽고 있는 소설이라네. 재미가 있나? 재미
는 없지. 너는 재미없는 책을 읽고 있는, 심지어 외투 주머니에 넣
고 다니며 읽는 친구가 한심하다고 생각했다. 재미없는 걸 뭐한다
고 읽고 있나? 시간 낭비야. 우리는 에밀 졸라를 읽는 것으로 충분
하네. 네가 퉁명스럽게 말하자, 너의 친구는 외투 주머니에서 책을
꺼내 테이블 위에 조심스럽게 올려놓으며 답했다. 그렇지, 에밀 졸
라를 읽는 것으로 충분한 시대지. 그렇지만 이따금 이런 걸 읽어보
아도 좋지. 낯선 작가의 책 말이야. 너의 친구는 책을 펼쳐 보이며
말을 이어나갔다. 책 장수에게서 들은 이야기인데, 이 작가는 책을
출간하기 전에 죽었다지. 형이 죽은 동생을 위해 책을 출간해줬다
고 해. 너는 친구의 이야기에 흥미를 느꼈지만 이를 드러내고 싶지
않았다. 허, 거참. 찝찝한 이야기로군. 그런데 그자는 도대체 왜 죽
은 건가? 교통사고? 낙마? 병? 자살? 친구는 고개를 저으며 답했
다. 그건 나도 모르지. 살아 있었다면, 지금쯤 에밀 졸라와 같은 작

가가 되어 있었을지도 모르겠네. 그러나 일어나지 않은 일은 역시나 일어나지 않은 일이지. 일어날 수도 있었던 일에 대해 이야기하는 것만큼 헛된 일은 또 없을 거야. 너의 말대로 지금은 에밀 졸라의 시대니까.

□

  너는 오르세역에서 니스행 열차를 기다리고 있었다. 그때 요상한 물건을 들고 다니는 한 사내가 너의 시선을 끌었다. 다리가 세 개 달린 나무상자. 거기에는 손잡이가 달려 있었는데, 사내는 물레를 돌리듯 손잡이를 돌리고 있었다. 너는 그 물건에 강렬한 호기심을 느껴, 한 발 한 발 그가 있는 쪽으로 다가갔다. 저기요, 그건 뭘까요? 사내는 손잡이에서 손을 떼며 말했다. 영화요. 움직임을 담고 있었죠. 너는 그의 말을 알아들을 수 없었다. 영화요? 그러니까 그게 뭐냐고 물었어요. 네가 되묻자, 사내는 아직도 영화를 모르는 사람이 있느냐며 웃었다. 이제 영화의 시대가 도래할 겁니다. 제가 미래를 보여드릴게요. 자, 움직여봐요. 너는 사내가 자신을 비웃고 있다고 생각했다. 됐어요. 저는 그게 뭔지 궁금했을 뿐이에요. 너는 그에게 차갑게 말하고는 열차가 들어오는 플랫폼 쪽으로 자리를 옮겼다. 너는 불쾌한 마음을 잠재우려고 니스를 생각했다. 사람들로 붐비는 니스 해변을. 그곳에서 보내는 평화로운 시간을. 너는 니스 해변에 몸을 바르게 펴고 누워 햇볕을 쬐거나 시원한 바닷물에 몸을 담그고 싶었다. 휴양지 레스토랑에서 맛있는 음식들을 먹고 싶었다. 니스 해변이 보이는 카페에서 커피를 마시며 느긋한 오후를 보내고 싶었다. 너에게는 그때 읽으려고 챙겨둔 책도 있었다. 아직 첫 장도 펼쳐보지 않은 새 책. 너는 생각난 김에 지금 당장 책을 읽어보아도 좋겠다고 생각했다. 너는 벤치를 골라 앉은 후 가방에서 책을 꺼냈다. 그리고 책을 읽었다. 너는 니스행 열차가 올 때까지, 책에서 눈을 떼지 않을 예정이었다. 그러나 책에서 눈을 떼도록 만든 건, 아까 그 사람. 나무상자 속에 움직임을 담고 있다는 그 사람이었다. 그는 어느새 플랫폼 쪽으로 나와, 아까와 마찬가지로 나무상자의 손잡이를 돌리고 있었다. 저런 망할 인간 같으니라고!

□

1903년, 너는 니스를 떠나본 적이 없었다. 너는 니스에서 태어나 니스에서 일하며 살아갔다. 너는 휴양객들이 주로 방문하는 레스토랑에서 서빙을 했다. 너는 너의 삶에 만족하고 있었다. 너는 니스를 사랑했고, 앞으로도 니스를 떠날 생각이 없었다. 니스는 언제나 휴양객들로 붐볐다. 휴양객들은 열차를 타고 니스 해변으로 몰려들었는데 이때 사람만 온 것은 아니었다. 열차가 개통된 이후로는 뭐든 왔다. 뭐든 더 빨리, 더 많이 왔다. 신문, 책, 과일, 와인과 치즈, 빵과 육류, 카메라 등. 너는 열차를 타고 니스로 온 사람들과, 그들이 가져온 물건들을 통해 니스가 아닌 곳을 상상할 수 있었다. 너는 상상을 통해 어디든 갈 수 있었다. 뿐만 아니라, 너는 레스토랑을 방문한 손님과의 짧은 대화를 통해서도 니스가 아닌 곳을 상상할 수 있었다. 너는 네가 만난 몇 명의 손님들을 기억하고 있었다. 너에게 강한 인상을 남긴 사람들. 이름은 모르지만 얼굴은 알고 있는, 그러니까 너에게 보여준 표정으로 이름을 대신하고 있는 사람들. 그중에서도 너에게 강한 인상을 남긴 한 사람. 너는 어떤 나이든 사내를 오래도록 기억하고 있었다. 그는 부인과 두 명의 딸, 아들 내외와 함께 레스토랑을 방문했다. 너는 옷차림만 보고도 그들이 경제적으로 풍요롭다는 것을 알 수 있었다. 그들은 하나같이 예의바르고 친절했다. 너는 그들의 얼굴에서 그늘을 발견할 수 없었다. 그런데 어쩌면, 그들의 얼굴에서 그늘을 발견하고 싶었던 건 아니었을까. 즐거운 시간 보내세요. 너는 테이블 위에 해산물 요리와 에스카르고를 올려놓으며 생각했다. 그러나 너는 뒤돌아서며 깨달았다. 그들의 얼굴에서 그늘을 발견하고 싶었던 게 아니라는 것을. 그늘을 찾아볼 수 없을 만큼, 선하고 밝은 얼굴을 보고 잠시 놀랐을 뿐이라는 것을. 너는 그들의 행복이 영원히 깨지지 않기를 바랐다. 식사를 마친 후, 그들은 레스토랑을 떠났다. 나이든 사내만 빼고. 그는 가족들을 보낸 후, 혼자 레스토랑에 남아 책을 읽었다. 가족들과 휴가를 오셨나보네요. 너는 테이블을

정리하며 그에게 말을 걸었다. 그렇죠. 사내는 짧게 답했다. 너는
혼자 남은 사내의 얼굴에 수심이 드리워진 것을 발견했다. 아까는
찾아볼 수 없었던 그늘, 그 오래된 우울의 흔적을. 니스는 정말 오
랜만인데 많이 변했군요. 이제는 어딜 가나 장사꾼들로 넘쳐나네
요. 너는 그에게 니스를 얼마 만에 방문했는지 물었다. 거의 십 년
만인 것 같네요. 예전에 일 때문에 온 적이 있었죠. 그런데 여기에
오니 죽은 동생 생각이 나서 견딜 수가 없더군요. 그래서 오랫동안
오지 못했어요. 어릴 때 우리는 매년 니스에서 수영을 했거든요.
동생은 보불전쟁 때 죽었어요. 오래전 일이죠. 그는 더이상 말을
이어나가지 못하고, 잠시 니스 해변 쪽으로 고개를 돌렸다. 너는
그에게 측은함을 느꼈지만 그를 도울 방법은 알지 못했다. 그 대신
너는 정성을 다해 그의 테이블을 닦아주었다. 네가 그에게 해줄 수
있는 최선의 선의였다. 나이가 드니 물이 점점 더 무서워지네요.
그는 애써 미소를 보이더니 너에게 와인을 더 가져다달라고 부탁
했다. 너는 그가 이곳에서 더 오래, 더 편안한 시간을 보낼 수 있도
록 와인을 가져다주었다. 그는 해질 무렵까지 머물렀다. 그가 떠났
을 때, 그가 머물렀던 자리에는 책이 놓여 있었다. 깜박하고 책을
놓고 간 모양이었는데, 너는 그가 돌아오면 돌려주려고 책을 챙겨
두었다. 그러나 그날 이후, 너는 두 번 다시 그를 볼 수 없었다. 그
는 돌아오지 않았다. 너는 니스역에 열차가 도착할 때마다, 그곳에
서 사람들이 우르르 쏟아져나올 때마다 그를 떠올렸다. 그는 열차

를 타고 왔을 것이다. 그리고 지금 너의 손에 쥐여진 책도 열차를 타고 왔을 것이다. 이제 사람도 책도 어디로든 갈 수 있었다. 너는 세상이 이전과 달라지고 있다고 생각했다. 프랑스는 프로이센과의 전쟁에서 패했고, 사람들은 너도나도 글을 읽기 시작했다. 카페나 레스토랑에서 홀로 책이나 신문을 읽는 사람들이 늘어났다. 그것은 무엇을 의미할까. 너는 책의 표지에 적힌 저자의 이름을 확인했다. 조르주 뒤몽. 너는 네가 기억하고 있는 얼굴, 그러니까 그늘진 그의 얼굴 위에 저자의 이름을 덧씌웠다. 저멀리, 열차 소리. 때마침 니스역에 열차가 들어오고 있었고, 너는 언젠가 니스가 아닌 곳에서 그를 만나게 될 수도 있다고 생각했다. 너는 네가 어디로든 떠날 수 있다는 걸 알게 되었다.

□

너는 처음으로 사진을 찍었던 때를 기억하고 있었다. 여섯 살 무렵, 아버지가 집으로 촬영기사를 불러 가족사진을 찍었다. 사진을 찍기 위해, 너와 너의 가족들은 카메라 앞에서 가만히 서 있어야만 했다. 눈을 크게 뜬 채, 약 오 초간. 거의 정지 상태로. 콜로디온 습판 위에 상이 맺힐 때까지. 그때 너의 아버지는 너에게 말했다. 예전 같았으면 다리가 저릴 때까지 꼼짝도 할 수 없었을 거라고. 은판 위에 상이 맺힐 때까지. 너는 아버지가 사진을 찍기 위해 기다렸던 시간이 어느 정도인지 체감할 수 없었다. 이후, 사진 기술은 발전하여 더 선명한 이미지를 얻을 수 있게 되었다. 노광 시간도 줄어, 눈 깜박할 사이 필름에 상이 맺혔다. 너는 사진 기술의 발전과 함께 나이를 먹어갔고, 어느새 백발의 노인이 되어 있었다. 제1차세계대전 이후, 너는 미국으로 거처를 옮겼고 그때 수십 장의 사진을 챙겨왔다. 그중에는 아주 어린 시절에 찍힌 사진들도 있었다. 말을 배우기 이전, 그저 손가락을 빨고 배가 고프면 그대로 울어버리던 때의 너. 사진 속 너는 아버지 품에 안겨 있었다. 또 그중에는 삼촌과 함께 찍은 사진도 있었는데, 너는 그 사진을 볼 때마다 이상한 기분에 휩싸이곤 했다. 네 기억 속에 없는 사람과 함께 찍은 사진. 너는 아버지를 통해 삼촌에 대한 이야기를 전해들었을 뿐이었다. 너의 삼촌은 소설가였고, 서른이 되기 전에 스스로 목숨을 끊었다. 너의 아버지는 자신의 동생이 남긴 소설들을 모아 책을 출판했다. 삼촌은 자신의 작품이 세상에 공개된 것에 대해 어떻게 생각할까? 삼촌은 기뻐할까? 너는 이따금 삼촌과 함께 찍은 사진을 보며, 삼촌에 대해 생각했다. 그러니까 네 기억 속에 없는 사람에 대해. 그저 사진과 이야기를 통해서만 알고 있는 사람에 대해서 말이다.

□

1961년, 너는 신문기사를 통해 헤밍웨이가 엽총으로 스스로 목숨을 끊었다는 것을 알게 되었다. **"어니스트 헤밍웨이, 총에 맞아 숨진 채 발견되다."** 텍스트로 죽음을 이해한다는 건 무엇일까. 너는 믿을 수 없었다. 헤밍웨이가 죽었다는 사실을, 그러니까 **"총에 맞아 숨진 채"**라는 문장을. 너는 고작 싸구려 종이 위에 찍힌 텍스트로 헤밍웨이의 죽음을 이해해야 한다는 사실에 슬픔을 느꼈다. 총에 맞아 숨진 헤밍웨이를 발견한 건 네가 아니었지만, 너는 **"발견되다"**라는 텍스트를 통해 발견해야만 했다. 아이다호의 자택에 쓰러져 있는 헤밍웨이의 모습을, 그러니까 네가 단 한 번도 본 적 없는 그 모습을. 그러나 너는 본 적이 있었다. 살아 있는 헤밍웨이의 모습을. 너는 언젠가 너에게 있었던 우연한 만남을 생생하게 기억하고 있었다. 너는 그와 두 번 만났다. 제1차세계대전 종전 이후 센강의 좌안에 위치한 서점에서 한 번, 제2차세계대전중 파리에서 한 번. 너는 자세를 고쳐 앉은 후, 기사를 조금 더 꼼꼼하게 읽어내려갔다. 기사는 세 개의 단어로 헤밍웨이의 삶을 설명했다. **"피, 근성, 천재."** 너는 몇 개의 단어로 설명될 수 있는 삶은 없다고 생각했다. 헤밍웨이의 삶이라면 더더욱.

□

너의 할아버지는 자신이 평생 동안 모은 수집품들을 지하 창고에 보관해두었다. 너의 할아버지는 지독한 수집광이었지만, 정작 죽을 때는 아무것도 가져가지 못했다. 수집품의 양이 어마어마했던 탓으로, 너와 너의 가족은 오래도록 창고를 정리할 엄두를 내지 못했다. 할아버지가 세상을 떠난 지 삼 년이 지나서야 너와 가족은 창고를 정리하기로 마음먹었다. 레코드, 책, 도자기, 시계, 드레스, 구두 등등. 그중에는 영화 필름도 있었다. 필름 캔에 적힌 연도를 통해 할아버지가 꽤 오래전부터 필름을 수집해왔다는 것을 알 수 있었다. 1901년부터 1980년까지. 너와 가족들은 영화 필름을 어떻게 처분하는 것이 좋을지 알지 못했다. 고민 끝에 너와 가족들은 사우스캐롤라이나대학교에 필름을 기증하기로 결정했다. 그곳에서는 필름의 디지털 복원 작업이 이뤄졌다. 그로부터 몇 달 뒤, 너는 사우스캐롤라이나대학교로부터 연락을 받았다. 복원 작업이 완료되었으니, 영화를 보러 언제든 대학교에 방문해도 좋다는 것이었다. 너는 할아버지가 오래도록 보관해놓은 필름 속에 어떤 영상들이 남아 있을지 궁금했다. 다음날, 너는 이른 아침부터 분주하게 움직였다. 창밖으로는 비가 내리고 있었다. 기분좋게 맞을 수 있을 정도의 비가.

☐

지난여름, 너는 사우스캐롤라이나주에 거주하고 있는 어느 가족으로부터 다량의 무성영화 필름을 기증받았다. 너는 그들이 택배로 보낸 필름이 연구실로 도착하던 날을 아직도 생생하게 기억하고 있었다. 필름을 확인한 순간, 심장이 두근거리던 것을. 그들이 보내온 필름 중에 영화사史 초기 파테사社의 영화들이 대거 발견되었기 때문이다. 그리고 출처를 알 수 없는 필름들도 있었는데, 대부분 19세기 말에서 20세기 초 파리에서 촬영된 것으로 추측되는 필름들이었다. 필름의 보관 상태는 매우 양호했다. 필름을 교육용으로 활용하기 위해서는 디지털 복원이 필수적이었고, 너는 삼개월에 거쳐 일흔여섯 개의 무성영화 필름을 복원했다. 오늘 너는 기증자에게 디지털 복원된 영화를 보여줄 예정이었다. 이른 아침부터 가랑비가 내리고 있었고, 너는 영화를 보기 참 좋은 날씨라고 생각했다. 기증자는 약속 시간에 맞춰 연구실에 도착했다. 너는 기증자를 소파로 안내했다. 연구실 커튼을 내린 후, 소등했다. 빔프로젝터에서 빛이 뿜어져나왔다.

네모난 빛, 그 속에서 사람들이 움직이고 있었다. 이미 오래전에 세상을 떠난 사람들이. 그들은 이제 스크린 속에만 남아 있었다. 그러니까 그들은 더이상 존재하지 않는 동시에 여전히 존재하고 있었다. 오, 여기는 프랑스의 오르세미술관이네요. 영화를 보던 기증자가 말했다. 맞아요, 원래는 오르세역이었죠. 이것은 작자 미상의 필름인데요, 오르세역을 오가는 파리 사람들의 모습이 잘 포착되었죠. 기증자는 너의 말에 고개를 끄덕이며, 계속 스크린을 주시했다. 그런데 저 사람은 아까부터 책을 읽고 있네요. 무슨 책을 읽고 있는 걸까요? 너는 스크린 속에서, 그러니까 오르세역 벤치에 앉아서 오래도록 책을 읽는 사람을 보았다. 잘 모르겠네요. 그건 도무지 알 수가 없네요.

□

너는 파리에 체류하는 동안, 거의 매일 서점을 돌아다녔다. 너는 한국어로 번역할 책을 찾고 있었는데, 아직 한국에 소개된 적 없는 작가의 책이라면 더 좋을 것 같았다. 그렇게 너는 바티뇰가의 오래된 서점에서 『영원의 문』이라는 제목의 책을 발견했다. 서점 주인의 말에 따르면, 이 책은 19세기 말에 처음 출간되었다고 했다. 작가의 이름은 조르주 뒤몽. 그는 젊은 나이에 자살했는데 이를 안타깝게 생각한 형이 유고집을 출간해준 것이라고. 출간 당시 반응은 나쁘지 않았다고 전해지나, 사람들의 관심은 그리 오래가지 않았다고 했다. 왜 자살한 거예요? 정확한 이유는 알려지지 않았지만, 아마 위장병 때문이었을 거예요. 권총으로 자신의 머리를 쐈죠. 파리 근교에 그가 살았던 저택도 있어요. 보존이 잘되어 있죠. 너는 조르주 뒤몽이 비운의 작가라고 생각했다. 그리고 비운의 서사에 매료되어, 서점 주인에게 그에 대한 이야기를 더 청했다. 그런데 1960년대 파리의 시네필에 의해 다시 발굴되었어요. 이상한 일이죠? 거의 반세기 넘게 묻혀 있다가, 젊은 사람들에 의해 다시 발굴되었다는 게요. 타계 백 주기에 맞춰서 그의 책은 재출간되었고, 지금은 어디에서나 그의 책을 구입할 수 있게 되었죠. 너는 조심스럽게 책을 펼쳤다. 몇 문장을 읽어내려간 후, 너는 이 책을 집중해서 읽고 싶다고 생각했다. 너는 그 책을 구매해 집으로 돌아왔다. 너는 조금 더 신중해지고 싶었다. 이 책을 한국어로 번역해도 좋을지, 한국에 소개해도 좋을지. 그러나 너는 그러지 못했다. 그 책은 오래도록 너의 집 책장에 꽂혀 있었다. 너는 오랫동안 그 책의 존재를 잊고 있다가, 극장에서 영화를 보던 중 우연히 그 책을 떠올리게 되었다. 네가 본 영화는 프랑수아 오종 감독의 〈프란츠〉(2016)였는데, 영화와 그 책이 직접적인 연관성을 가졌던 건 아니다. 다만, 그 영화에 등장하는 에두아르 마네의 그림이 네가 그 책을 다시 떠올릴 수 있도록 도왔던 것이다.

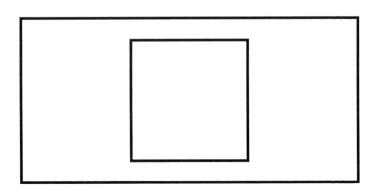

* Édouard Manet, ⟨Le Suicidé⟩, 1881

스크린 속 그림
그림 속 자살한 남자

너는 어디에선가 많이 본 장면이라고 생각했다. 그리고 얼마 지나지 않아, 너는 그 장면이 네가 실제로 본 장면이 아니라 네가 언젠가 한 번쯤 상상했던 장면이라는 사실을 깨달았다. 몇 달 전 네가 바티뇰가의 한 서점에서 상상했던 그 장면, 그러니까 조르주 뒤몽이 권총 자살한 장면. 너는 네가 상상한 장면을 실제라고 믿을 수 있었다. 에두아르 마네의 ⟨자살⟩(1881)은 친구인 에밀 졸라로부터 들은 이야기를 바탕으로 그려진 것이다. 오스트리아 출신의 화가 홀트차펠이 살롱 미술전에 낙선한 것에 낙담하여 권총으로 스스로 목숨을 끊었다는 이야기를. 마네는 자신이 상상한 장면을

256

그림으로 그렸지만, 어떤 사람들은 그 그림을 진짜라고 믿었다.

□

　너는 파리 근교에 있는 조르주 뒤몽의 생가를 방문했다. 생가
는 관광객들을 위해 깨끗하게 보존되어 있었다. 너는 관광객들을
따라, 뒤몽의 생가 안으로 들어갔다. 문을 열고 들어가니, 햇살이
잘 들어오는 넓은 거실이 먼저 보였다. 벨벳 재질로 된 소파와 원
형 테이블, 화려한 패턴의 카펫, 금박으로 꾸며진 벽난로, 샹들리
에. 너는 지난 백오십 년간 보존되어온 공간을 천천히 둘러보았다.
일본에서 들여온 것으로 짐작되는 도자기와 장식품들. 너는 아치
형 통로를 따라 부엌으로 이동했다. 부엌에는 뒤몽이 살아생전 육
류와 우유, 버터가 듬뿍 들어간 크루아상을 즐겨먹었다고 적혀 있
었다. 너는 부엌에서 잠시 머물다가 다시 아치형 통로를 따라 거실
로 나왔다. 너는 이층으로 올라갔다. 이층에는 그의 서재와 침실이
있었다. 너는 침실 안으로 들어가려다가 문 앞에 적혀 있는 문구를
발견하고 멈춰 섰다.

* 1868년, 조르주 뒤몽은 이곳에서 권총으로 자살했다.

　너는 문 앞에 멈춰 선 채, 문 너머를 바라보았다. 문 너머, 이제
는 아무도 사용하지 않는 방안을, 이제는 아무도 살지 않는 그 방
안을. 그 텅 빈 방을(조르주 뒤몽은 침대에 걸터앉은 후 권총을 자
신의 머리에 겨눈다. 그는 지그시 눈을 감는다. 그리고 마침내 떨
리는 손으로 방아쇠를 당긴다. 침대는 붉게 물들어간다. 그의 영혼
은 문을 열고 나간다. 그의 몸만이 방안에 혼자 남아 차갑게 식어
간다) 너는 바라보며, 네 눈앞에 있는 문을 영원히 넘어설 수 없을
것 같다고 생각했다.

□

너는 친구의 인스타그램에서 흥미로운 사진을 발견했다. 책을 필사한 것을 찍은 사진이었는데, 너는 그 사진을 보고, 아니, 그 텍스트를 읽고 책의 제목이 궁금해졌다. 너는 친구에게 댓글을 달았다.

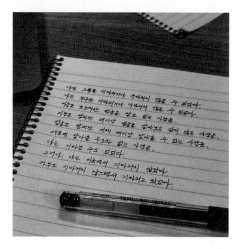

○ rhythmmm_mini_ 님 외 26명이 좋아합니다.

○ dot.dot.dottedline 책 읽다가 좋아서 오랜만에 필사해봄☺

○ leeminheee611 이거 뭔데?

○ dot.dot.dottedline @leeminheee611 조르주 뒤몽 '영원의 문'

□

너는 아침이 다 되도록 넷플릭스의 세계를 떠나지 못하고 있었다. 다시 말해, 너는 뭐든 볼 수 있는 세계에서 정작 아무것도 보지 못한 채 시간을 허비하고 있었다. 넷플릭스에는 많은 콘텐츠가 있었다. 너는 그 속에서 많은 것들을 선택할 수 있었지만, 사실 네가 선택할 수 있는 것들 중에는 네가 선택하고 싶은 게 없었다. 넷플릭스는 망설이는 너에게 다큐멘터리를 추천했다. 너는 넷플릭스가 추천한 다큐멘터리를 클릭했다. 너는 네가 그것을 선택했다고 믿었다. 클릭 한 번, 너의 자율성. 클릭 한 번, 너의 자유의지. 클릭 한 번, 너의 결정. 클릭 한 번, 너의 선택. 너는 너의 현명한 선택을 할 수 있는 소비자였다. 너는 후회 없는 선택을 할 수 있는 감상자였다. 아무것도 선택하지 않는 건 선택할 수 없었지만. 너는 아무것도 선택하지 않는 것을 선택할 수 없다는 사실을 망각한 채,

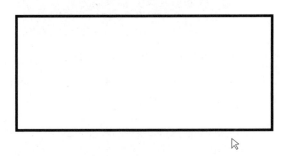

또다시 클릭했다. 너는 그것을 너의 선택이라 믿었다.

[1:25:32] 샐린저와는 제4사단에서 만났죠. [1:25:40] 우리는 디데이를 함께했어요. [1:26:03] 노르망디에 상륙한 이후, 우리는 파리로 넘어가야 했는데 거기서부터가 진짜 지옥이었죠. 부대원들을 잃었어요. [1:29:01] 샐린저는 시간이 날 때마다 틈틈이 소설을 썼어요. 전쟁중이었는데도 말이죠. [1:29:55] 뒤늦게 알게 된 사실이지만, 노르망디에 상륙할 때도 그는 원고를 가지고 있었어요. 훗날 『호밀밭의 파수꾼』이 될 원고를요. [1:30:12] 그는 헤밍웨이를 좋아했어요. 그를 닮고 싶어했죠. [1:30:19] 당시 최고의 작가였으니까. [1:30:26] 저도 헤밍웨이를 좋아했어요. 그렇지만 샐린저를 더 좋아했죠. 그가 유명해지기 전부터요. [1:33:18] 오, 저로군요. 아주 젊고…… 꿈 많은 청년 같아 보여요. 실제로도 그랬어요. 이건 샐린저가 찍어준 사진이에요. [1:33:52] 조르주 뒤몽을 읽고 있군요. 사진을 보니 기억이 나네요. 저때 처음으로 뒤몽을 읽었죠. [1:34:08] 제1차대전 때, 독일군은 괴테를 가방에 넣고 전장에 나갔죠. [1:34:21] 우리는 뒤몽을 읽었어요. 제가 샐린저에게 뒤몽을 추천해준 적이 있는데 샐린저는 그리 마음에 들어하지 않았어요. [1:35:10] 이건 파리를 탈환한 후 찍은 사진이에요. 모두가 우리를 반겨줬죠. [1:35:45] 샐린저가 웃었어요. 아직도 가끔 그때 그 미소가 생각나요. [1:36:12] 이제 이 전쟁도 곧 끝날 거야. 우리는 자

주 얘기하곤 했어요. [1:36:32] 파리에서 시간을 보내는 동안, 우리에게 놀라운 일이 벌어졌죠. 헤밍웨이를 만난 거예요. 샐린저는 헤밍웨이에게 원고를 보여줬어요. [……] 한편 뉴욕은 뭐든 찍어내고 있었죠. 공장에서 물건을 찍어내듯 문학을 찍어냈어요. 컨베이어벨트 위에서 생산되는 문학이요. [2:02:15] 작가들이 참호 속에서 죽어가던 시대였죠. 미래의 작가들은 참호 속에서 숨을 거뒀어요. 전쟁터에서 다 죽었죠. [2:02:47] 살아서 돌아간 작가는 샐린저와 헤밍웨이뿐이죠. [END]

너는 [1:33:18]로 되돌아간다.
너는 [Command + Shift + 3]을 누른다.

[Screen Shot]

로이 카펜터가 참호 속에서 조르주 뒤몽의 책을 읽고 있는 모습.

이것은 1944년 제롬 데이비드 샐린저가 촬영한 사진이다.

스크린샷 2021-09-30 오후 10:18
수정일 : 오늘 오후 10:18
종류 : PNG 이미지
크기 : 1,862,820바이트 (디스크에 1.9MB 있음)
위치 : iCloud Drive ▶ 데스크탑
생성일 : 2021년 09월 30일 목요일 오후 10:18
수정일 : 2021년 09월 30일 목요일 오후 10:18

☐ 원판 파일
☐ 잠금

☐

[칩거 1,695일째]

[뉴 어스] 메타버스 프로그램을 통해 '간접 외출'이 가능했으므로 너는 오래도록 집밖으로 나가지 않았다. 가능하다면 너는 죽을 때까지 그럴 작정이었는데 그렇게 생각하는 건 너뿐만이 아니었다. 밖으로 나가려면 많은 위험을 감수해야만 했다. 방사능과 대기오염, 바이러스. 너는 죽음을 각오하고 싶지 않았다. 너는 [뉴 어스]를 통해 대학에 다니고 있었고, 졸업 이후에도 [뉴 어스]에 정착한 스타트업 회사에 취직할 계획이었다. 너는 [뉴 어스]를 벗어나고 싶지 않았다.

[칩거 1,696일째]

지난달부터 [뉴 어스] 공항에서는 시간여행 티켓을 판매하기 시작했다. 너는 오늘 공항에서 '1919년 프랑스행' 티켓을 구매하여 시간여행을 떠날 예정이었다. 너는 '1919년 프랑스'에서 해보고 싶은 게 많았다. 센강을 산책하거나 에펠탑을 구경하고 싶었다. 파리 시내를 걷다가 제임스 조이스나 사뮈엘 베케트와 같은 작가들을 우연히 만나고 싶었다. 그리고 무엇보다도 셰익스피어앤드컴퍼니에서 열리는 조르주 뒤몽의 낭독회에 참여하고 싶었다. 홍보 내용에 따르면, 이번 낭독회에는 조르주 뒤몽도 참석할 예정이었다. 너는 설레는 마음으로 비행기에 올랐다. 2035년 한국에서 1919년 프랑스로 이동하는 데는 이십 분이 소요되었다. 시공간을 이동하는 일이었으므로 시간이 꽤 걸리는 모양이었다. 비행기 안에서 유튜브 영상을 보거나 넷플릭스 영화를 볼 수도 있었으나, 너는 컵라면을 끓여먹었다.

[칩거 1,699일째]

너는 낭독회가 시작되기 훨씬 전부터 셰익스피어앤드컴퍼니에 도착해 있었다. 자리는 선착순으로 배정되었다. 너는 앞줄에 앉아 낭독회가 시작되기를 기다렸다. 한 명, 두 명, 세 명. 낭독회 시간이 가까워오자, 사람들이 책방 안으로 들어오기 시작했다. 다양한 인종에 모두 다른 국적을 가진 사람들이었다. 문이 열릴 때마다 너는 그들 중에 조르주 뒤몽이 있지 않을까 신경을 곤두세웠다. 오늘 낭독회에는 조르주 뒤몽도 방문하기로 되어 있었다. 그는 1868년 사망했으므로 1919년에 오픈한 셰익스피어앤드컴퍼니에 방문할 수 없었지만, [뉴 어스]에서는 충분히 가능한 일이었다. [뉴 어스]에서는 우리가 꿈꾸는 모든 일을 실현할 수 있었다.

□

1919년 프랑스 파리, 센강의 좌안.
1919년 프랑스 파리, 센강의 좌안.

셰익스피어앤드컴퍼니의 문이 열린다.
셰익스피어앤드컴퍼니의 문이 열린다.

문이 열리자, 조르주 뒤몽이 나타났다. 그는 사람들을 향해 가볍게 인사를 한 뒤, 책방 안으로 들어왔다. 천천히, 우아하게. 너는 두근거리는 마음으로 그의 모습을 지켜보았다. 책방 주인은 그를 자리로 안내했고, 그는 안내에 따라 움직였다. 그가 객석을 마주보고 앉자, 너는 그의 얼굴을 더욱 정확히 볼 수 있게 되었다. 그는 이따금 눈을 깜박거리거나 미소를 짓기도 했다. 너는 그가 정말로 살아 있는 것처럼 움직이고 있다고 생각했다. 아니, 살아서 움직이고 있다고 생각했다. 이 모든 것은 그가 살아생전 사진을 남겼기 때문에 가능한 일이었다. 필름 사진은 디지털 사진으로, 디지털 사진은 인공지능에게로. 인공지능은 조르주 뒤몽의 사진들을 오랜 기간 학습한 후, 그의 사진에 생명을 불어넣었다. 그렇게 인공지능 딥페이크 기술은 망자들에게 생명을 불어넣고 있었다. 망자들은 돌아올 것이다. _2035년 한국 서울, 동작구 상도3동 (IP : 214.×××.195.×02)

너는 지금 서울에 있는 동시에 프랑스에 있다.

너는 지금 집에 있는 동시에 셰익스피어앤드컴퍼니에 있다.

너는 지금 혼자인 동시에 수십 명의 사람들과 함께 있다.

너는 죽은 동시에 살 것이다.

□

네가 문을 열었을 때, 너는 네가 살아보지 못한 곳에 도착해 있었다. 1919년, 프랑스 파리의 어느 책방. 그곳에 있는 사람들은 너를 반겼다. 그곳에서 너는 소설가가 되어 있었다. 책을 출판한 기억도 없이. 너는 이제 너의 기억을 신뢰할 수가 없었다. 너는 정말로 네가 죽은 게 맞는지 궁금했다. 정말로 네가 너의 머리를 향해 방아쇠를 당긴 것이 맞는지 궁금했다. 죽은 것인지, 아직 죽지 않은 것인지. 너는 그것을 영원히 알 수 없었다.

자유낙하

그것이 고고학적 사료가 될 만한 가치를 가지고 있는지는 확신할 수 없었다. 다만 문화재로 추정되는 파일을 발견했을 경우 일주일 내로 신고하라는 규정을 그대로 따랐을 뿐이었다. 문화재 연구원은 결과가 나오는 대로 내게 다시 연락을 주겠다고 했다. 재작년 이맘쯤이었다. 구 버전 웹사이트에서 영상 및 사운드 파일이 대거 발견된 이후, 수백 년 동안 매장되었던 영상 파일도 현대 기술로 복원이 가능하다는 사실이 밝혀졌다. 과거에 어떤 목적으로 제작된 것인지 정확히 알 수 없는 파일이 대다수였지만, 그중 일부는 이 세계에서 영원히 사라진 줄 알았던 시네마, 정확히 말하자면 필름의 디지털 복원본으로 밝혀져 많은 이들을 놀라게 했다. 고대 지구인에 의해 제작된 예술 작품은 현 인류에게 사회문화적 함의가 있었다. 국제연합기구와 문화재 연구원은 이것이 우주에 정착하기 전 인류, 그러니까 유기체로서 존재했던 과거의 인류를 이해하는 데 중요한 사료가 될 것으로 판단했다. 그렇게 대대적인 발굴작업이 시작되어, 경제적 가치를 잃고 오래전 폐쇄되었던 웹사이트의 일부가 단계적으로 개방되었다. 잃어버린 인류의 역사를 복원하고자 하는 뜻을 가진 이들은 그곳에서 다시 힘을 모을 수 있었다. 각국의 탐사대는 지난 일 년간 총 130페타바이트의 데이터를 발굴하였고, 각국 정부는 이 모든 데이터를 공유 및 공동 연구하기로 합의했다. 더불어 내년부터는 배상을 전제로 Morse와 같은 일부 거대 민간기업이 발굴 및 복원 작업에 동참할 계획이라고 했다. 각종 매체는 이 탐사가 유기체로서의 인류를 연구하고 잃어버린 역사를 복원하는 데 중요한 역할을 할 것이라고 보도했다.

"영상의 포맷과 해상도, 영상 속 내용을 미루어보았을 때, 2000~2030년대 지구에서 촬영된 것으로 추정. 디지털 복원된 필름 시네마인지는 아직 불확실. 남아 있는 기록에 따르면, 당시 디지털 콘텐츠 시장 포화 현상으로 인해 콘텐츠가 과잉 생산되었기 때문에 이 또한 그 시절의 부산물일 가능성 농후. 그러나 디지털 범죄를 목적으로 제작된 영상일 가능성도 배제하지 않고 연구중. 만약 AI(인공지능) 기술을 통해 제작된 합성 편집물일 경우, 심층적인 연구 불가능. 폐기 처분 또는 기관에 영구적으로 보관될 수 있음."

시간이 조금 더 필요하다고 했다. 쟁점은 내가 발견한 파일이 과거에 어떤 목적에 의해 제작되었느냐는 것이었다. 그것은 한 개인의 창의력과 자기표현의 자유에 의거하여, 미학적 목적을 가지고 제작되었는가. 더불어 그것은 필름카메라로 촬영되었는가. 필름을 디지털로 복원, 그러니까 물질을 비물질화한 사례가 아니라면 고고학적 가치는 떨어질 것이다. 그런데 아무렴 어떠한가. 나는 다만 내가 우연히 발견한 파일이 디지털 콘텐츠 시장 포화 현상의 부산물, 또는 디지털 범죄를 목적으로 제작된 것이 아니길 바랄 뿐이었다. 물론 고고학적 가치를 지닌 예술작품이라고 해서 내게 물질적인 이익이 돌아오는 건 아니었지만 말이다. 그럼에도 만약 그것이 정녕 고대 지구인에 의해 만들어진 예술작품으로 확인된다면, 나는 내가 잃어버린 역사를 복원하는 데 기여했다는 사실에 마음이 몹시 기쁠 것 같았다. 아름다움, 그 미지의 무언가를 발견. 그런 행운이 내게도 한 번쯤 있었다는 사실에 감사하며 살아갈 수 있을 것이다.

*

디지털카메라로 촬영된 사진은 사진photography**이 아니다.** 세계 각국의 혁명의 순간을 담은 사진집 『성난 사람들』로 잘 알려진 사진작가, 장폴 리히터의 발언은 큰 논란이 되었다. 그는 그 한마디로 순식간에 디지털 사진을 폄하하는, 즉 구시대적 발상을 가진 한물간 사진작가로 전락해버렸다. 그가 오만하고 경솔했다고 말하는 사람들도 있었지만, 사실 그 말의 취지는 전혀 다른 것이었다. 그는 그 말 뒤에 이렇게 덧붙였다. 이제 우리에게는 새로운 이름이 필요합니다. 포토그래피가 아닌 새로운 이름 말이죠. 필름은 현실의 재현과 복원을 위한 것이지만, 디지털은 사라짐의 문제를 다루고 있기 때문입니다. 그 둘의 메커니즘 자체가 다르기 때문입니다. 새로운 이름을 지어줄 수 없다면, 우리는 이 메커니즘의 차이와 변화가 가지는 함의에 대해 이야기해야 합니다. 언젠가 우리는 디지털 기술에 의해 이미지 포화 상태에 이르게 될 것입니다. 미적 경험의 과잉은 오히려 미적 경험을 무의미한 것으로 만들 것입니다. 그는 한 인터뷰를 통해 필름과 디지털 사진에 대한 자신의 생각을 가감 없이 풀어냈다. 그러나 사람들은 전체 맥락을 살피지 않은 채, 자극적인 문장만을 소비했다. 그리고 분노했다. 그런데 어쩌면 그것은 장폴 리히터의 발언을 향한 것이 아니라, 부조리한 세상을 향한 분노일지도 몰랐다. 그들에게는 분노를 표출할 구체적인 대상이 필요한 듯 보였다. 그들은 분노를 통해 이 사회 안에서 자신들의 존재를 확인받으려 했다. 그러니 이 시대의 분노는 곧 자기를 표현하기 위한 일종의 퍼포먼스라고, 나는 생각했다. 그러므로 그들에게 진정으로 필요한 것은 댓글창이 아니라 무대가 아닐까. 아니, 어쩌면 댓글창이야말로 이 시대의 무대일지도 모른다.

*

이와 같은 대규모 태풍이 앞으로도 계속 반복될 것이라고 했다. 매년 가뭄과 홍수 피해를 겪게 될 것이라고 했다. 그렇게 지구온난화는 가속되고 있었다. 남극에서는 매일같이 빙하가 천둥소리와 같은 굉음을 내며 쩍쩍 갈라지고 있다고 했다. 그곳에서 하루아침에 무언가가 사라지는 일은 일도 아니라고 했다. 하루 사이 눈앞에서 빙하가 사라져, 펭귄이 사라져, 고래가 사라져, 살 곳이 사라져, 모두가 사라지는 건 일도 아니라고 했다. 빙하가 녹으면서 그 속에 수만 년간 얼어 있던 고대의 바이러스가 부활할 가능성이 있다고 했지만. 코로나 팬데믹 이후, 사람들은 이미 매일같이 바이러스의 공포를 느끼며 살아가고 있었다. 우리는 벌써 십 년째 이 지옥과 같은 반복을 버텨내고 있었다. 그러나 무서운 것은 그뿐만이 아니었다. 바이러스를 피해 겨우 살아남더라도, 바이러스로 인해 마비된 경제 상황이, 그로 인한 생활고가 우리의 삶을 위협하고 있는 것이다. 전 세계적인 식량 위기로, 자급자족이 가능한 대규모 곡창지대를 가진 국가들은 경직된 외교 정책을 펼치고 있었다. 하루 벌어 하루를 산다는 것조차도 배부른 소리가 될 정도로, 식사 한 끼를 해결하는 데도 어려움을 느껴야 했다. 이럴 때일수록 건강이 상하지 않도록, 영양 결핍으로 면역력이 떨어지지 않도록 주의해야 한다. 아파도 치료받을 수 없으니까. 항생제를 처방받을 돈조차 없으니까. 나는 점점 더 미래를, 심지어 당장 코앞으로 다가온 미래까지도 내다볼 수 없는 위태로운 상황에 놓이게 되었다. 그렇다고 모두가 나와 같았던 건 아니었다. 내가 이러고 사는 한편, 이 공포를 도약의 기회로 삼아 더 먼 미래를 그리는 사람들도 있었다. 그들의 시선은 우주로 향해 있었다. 더 큰 경제적 가치를 창출하기 위해, 생존과 안전을 위해, 자원이 고갈되어가는 지구를 떠나려고 했던 것이다. 우선 더 넓은 우주로 나가기 위한 발판으로서, 비행 훈련이 가능한 달에 기지를 건설하는 프로젝트가 시작되었다. 더불어 민간인 우주여행 시대의 포문을 열기 위한 거대 민간 기업들의 경쟁이 시작되었으며, 끝내 스타트업 기업들까지 경쟁적으로 화성에 탐사선을 보내는 상황에 이르렀다. 얼핏 그것은 인류의 새로운 삶의 터전을 확보하기 위한 움직임처럼 보이기도 했지만, 사실은 억만장자들에 의해 또다른 세계가 처음부터 다시 설계되고 있음을 의미했다. 죽고 병들어가는 것, 모든 고통은 지구에 남겨둔 채, 그들은 멀리 떠날 준비를 하고 있었다. 생활고에 찌든 사람들은 마음대로 떠날 수 없었다. 목숨을 걸고 떠나더라도 우리를 받아줄 곳은 없었다.

*

삼십 년 후, 세계 기후 난민 인구는 1억 명이 넘을 것으로 추산되었다. 각종 기후 위기 문제가 대두되는 시기이긴 했지만, 당장 피부에 와닿는 이야기는 아니었다. 적어도 아직은 그러했다. 우리나라 인구의 두 배가 넘는 난민이라니, 그 많은 사람들이 집 없이 떠돌고 있는 모습이 쉬이 상상되지 않았다. 그러나 멀리 갈 것도 없이, 그것은 지금 이 순간에도 벌어지고 있는 일이라고 했다. 내가 이렇게 일주일 넘게 꼼짝없이 집안을 벗어나지 못하고 있는 동안에도 지구 반대편에서는 집을 잃은 사람들이 국경선 언저리를 떠돌고 있다는 사실이 믿기지 않았다. 그런 일이 벌어지고 있다는 사실이 믿기지 않을 만큼, 내 방은 고요했다. 지나칠 정도로, 숨통이 막혀올 정도로. 그동안 집안에만 있었던 탓일까. 시간이 지날수록 좁은 원룸이 점점 더 좁게 느껴졌다. 하루종일 밖에서 일을 하고, 집에서 잠만 잘 때와는 전혀 다른 느낌이었다. 아무튼 나는 이 지랄맞은 시기가 하루빨리 지나가기를 바랄 뿐이었다. 다행히 오늘은 열이 조금 내렸다. 기침은 아직 멈추지 않고 있지만 곧 나아질 것이다. 아직 몸이 무겁고 기운이 없지만 이것 또한 곧 나아질 것이다. 뭐든 나아질 것이다. 그 어느 때보다도 푹 쉬고 있으니 그럴 것이다. 그런데 내가 이렇게까지 오래 쉬어본 적이 있었나. 나는 이 일로 하여금 촬영 일을 한동안 쉬고 있었다. 그동안 나는 쉬지 않고 일했다. 돈을 벌 수 있는 일은 뭐든 다 하려고 했다. 가진 건 몸뚱이뿐이니 몸으로 할 수 있는 일은 다 할 각오로, 그나마 배운 건 촬영뿐이니 찍을 수 있는 건 뭐든 다 찍어야 한다는 생각으로. 바이러스에 감염되기 전까지만 해도 나는 대부분의 시간을 공연장에서 보냈다. 국가의 사회적 거리두기 정책에 따라, 연극이나 뮤지컬을 올리기 어려워지는 바람에 공연 실황을 생중계하거나 녹화하는 일거리가 부쩍 늘었기 때문이었다. 그래서 사실 일거리를 구하는 건 그리 어렵지 않았다. 일터에서 만난 사람들에게 다른 일을 소개받고, 다른 일터에서 만난 사람들에게 또다른 일을 소개받는 식으로 계속, 나는 일을 할 수 있었다. 바이러스에 감염되지만 않았더라면, 지금도 촬영을 하고 있었을 텐데. 형, 몸은 좀 어때요? 촬영 잘 끝냈고 편집본도 보냈어요. 형 몫까지 열심히 했습니다. 덕분에 돈도 벌고 좋네요. 다음에 제가 술 한잔 사겠습니다. 하루빨리 쾌유하시길 바라요. 작년 겨울, 뮤지컬 실황 촬영을 갔다가 만난 정운에게 일을 넘겼다. 아르코예술극장에서 열리는 연극을 촬영하는 일이었다. 고맙다. 겨울이니까 따뜻한 술 마시자. 코로나 조심하고, 연말 잘 보내. 일을 놓친 게 아쉽지만, 그래도 정운이가 술을 사겠다고 했으니 그걸로 됐지. 결국 즐겁게 먹고 살자고 하는 일 아닌가. 생각하는데, 기침이 나왔다. 일기예보에 따르면 이번주 내내 폭설이 내린다고 했다. 창밖으로는 이미 눈이 내리고 있었다. 아름답다고 느껴지진 않았다.

*

　나는 지금껏 내가 하는 일에 의문을 가져본 적이 없었다. 후회를 한 적도 없었다. 지난 이십 년간, 마땅히 나의 몫으로 여겼던 일. 나는 이에 자부심도 가지고 있었다. 연극이야말로 인간이 인간으로서 인간을 탐구할 수 있는 아주 중요한 예술이라고, 나는 믿고 있었으니까. 그건 시간이 지나도 절대 변하지 않을 가치라고 믿었다. 연극만이 가지는 현장성과 즉흥성, 관객과의 호흡. 그건 책이나 영화와 같이 대량으로 복제되고 판매되는 서사예술에서는 찾아볼 수 없는, 그러니까 오직 연극에서만 가능한 것이었다. 상황이 이렇게 되기 전까지는 말이다. 모든 공연이 녹화되거나 온라인 생중계로 대체되면서, 연극만이 갖고 있던 고유성에 균열이 가기 시작했다. 더이상의 라이브는 존재하지 않았다. 더이상의 라이브는 존재할 수 없었다. 오랫동안 이어져온 믿음이 통째로 흔들리기 시작하자, 이제 나는 내가 무슨 일을 하고 있는지 알 수 없게 되어버렸다. 지금까지 무엇을 하고 있었는지도 알 수 없게 되어버렸다. 나는 연극을 하려고 했던 것인데, 지금 이게 연극이 맞나. 나는 여전히 연극을 하고 있나. 어제 감독으로부터 받은 영상을 다시 돌려보며 생각했다. 지난 공연을 담은 영상이었다. 배우들은 이야기대로 움직이고 있었다. 노트북 화면 속에서, 무대 위에서. 그들은 카메라의 시선으로부터 멀어지기도 했고 가까워지기도 했다. 카메

라는 그들을 내려다보기도 했고 올려다보기도 했다. 객석에서는
절대 볼 수 없는 방식으로, 마치 유튜브 영상을 보는 방식으로. 나
는 그들이 움직이는 것을 지켜보았다. 그들의 움직임은 영화를 전
공했다는 감독에 의해 새롭게 연출되고 있었는데, 그건 내가 연출
했던 방식과는 전혀 다른 방식이었는데, 그렇다면 다음주부터 온
라인 극장에서 상영될 이 공연의 연출자는 누구인 걸까. 정말 이
공연의 연출자를 나라고 할 수 있을까. 기이한 감정에 휩싸였다.
그리고 불현듯, 지금껏 내가 하고 싶었던 건 연극이 아니라 현장성
과 즉흥성을 다루는 일이었을지도 모른다는 생각이 들었다. 난생
처음으로 그런 생각을, 난생처음으로 연극이라는 말을 벗어나, 내
가 하고 싶었던 일에 대해 다시 생각하게 되었다. 영상 마지막에는
'이 공연은 한국문화예술위원회의 후원을 받아 제작되었습니다'
라는 문구가 떠올랐다. 이 공연은, 이 공연은……

*

　한국 최초의 영화는 3막으로 이뤄진 연쇄극, 즉 연극에 영화를
접목시킨 형태였다. 현재 우리가 이해하고 있는 영화의 형태와는
다르지만, 일제강점기 조선인에 의해 제작된 작품이라는 점에서
한국 영화사의 시작을 알리는 중요한 작품이 되었다. 일제강점기
와 해방 후 한국전쟁의 역사, 당시 필름 보존에 대한 인식 부족과

현장성을 바탕으로 한 연극적 특징 때문에 이제는 영원히 상영-상연이 불가능한 작품이 되어버렸지만, 그럼에도 문헌자료로 남아 이후를 사는 사람들에게 전해질 수 있었다. 문헌에 따르면, 이 작품은 종로구에 위치한 영화관인 단성사에서 처음으로 공개되었는데, 이곳은 원래 연희를 공연했던 공간이었다. 그러니까 다시 말해, 연희를 공연하던 공간에서 연쇄극을 거쳐 영화를 상영하는 공간으로 탈바꿈하게 된 것이다. 연희에서 영화로. 이때 영화사에서 중요하게 다뤄지는 인물은 단성사를 인수한 박승필과 한국 최초의 영화를 연출한 김도산이었다. 그런데 최근에 연구를 위해 김복진에 대한 자료를 수집하던 중, 당시 일본에서 발간된 잡지에서 뜻밖의 인물을 발견하게 되었다. 어쩌면 영화사에서 중요한 인물이 되었을 수도 있을 조선인, 미처 예술사 기록에도 남지 못한 수많은 예술인 중 한 명. 때는 1920년대, 도쿄미술대학에서 조각을 공부하던 김복진이 도쿄 유학생들과 함께 '토월회'라는 문학 모임을 시작할 무렵이었다. 알려진 바와 같이 이는 훗날 대중 계몽을 위한 신극 활동으로 이어지게 되었는데, 이 과정에서 영화 작업을 병행할 것을 제안한 사람이 있었으니 그가 바로 조남선이었다. 이후 내가 일본에서 어렵게 구한 몇 안 되는 문헌자료를 토대로 미뤄보았을 때, 그는 원래 토월회의 창립 멤버는 아니었지만 이따금 모임에 참여하며 문학에 대한 이야기를 나눴던 것으로 추정된다. 그 당시 도쿄를 중심으로 활동했던 다다이스트 시인이자 아나키스트였던 이시바시 기요코가 남긴 기록에는 이렇게 적혀 있었다. 조남선은 조선인 유학생들과 함께 대중 계몽을 위한 중요한 예술 활동을 계획중이었는데, 왠지 모르게 그는 항상 불만 가득한 얼굴이었다. 토월회가 문학 모임에서 신극 활동으로 옮겨가는 과정에서 조남선은 연극과 영화 작업이 반드시 병행되어야 한다는 의견을 제시했다. 그는 토월회의 모든 활동을 기록영화로 남기고자 했던 모양이다. 이는 끝내 받아들여지지 않았는데, 정확한 사유는 모르겠으나 아마 경제적인 이유 때문이 아니었을까. 이후 그는 더이상 토월회의 계획에 관여하지 않게 되었다. 만약 그때 그의 의견에 따라, 토월회의 연극이 기록영화로 남았다면 그 작품은 영화사에서 기념비적인 작품이 되지 않았을까. 아니, 그건 연극사에서 다뤄져야 하는 작품인가. 어찌되었건, 조남선은 일찍이 영화가 가진 영향력과 파급력, 아카이빙의 중요성까지 인지하고 있었던 것으로 보인다. 어째서 이런 인물에 대한 연구가 지금껏 제대로 이뤄지지 않았던 것일까. 그에 대해 남아 있는 자료가 그리 많지 않다는 사실이 몹시 안타까웠다.

*

연희동에 위치한 책방에서는 문화사업의 일환으로 매주 목요일 밤마다 릴레이 낭독회가 진행되었다. 돌아가며 짧은 글을 낭독하는 방식이었다. 주로 시인이나 소설가가 낭독을 했지만, 이따금 싱어송라이터나 래퍼, 디자이너, 영화감독, 사진작가, 큐레이터 등이 직접 글을 써 낭독하기도 했다. 나 또한 다음달 행사의 낭독자로 예정되었다. 그러나 사회적 거리두기 단계가 격상되면서 행사는 일시적으로 중단되었다. 낭독회를 주관하던 책방 대표는 당분간 팟캐스트로 낭독회를 진행하겠다고 했다. 유튜브 영상을 촬영해 업로드할 생각도 해보았으나, 아무래도 집중해서 낭독을 듣기에는 팟캐스트가 더 적합할 것 같았다고 했다. 얼굴 안 나오면 좋죠. 저는 더 편하고 좋아요. 지난 금요일에는 팟캐스트 녹음이 있었다. 행사가 열리지 못하는 동안 낭독을 했어야 하는 사람들, 여행에세이 작가와, 독립영화 감독, 그리고 나까지 셋은 합정에 위치한 작은 녹음실에서 만나게 되었다. 사적 모임을 할 수 없어서 녹음 후 따로 함께 식사를 하거나 커피를 마시며 인사를 나눌 기회는 없었다. 다음을 기약하며 헤어졌는데, 일주일 후 그날 만났던 영화감독으로부터 인스타그램 메시지를 받았다. 그날 만나게 되어 반갑고 좋았습니다. 시집 잘 읽고 있습니다. 낭독하셨던 텍스트도 정말 인상적이었어요. 영화감독은 그날 낭독했던 텍스트로 함께 영상을 제작해보면 어떻겠느냐고 제안했다. 겨울에 열리는 미술관 전시에 참여하게 되었는데, 그때 상영할 영상이 필요하다는 것이었다. 팟캐스트 할 때 녹음했던 사운드 파일을 그대로 사용하려고요. 거기에 새로 촬영한 영상을 덧붙이는 방식으로요. 그리하여 나는 두 달간 촬영 회의를 위해 매주 그를 만났다. 사실 내가 하는 일은 별로 없었다. 새로 내 목소리를 녹음할 필요도 없었으니까. 내가 하는 일은 주로 그가 하는 말을 듣는 것이었다. 어떻게 촬영했는지에 대한, 어떻게 촬영할 것인지에 대한 이야기. 아니, 사실 그 이야기는 그리 길지 않았고 대부분 촬영과 무관한 이야기를 하며 시간을 보냈다. 2인까진 사적 모임이 가능했기 때문에 회의 전후로 함께 밥을 먹거나 술을 먹기도 했다. 그때까지만 해도 나는 그가 내게 다른 목적이 있을 거라고는 전혀 생각하지 못했다. 그냥 조금, 뭐랄까, 성격이 밝고 자기에 대해 이야기하기를 좋아하는 사람이네, 말이 많은 사람이네, 정도로 생각했을 뿐. 몇 번의 만남 후, 나는 피로감을 느끼기도 했지만 그래도 촬영이 끝날 때까지만 참으면 되리라고 생각했다. 문제는 촬영이 끝난 이후에도 그가 내게 계속 만나자는 연락을 해왔다는 것이다. 매번 거절하기가 애매하여 이따금 만나면서 지냈는데 그게 내 잘못이었나. 그게 그를 오해하게 만들었나. 그리고 그날이 왔다. 어쩌다가 우리가 만든 영상은 영화제 본선에 진출하게 되었고, 그 영상이 극장에서 상영되던 날 그는 내게 고백을 했다. 물론 나는 거절했다. 나는 분명하게 내 의사를 전했다. 나는 당신을 친구로 생각하고 앞으로도 서로 그랬으면 좋겠다고. 그는 알겠다고 했다. 분위기가 어색해졌지만, 곧 상영이 시작되어 예정대로 함께 극장에 들어가야 했다. 상영 후에는 관객과의 대화를 진행하기로 되어 있었다. 도대체 무슨 생각으로 그런 타이밍에 고백을 한 걸까. 어쨌든 그날 나는 영화에 집중을 할 수가 없었다. 상황이 그러했던 탓인지, 극장 안에 울려퍼지는 내 목소리에 적응을 할 수가 없었다. 귀를 틀어막고 싶어질 정도로 괜히 민망해졌는데, 어째서인지 팟캐스트로 내 목소리를 듣는 것과 다르게 느껴졌다. 주변을 둘러보니, 관객들 모두 스크린을 응시하고 있었다. 내가 쓴 텍스트가 한글 자막과 영어 자막으로 스크린 위에 투사되었다. 그날 나는 우리가 영화를 만들었다는 사실을 처음 알게 되었다. 극장에서 상영되고 있었으므로, 관객들 모두가 그것을 영화라고 믿고 있었으므로. 낭독을 위해 썼던 텍스트는 어쩌다가 영화가 되어 있었다. 그것은 내 의지였다기보다, 상황이 그렇게 만든 것이었다. 언제나 상황이 모든 것을 결정했다. 그런데 나는 다음주부터 시작되는 전시에 가야 하는 걸까. 과연 내가 갈 수 있을까. 미술관에 울려퍼지는 내 목소리를 상상해보았다. 그곳에서 이 영상은 무엇이 되나. 그럼 이제 그곳에서 우리는 무슨 사이가 되나. 그는 내 옆자리에 앉아 스크린을 응시하고 있었다. 애써 나를 외면하고 있는 것처럼 보였다.

*

이대로는 안 된다고 했다. 좋다면서, 정말 좋았다면서, 뭐가 이대로 안 돼. 그는 이 소설이 영상으로 제작되기 위해, 무엇부터 수정되어야 하는지 구구절절 설명했다. 결국에는 소재, 내가 가진 아이디어만 취하겠다는 뜻이었다. 정확히 말해, 내가 가진 아이디어를 자기에게 팔라는 소리였다. 말도 안 되는 소리였다. 정말 좋았어요. 참 좋은데. 그가 말끝을 흐리는 게 싫었다. 일단은 영상화가 가능한 소설이 될 때까지 다른 작가와 같이 작업하셔도 되고요. 그런 식으로 얼버무리는 게 싫었다. 원한다면 저희 쪽에서 소개시켜드릴 수도 있어요. 친절과 호의를 베푸는 척하는 꼴이 싫었다. 혹시 알아요? 나중에 이 작품 직접 연출하게 되실 수도. 헛된 희망을 품게 하는 말이 싫었다. 송명 감독님 아시죠? 그분도 저희랑 작업하고 데뷔하셨잖아요. 이번에도 그렇게 되면 좋죠. 빌어먹을 허세가 싫었다. 책 나오고 판권 팔릴 때까지 저희가 최선을 다할게요. 지키지도 못할 약속을 입 밖으로 뱉는 게 싫었고, 그걸 계속 듣고 앉아 있는 내가 싫었다. 나쁜 새끼. 아니다, 그는 나쁜 새끼가 아니다. 다만 자신의 일에 충실하게 임하고 있을 뿐이겠지. 네, 말씀 감사합니다. 그럼 생각 좀 해보고 연락드릴게요. 나는 하나마나 한 말을 하고 자리에서 일어났다. 딱히 갈 곳은 없었지만, 딱히 할일도 없었지만, 그래도 바쁜 척을 했다. 금방 일어나서 죄송해요. 더 얘기 나누면 좋은데, 제가 뒤에 다른 일정이 있어서. 거짓말, 나는 그것을 생존 수단이라 여기기로 했다. 건물을 빠져나와 지하철역 쪽으로 걸었다. 영상화? 그럼 애초에 시나리오를 쓰면 되는 거 아니야? 책을 출판하고 판권을 팔고 그걸 시나리오로 써서 영화를

제작한다? 뭘 그렇게 일을 복잡하게 만들지? 그리고 그 복잡한 과
정 속에서 내 역할은 과연 무엇이었을까. 나는 그저 아이디어를 푼
돈에 팔고 언젠가 유명한 창작자가 될 거라는 헛된 희망을 품으며
시간이나 허비하고 있으면 되는 건가. 지하철역 앞에 도착하니, 집
으로 돌아갈 생각에 앞이 아득해졌다. 아, 시팔 교통비. 희망 고문
이나 당하러, 내 돈을 주고 여기까지 발걸음하다니. 매번 이런 식
이라니. 아, 시팔. 담배나 피우고 돌아가자 했다. 돌아가자. 그래,
돌아가자.

*

모든 시인은 그림을 그릴 수 있다.* 폴 엘뤼아르는 자신의 친구
였던 프랑시스 피카비아에게 보내는 시에 이렇게 적었다. 피카비
아를 화가로 아는 사람도 있었고, 시인으로 아는 사람도 있었다.
그러나 사실은 둘 다였다. 정말이지, 모든 시인은 그림을 그릴 수
있었다. 그림을 사랑할 수 있었다. 마찬가지로 시인 아폴리네르도
피카소의 친구였고, 장밋빛 시대의 그림을 사랑했다. 아니, 사실
그는 그 언어를 사랑했던 것이다. 온갖 장밋빛으로 가득 채워진 이

---

* 폴 엘뤼아르, 「모진 말.-58번」, 『엘뤼아르 시 선집』, 조윤경 옮김, 을유문화사,
2022, 30쪽.

미지의 언어를 말이다. 화가와 시인이 함께 어울리며 서로에게 좋은 영향을 주었다는 사실은 내 흥미를 끌었다. 그런 생각을 하다가 잠이 든 탓일까. 나는 꿈속에서 오랜 친구를 만났다. 우리는 꿈속에서 화가와 시인이 되어 있었다. 둘 중에 누가 화가이고 누가 시인인지는 알 수 없었다. 나는 친구와 그림을 그리고 있었다. 카페에서 식당에서 들판에서 도서관에서 한 번도 가본 적 없는 화실에서. 꿈속이었기에 그럴 수 있었다. 그림을 그리다가 친구는 내 그림을 보고 말했다. 폴 엘뤼아르를 필사한 것이니? 나는 그렇다고 말했다. 그렇다면 우리가 엘뤼아르를 개작하자. 그는 내 그림 위에 덧칠을 하기 시작했다. 나도 내 그림 위에 덧칠을 했다. 그림은 전혀 다른 그림이 되어가고 있었고, 나는 마음속으로 생각했다. 그런데 우리가 폴 엘뤼아르를 이렇게 많이 개작해도 되는 걸까? 친구는 우리가 함께 그린 그림이 만족스럽다고 했다. 그렇다면 이제 이 시는 누구의 것이지? 친구의 대답을 듣지 못한 채, 잠에서 깨어났다. 나는 친구를 만나면 꿈 이야기를 해주고 싶었다. 꿈은 나만의 것이지만, 이따금 우리는 그것을 나눌 수 있었다.

*

안드레이 타르콥스키는 시인의 아들이었다. 그는 아버지와 달리 카메라로도 시를 썼다. 그것이 무슨 말인지는 그의 영화를 보면 누구나 단박에 알 수 있을 것이다. 나는 원래 시인이 되고 싶었는데, 스물일곱 살 때 처음으로 그의 영화를 보고는 카메라를 들기로 결심했다. 언젠가 나는 한밤에 홀로 예술영화 극장을 나오며, 논리적으로 쉽게 설명되지 않는 감정을 느꼈다. 그날 나는 방금 전에 내가 본 영화에 대해 말하고 싶다는 욕망과 더불어, 이에 대해 쉬이 말할 수 없음을 동시에 느끼고 있었다. 마음이 답답해진 탓으로 거리를 하염없이 걸었는데, 그렇게 거리를 걷다가 문득 카메라로 세상을 담는 일이 시를 쓰는 일과 다를 게 없다는 생각을 하게 된 것이었다. 나는 이따금 그날을 떠올리곤 했다. 그날 내가 극장에서 본 영화는 〈안드레이 루블료프〉로, 러시아의 중세 화가 안드레이 루블료프의 이야기를 그린 작품이었다. 나는 그 작품이야말로 안드레이 타르콥스키를 가장 잘 보여준다고 생각했다. 안드레이 루블료프라는 인물을 빌려, 타르콥스키 자신의 이야기를 하는 영화였기 때문이다.

안드레이 루블료프가 남긴 것들은 그가 누구인지를 설명해주었다. 그에 대해 기록된 바는 거의 없었지만, 그가 남긴 그림들은 그가 어떤 사람이었는지를 말해주고 있었다. 그는 수사 화가로서 〈성 삼위일체〉라는 성상을 남겼다. 그가 하고 싶은 말은 그것으로 충분했을 것이다. 그림은 곧 언어이자 이야기였다. 타르콥스키는 그림의 이야기를 읽을 수 있는 독자로서, 그림에 대해 쓸 수 있는 시인으로서 카메라를 들었다. 독자가 자신을 투영하여 작품을 읽듯, 영화를 보는 관객이 이미지 속에서 자기 자신을 발견하듯, 타르콥스키는 안드레이 루블료프에게 자신을 투영했으며 또한 발견하였다. 이 작품에는 쇠퇴하며 희망을 잃어가는 세상에서 예술가가 무엇을 할 수 있는지에 대한 고민이 담겨 있었다. 나는 이 작품을 통해 메타적인 작품이 따로 있는 것이 아니라는 사실을 알게 되었다. 창작의 과정과 창작자의 태도는 어떤 식으로든 작품을 통해 드러나게 되어 있다고 믿게 되었다.

*

친구는 얼마 전에 내가 찍은 영화를 보고 말했다. 빛 속에서 모두가 그림자처럼 보이는구나. 그게 인상적인 영화네. 모든 시선이 태양을 향하고 있는 영화야. 그 말을 듣고 나는 답했다. 시인이네. 완전 시인처럼 말하는구나. 그는 웃으며 고개를 저었다. 나는 좋은 말을 했는데 너는 왜 나를 놀리니. 나는 절대로 놀리는 게 아니라고 말했다. 진심이었다. '모든 시선이 태양을 향하고 있는 영화'라는 표현을 간직하고 싶었다. 그런데 반대로 모든 시선이 지구를 향하는 영화가 있다면 어떨까. 우리가 먼 훗날 태어났다면, 우주에서 살았다면, 그런 표현도 가능했을 것이다. '모든 시선이 지구로 향하는' 그런 영화를 만들 수도 있었을 것이다.

*

우리의 선조, 즉 화성 1세대라고 불리는 사람들, 사실 그들은 우주개발사업의 희생양이었다. 그들은 지구를 떠나는 그 순간까지도, 아니, 화성에 도착한 순간까지도 자신들이 야수 자본주의의 희생양이 되었다는 사실을 인지하지 못했다. 오히려 그들은 자신들이 멸망을 앞둔 지구로부터 멀어진 것에 안도하였다. 그들이 그렇게 생각할 수밖에 없었던 것은 지구의 거대 기업들이 오랜 시간 동안 각종 바이러스와 자연재해, 테러와 전쟁에 대한 공포를 부추기며 새로운 유토피아에 대한 환상을 심어주었기 때문이다. 당시 어느 정도 경제적 여유를 가지고 있던 사람들은 전 재산을 투자해 화성으로 이주하는 것만이 자신들의 미래를 도모하는 일이라고 생각했다. 그들은 신세계를 꿈꿨을 것이다. 그러나 화성에서 시작된 삶은 그들의 생각과 달랐다. 고립감과 공포, 굶주림과 질병, 인간의 추악한 면모들이 드러나는 시간을 보내야만 했으니까. 우주 개발사업을 주도한 기업들은 인간이 살 수 있는 최적의 조건을 갖춘 도시를 화성에 건설한 것처럼 홍보했지만, 여기에는 많은 오점이 있었다. 사실 화성은 인간이 살아갈 수 있는 조건이 충분히 마련되지 않은 상태였다. 화성 1세대 대부분은 AI 로봇이 화성에서 채굴한 광물자원을 관리하거나 지구로 보내는 일을 했다. 광물자원을 지구로 보내는 대가로 지구에서 생산된 식료품과 생활용품을 얻을 수 있었다. 화성 정착기에는 자급자족이 거의 불가능한 상태였기에 대부분의 식료품과 생활용품을 지구로부터 조달받아야 하는 상황이었다. 화성에서 작물 재배가 이뤄지지 않은 것은 아니었지만, 당시 기술력으로는 수확량이 매우 적었다. 더군다나 그마저도 매년 일정하지 않았기 때문에 시장에 안정적으로 공급할 수가 없었다. 지구에서 식료품과 생활용품을 전달받는 데는 한 달이 걸렸다. 그것도 지구와 화성이 근접했을 경우이지, 멀리 있을 경우 몇 달이나 더 기다려야만 했다. 이때 특히 문제가 되었던 것은 의약품이었다. 의료시설이 제대로 갖춰져 있지 않았기에 자칫 다치거나 질병이라도 생기게 되면 의료품이 도착하기를 기다리다가 목숨을 잃기 일쑤였다. 작물 재배가 성공적으로 이뤄지고 안정적인 시장이 형성될 때까지, 제대로 된 의료기관과 교육기관을 갖출 때까지는 두 세대가 교체될 만큼의 시간이 걸렸다. 그러니 화성 1세대와 2세대는 생존을 위해 매일을 버텨야 했던 세대이자, 훗날 화성에서 살아가게 될 인류를 위해 싸워야 했던 세대였다. 자급자족이 가능해지자, 화성은 지구로부터의 독립을 요구했다. 그러나 그건 결코 쉬운 일이 아니었다. 투쟁을 필요로 하는 일이었다. 지구인들은 군대를 보내 그들을 탄압하려고 했다. 그들은 지구인들이 이렇게까지 하는 이유를 도무지 납득할 수가 없었다. 그러나 머지않아 저항과 탄압의 과정 속에서 인간의 추악한 진실이 밝혀지기 시작했다. 화성으로 향한 이들은 어느 정도 경제적 기반을 갖춘 사람들이었지만, 세계 경제를 움직일 만한 재력을 가진 자본가들은 지구에 남았다. 그들은 자연재해로부터 안전한 지대를 독점했다. 얼마 남지 않은 깨끗한 자연환경을 향유하며 살았다. 경제적 여유를 가지지 못한 인간들은 각종 바이러스와 자연재해, 빈부 격차로 인한 굶주림과 질병에 시달리며 죽어가야만 했다. 그런 상황 속에서도 자본가들은 계속해서 지구인을 화성으로 보내는 방식으로 부를 축적하고, 화성에서 얻은 광물자원을 독점해 다시 부를 축적했다. 그러므로 그들은 군대까지 동원하여 화성의 독립을 막아야 했던 것이다.

*

"문화재 연구원은 그것이 고고학적 사료가 될 만한 가치를 가지고 있는지에 대해 판단을 유보하기로 결정했다. 담당자와 화상 연결을 통해 간단한 대화를 나눌 수 있었다. 디지털 복원된 필름 시네마인지 애초에 디지털로 제작된 시네마인지를 정확히 식별하려면 기술 연구가 더 필요합니다. 아직까지는 오차 범위가 큽니다. 그래서 내용과 형식적인 측면에 대한 분석이 함께 이뤄져야 하는데, 귀하가 발견한 파일은 지금 저희가 가진 정보만으로는 정확한 식별이 불가능한 상황입니다. 작가주의 성향이 두드러지는 극영화로 이해하면 좋을지, 실험영화로 이해하면 좋을지, 그것도 아니라면 미술관에서 상영된 미디어아트로 구분 짓는 것이 좋을지 잘 모르겠습니다. 배우의 움직임과 표정, 이미지를 이루는 구성요소들을 살펴보았을 때 연극적인 특징이 두드러지는데, 이 부분을 어떻게 해석하는지가 쟁점이 될 것 같습니다. 공연을 촬영한 영상이나 온라인 극장 전용으로 제작된 연극일 가능성도 고려하고 있습니다. 일단 이 영상은 연구가 가능할 때까지 창구에 보관될 예정입니다. 여하튼 인류의 역사 복원을 위해 귀중한 자료를 공유해주셔서 감사합니다."

구 웹사이트에서 발굴된 파일들이 어떤 고고학적 가치와 미학적 가치를 가졌는지를 판단하기 위해서는 그 시대에 대한 더 많은 정보가 필요한 모양이었다. 현재 남아 있는 지구에 대한 정보는 대부분 화성 정착기에 함께 옮겨진 것들뿐이었으니까. 지구는 이미 오래전 자연재해와 몇 차례의 소행성 충돌로 더이상 인류가 살 수 없는 곳이 되어버렸고, 인류가 오랫동안 축적해온 사료들 역시 이때 모두 사라졌다. 그러므로 이제 현대 고고인류학이란 파편적으로 흩어져 있는 인류의 흔적들을 정리하는 일이었다.

*

문화재 연구원은 문화교육적 차원에서 일시적으로 창구를 개방하기로 결정했다. 창구에 보관되어 있던 정체불명의 영상자료들은 '지구로 돌아가다'라는 이름의 국제적 아카이브 전시를 통해 삼 개월간 사람들에게 공개되었다. 이 전시는 Mars-M5067 구역 센트럴파크 640 기념관에서 진행되었는데, 모두가 알다시피 그곳은 화성 독립혁명 시기에 벙커로 사용된 공간이었다. 벙커를 개조해 만든 기념관이자, 이따금 용도에 따라 미술관이나 박물관 또는 공연장으로 바뀌는 다목적 특수 공간. 메타버스를 통해 그곳을 방문할 수도 있었지만, 이번만큼은 직접 그곳에 찾아가 선명하게 복원된 고대의 영상을 두 눈으로 확인하고 싶었다. 내가 사는 곳에서 익스프레스 트레인을 타고, Mars-M5067 구역까지 이동하는 데는 반나절이 꼬박 걸렸다. 이렇게 장시간 물리적인 거리를 이동한 것은 거의 십 년 만의 일인 듯하다. 오랜 이동 탓인지, 트레인에서 내린 이후에도 계속 어지럽고 식은땀이 났다. 허리와 관절에 통증이 느껴졌는데, 그게 나쁘지만은 않았다. 그 통증으로 나는 그동안 잊고 있었던 명백한 사실, 그러니까 내 몸의 삼분의 일이 아직 유기체로 존재한다는 사실을 상기할 수 있었다. 그리하여 나는 한때 지구에서 살았던 과거의 인류, 지금은 멸종한 호모사피엔스가 나의 선조라는 사실을 인정할 수밖에 없었다. 오래전 인류는 지구를 떠날 수 있었지만, 아직까지도 인류의 몸을 떠나진 못했다. 인간은 인간성으로부터 벗어나지 못했고, 그건 아직도 인간이 생로병사의 고통으로부터 완전히 자유롭지 못함을 의미했다. 나 또한 언젠가 병들고 죽게 될 것이다.

[지구로 돌아가다]
사람이 죽으면 지구로 돌아간다는 말이 있었다.
고대 지구에는 죽으면 별이 된다는 말이 있었다고 한다.

*

로라 스펜서는 우주의 무중력상태를 이용해 작업했던 예술가 그룹 'Zero-Gravity-Free'의 2기 멤버이자 비교적 늦은 나이에 이름을 알린 예술가였다. 그가 작품활동을 시작했을 무렵, 안타깝게도 그는 우주 방사선 암 판정을 받았다. 그는 지난 삼 년간 투병 생활을 했고 총 다섯 차례 수술을 받았다. 그리고 자신의 몸에서 떼어낸 암덩어리를 포르말린 용액에 넣어 보관했다. 이후 건강이

회복됨에 따라, 그간 보관해두었던 암세포 덩어리를 3D 프린트하여 작품을 만드는 데 활용했다. 한때 로라 스펜서의 몸속에 있던 암덩어리, 그의 목숨을 위협했던 그 덩어리는 수백 개로 복제되어 갤러리를 가득 채웠다. 지난주 640 기념관 갤러리에서 열린 전시에서 그는 이렇게 말했다. 저는 그동안 저를 죽음의 문턱까지 몰고 갔던 작은 암덩어리와 마주하는 시간을 보냈습니다. 제 몸의 절반 이상은 광물로 이뤄져 있지만, 나머지는 여전히 수분과 단백질로 이뤄져 있습니다. 그 일부의 몸이 죽음의 공포를 느끼게 합니다. 사랑을 요구합니다. 이번 작업은 저 또한 아직 유기체라는 사실을 상기시켜주었습니다. 그 사실은 앞으로 제 모든 작업의 동력이 될 것입니다. 나는 갤러리에 전시된 그의 암덩어리를 보며, 마치 내 안을 들여다보는 듯한 느낌을 받았다. 내 몸속에서도 저런 것이 자라날 수 있다니, 나조차도 내 마음대로 할 수 없는 부분이 존재한다니. 나는 신체 일부를 교체할 수 있었지만, 그렇다고 나의 모든 부분을 통제할 수 있는 건 아니었다. 나조차 나를 완전히 알 수 없다는 것. 그러니까 미지의 세계가 내 안에 있다는 것. 나는 그게 두렵지 않았다. 오히려 좋았다. 나는 이 전시가 마음에 들었으나, 로라 스펜서는 전시가 끝날 때까지 공격적인 비판을 받아야 했다. 이것이 예술이냐, 아니냐. 어디까지가 예술이냐. 암덩어리를 예술이라고 주장하는 시대가 왔다. 암덩어리마저 예술이 되는 시대가 왔다. 예술의 개념과 역사를 훼손하는 저급한 전시라고 비판하는 사람도 있었다. 대부분 납득할 수 없는 비판이었다. 과연 그 개념과 역사는 어디서부터 시작된 것인가. 어디서부터 시작해야 하는 것일까. 고대 지구로부터? 아니면 화성에 정착한 시기로부터? 그것도 아니라면, 우리가 더이상 호모사피엔스가 아니게 된 시점부터? 그런데 우리가 언제부터 그렇게 되었지?

*

 화성연합 공동체 수립 기념일이었다. 오늘은 각종 바이러스와 자연재해로 고통을 받으며 지구에서 마지막 생을 보낸 고대 지구인들을 기리는 날이자, 과거 인류의 과오를 되새기는 날이기도 했다. 아버지는 이따금 말씀하셨다. 우리가 화성에서 태어나게 된 것은 행운이라고, 만약 선조들이 화성으로 이주하지 않았더라면 지금처럼 우리가 존재할 수 없었을 거라고 말이다. 선조들이 처음 화성에 정착했을 때 겪은 일들을 생각하면 그리 쉽게 말할 수 있는 문제가 아니었다. 모든 일에는 대가가 따랐다. 연합 공동체는 이날을 기념하기 위해 매년 다른 곳에 건축물을 세웠다. 당대 최고의 건축가들이 내부 설계와 디자인을 맡았는데, 건축가에게는 최고의 영예를 안겨주는 일이었다. 작년에는 돔 형태의 건축물이 세워졌다. 이 작업을 총괄한 건축가 아이얀은 고대 지구 아크로폴리스의 파르테논 신전과 디오니소스 극장을 모티브로 삼아, 이 둘을 결합한 형태의 건축물을 설계했다고 설명했다. 올해는 어떤 건축물을 보게 될까. 올해도 건축물을 공개하는 것으로 행사가 시작되었다.

행사는 언제나 새로 지어진 건축물을 중심으로 이뤄졌다. 나는 고해상도로 구현된 메타버스 플랫폼을 이용해 돔 안으로 들어갔다. 그 안에서 나는 이따금 감상자가 되었다가 창작자가 되기도 했다. 사람들과 함께 춤을 추거나 소리를 내어 즉흥적인 리듬을 만들어낼 수도 있었다. 음악과 무용, 미디어아트와 연극 등이 결합된 형태의 퍼포먼스를 과연 뭐라고 부를 수 있을까. 서로 다른 언어를 사용하는 사람들과 돔 안에서 함께 시간을 보냈다. 언제나 그랬듯, 자정에는 화성을 밝히는 모든 불이 꺼지고 모두가 묵념하게 될 것이다. 이때마다 우리는 여전히 우리에게 중력이 작용하고 있음을 느낄 수 있었다. 잠시 세상의 모든 빛과 소리가 사라진 순간에도.

* 290쪽 이미지는 서이제 · 정병각, 〈지속되는 빛〉(디자인아트페어, 2020)의
스틸 컷이다.

두개골의 안과 밖

그해는 새의 해로 기록될 것이다.
십만 명의 사람들이 증발되고,
새의 번식이 급증한 해.

∞

사냥을 간다. 중고매매센터에서 구입한 낡은 2025년형 SUV를 타고. 순환도로를 타고 산과 들이 있는 곳으로. 줄지어 늘어선 송전탑을 따라 농사를 짓는 사람들이 사는 곳으로. 도시로부터 점점 멀어지며 짙어지는 흙냄새. 흙에서는 아직도 악취가 진동한다. 암모니아 가스. 땅속에 파묻힌 사체들의 냄새. 그 냄새는 십 년 전 악몽을 떠오르게 하지만, 나는 어쩔 수 없이 그 거대한 무덤 사이를 지나쳐야만 한다. 곰팡이로 뒤덮인 지대, 얼핏 하얀 꽃이 핀 것처럼 보이는 지대. 그 거대한 무덤 사이를 지나치고 있다. 지난주부터는 포클레인 한 대와 방호복을 입은 사람들이 모여 땅을 파헤치기 시작했다. 이제 땅을 정화하기 위한 열처리와 미생물처리가 이루어질 것이다. 나는 더러운 악취로부터, 오래된 악몽으로부터 도망치듯, 액셀을 더 세게 밟는다. 속도는 더욱 빨라진다. 지나친다. 완전히 지나친다. 빠르게, 빠르게. 더 빠르게 달리면 농사를 짓는 사람들이 사는 곳에 이를 수 있다. 악취로부터 멀어지며, 그곳에 점점 가까워지고 있다. 이제 막 가을로 접어든 시기. 이제 막

마을로 접어드는 중이다. 마을을 수호하는 은행나무, 그 열매. 악취를 풍기는 방식으로 해충을 쫓으려 한다. 나를 쫓으려고 흰 개들이 짖는다, 목줄에 묶인 채.

구멍가게 앞, 대낮부터
평상에 앉아 막걸리를 마시는 사람들.
한량.

나는 이 땅에서 여유를 허가받지 못한다. 나는 관할 파출소에서 총기를 허가받는다. 늦은 오후부터 해가 지기 전까지, 구경 오 밀리미터 총기를 이용해 까치를 잡을 것이다. 국가는 이 고약한 성격을 가진 새에게 몸값을 부여했다. 까치 한 마리당 몸값, 팔천원. 보통 하루에 적게는 스무 마리, 많게는 오십 마리를 잡을 수 있다. 길가에 차를 세우고 과수원을 살핀다. 배나무에는 노란 열매가 탐스럽게 달려 있고, 그것을 따는 노동자들의 모습이 보인다. 이상고온현상으로 농작물 수확이 점점 어려워지고 있는 가운데, 수확철마다 나타나 배를 파먹는 까치는 농장주에게도 골칫덩어리인 것이다. 과수원 주변, 아카시아나무 한 그루. 그 위에 까치집 하나. 까치 한 마리가 집을 들락날락거리고 있는 게 보인다. 새끼들의 입에 넣어줄 먹이를 물고서. 나는 까치를 향해 총을 겨눈다. 들고양이 한 마리가 나를 주시한다. 들고양이에게 까치 사체를 빼앗기지 않도록 조심해야 한다. 나는 까치를 주시하며 기다린다. 방아쇠를 당기기 위해.

∞

그 사람 또 오다. 자동차를 타고 과수원 주변을 배회하는, 언제나 표정이 없는 사람. 그는 자동차 운전석 창문 활짝 열어둔 채, 창밖을 보다. 그가 주시하는 것은 언제나 새. 이 나라에는 부리가 검은 새가 있다. 그렇지만 몸통은 하얀, 그렇지만 검푸른색 긴 꼬리를 가진 새. 과수원이 마치 자기 땅이라도 되는 듯, 과수원 일대 돌며 우리를 내려다보는 새. 우리보다 먼저 배를 따는 새. 부리로 쪼아 갉아먹다. 과수원에서 배를 따는 나와 몇몇의 사람들. 감시를 받다. 그는 창밖으로 총을 겨누다. 총에 맞아 죽을지도 모른다고 생각하다. 아니, 총에 맞아 죽기 전에 맞아 죽을지도 모른다고 다시 생각하다. 죽도록 맞다. 어제 네가 죽도록 맞는 것을 보다. 네가 맞는 이유를 알 수 없다. 도무지 말이 통하지 않는 이곳 사람들. 그런 점에서 새와 나는 같다. 새와 우리는 같다. 새는 과수원 주변 커다란 나무 위에 집을 짓다. 농장주가 농지 위에 집을 짓다. 우리가 산다. 비닐과 천막의 집. 우리는 비닐하우스 농작물처럼 자란다. 잔다. 농작물처럼 팔리다. 너는 이제 다른 곳으로 팔릴 것. 팔면, 사람이 산다. 불행. 얼마 전 불행이라는 말을 배우다. 행

복이 없다는 뜻이다. 행복이 없다. 농지 위 비닐과 천막의 집에는
행복이 없다. 우리는 풀잎을 뜯어먹는 벌레와 함께 살다. 죽다. 우
리가 벌레를 죽이기 때문에 벌레는 죽다. 사장님 벌레를 해충이라
고 부르다. 해충은 벌레다. 벌레가 죽기 때문에 새는 배고프다. 새
는 배고프기 때문에 배를 먹다. 배를 먹기 때문에 새는 죽다. 총에
맞아 죽다. 배고파 죽거나 맞아 죽거나. 내일 또는 내일의 내일.
우리는 배고파 죽거나 맞아 죽다. 어제의 너를 생각해. 살충제 뿌
리다. 죽다. 뿌리다. 죽다. 뿌리다. 뿌리부터 죽다. 제초제 뿌리다.
죽다.

죽이기 위해 총 겨누다.

총, 총, 총.

새는 걷다.

먹이를 구하다.

땅을 향해 부리를 박는 새.

배고프다. 우리처럼. 배고파 죽겠다.

탕. 탕.

하면, 죽다.

새가 죽으면.

그가 새의 몸을 가지고 떠나다.

∞

버려진 집터에는 죽은 새끼들만이 남아 있음. 바짝, 수분이 마른 표피는 조글조글. 빈털터리. 털 없이 태어나 체온을 유지할 수 없음. 새끼들의 부모는 총에 맞아 죽었을 것으로 추정. 언젠가 산속에서 죽음을 본 적 있음. 회수되지 못한 사체가 나뭇가지 사이에 걸려 있음. 숨을 끊어버린 차가운 납덩어리는 작은 몸뚱이 안에 박혀 있음. 납탄은 빠른 속도로 너의 몸뚱이를 향해 직진하며, 너의 살갗을 관통하며, 몸통 깊은 곳까지 파고들며, 회전하고 회전하며 너의 오장육부를 갈아버림. 배를 파먹는 너의 주둥이를 다물게 하기 위해. 나는 네가 허기를 채우기 위해, 흙바닥에 주둥이를 몇 번이고 박았다는 것을 알고 있다. 너는 너의 허기가 원망스럽다. 굶어죽기 전에 맞아 죽음. 총살. 몰살. 국가는 너의 죽음을 위해 총기 사용을 허가한다. 팔천원짜리 목숨.

그래서 종족은 더욱 강해져야 한다.
지독해져야 한다.

∞

정전.

어둠 속에서.
혹시 전기세 안 냈어?
냈어.
그런데 왜지?

凶鳥

온 세상이 어두워진 까닭.
까치집.
까치는 흉조였다.

∞

그날의 정전은 흉조였다.

凶兆

그날 이후, 온 세상이 어두워진 이후. 갑자기 뼈 마디마디가 쑤시고 피부가 찢어지는 듯 아프기 시작했다. 정형외과, 내과, 피부과, 가정의학과. 병원이라는 병원은 가리지 않고 모두 가보았지만 통증의 원인을 알 수 없었다. 나는 병원이 내게 권유하는 이런저런 검사들, 그러니까 혈액검사는 물론이고, 수면 내시경과 CT 촬영으로 거금을 날린 후에야 예감했다. 통증으로부터 쉬이 벗어날 수 없으리란 것을. 진통제를 먹어도 아무런 소용이 없었다. 통증은 날이 갈수록 심해졌고, 끝내 일상생활이 불가능한 지경에 이르렀다. 결국 일마저 그만둬야 했다. 나 하나쯤 그만둬도 그만인 일을, 다른 사람을 구하면 그만인 일을. 누군가 떠난 자리에 내가 앉았던 것처럼, 내가 떠난 자리에 다른 누군가가 앉으면 그만이었다. 그만이다. 그만이다. 이제는 그런 생각도 그만. 무언가 생각할 힘조차 내게 남아 있지 않아서, 나는 자려고 했다. 낮이고 밤이고. 적어도 잠들어 있을 때만큼은 잠시나마 통증을 잊을 수 있었으니까. 나는 잠들지 않고는 견딜 수 없는 고통을 알아가고 있었다. 몸은 하루가 다르게 야위어가고. 뼈마디가 도드라지고. 앙상해지고. 점점 가벼워지고. 거의 사라질 듯, 가벼워지고. 그런 나를, 점점 힘을 잃어가는 나를, 너는 그저 지켜볼 뿐이다. 너는 나 몰래 울고, 나는 그런 너를 위로할 길이 없다. 내가 아프지 않아야 네가 슬프지 않다는 걸 알지만. 나는 이제 더이상 아프지 않을 자신이 없다. 매일 새벽, 너는 일을 나서며 내게 말한다. 다녀올게, 금방 다녀올게. 네가 나가면, 문밖으로 너의 발소리가 들린다. 그 희미한 소리에 기대어, 나는 너의 걸음의 무게를 헤아려본다. 이내 소리가 사라진다. 네가 나의 아픔을 온전히 체감할 수 없듯. 나도 너의 아픔을 온전히 체감하지 못한다. 너의 아픔은 온전히 너의 것이다.

∞

서울 남구로역, 해도 뜨지 않은 거리에 몰려든 사람들. 하나둘. 나는 사람들 사이를 어정거린다. 담배 냄새에 찌들어 있는 아저씨들. 이미 술로 건강을 망친 듯이, 얼굴이 누렇게 변한 사람들. 발걸음이 무거운 내 또래의 사람들. 어쩌다가 이곳에 오게 되었는지 알 수 없는 이십대 초반의 아이들. 주름 하나 없는 그들의 앳된 얼굴에도 근심이 서려 있는 것이다. 각자 삶의 사연을 가진 사람들이 거리에 뒤섞인다. 기도한다. 오늘은 꼭 일을 할 수 있기를. 내

게 그 어떤 일이라도 주어지기를. 무슨 일이라도, 무슨 일이라도,
해야 하는 것이다. 그 어떤 일이라도, 그 어떤 일이라도, 해야 하
는 것이다. 고된 일이라도 해야 한다. 일을 아예 배정받지 못하는
것보다 그쪽이 더 나을 테니까. 성격이 더러운 인간을 만나 하루
종일 욕을 처먹더라도, 하루종일 한파에 벌벌 떨며 얼어붙은 땅을
파더라도, 그게 더 나은 것이다. 그저 집에 가만히 있는 데도 돈이
드니까. 먹고 자는 데도 돈이 드니까. 사지 않고는 하루도 살 수
없으니까. 나는 하루하루가 절박하다. 무엇을 위해 사는지 모르겠
으나. 그런 것도 모르면서 나는 감히 필사적으로 살고자 한다. 불
경기가 심해져 이곳에서마저 일을 배정받지 못한 채, 집으로 발걸
음을 돌려야 하는 사람들. 나 또한 그 사람들 중 한 명이 될 수 있
음을 기억해야 한다. 좀처럼 나아지지 않는 삶이라도, 목숨에 책
임을 다해야겠다는 마음으로. 나는 기다린다. 기다린다. 운좋게
선택을 받는다. 낯선 사람들과 함께 승합차에 올라탄다. 아직도
세상이 어둡다. 승합차 내부는 더 어둡다. 현장에 도착하면 해가
뜰 것이다. 차창 밖으로 일자리를 구하지 못한 사람들이 보인다.
그들은 여전히 거리를 떠나지 못한 채. 담배를 피우고, 침을 뱉고,
생각에 잠긴다. 쓸데없이. 나는 그들에게 미안함을 느낀다.

∞

벌목 작업은 이미 끝. 벌목 후에는 땅속에 남은 나무뿌리를 제거하는 작업을 해야 하는데, 그마저도 거의 마무리. 뿌리, 뿌리, 뿌리, 잘려나간 뿌리. 뿌리, 뿌리, 뿌리, 온통 뿌리만 남음. 어떤 나무의 뿌리였는지 알 수조차 없음. 이곳은 원래 어떤 곳이었는지. 어떤 풍경을 간직하고 있었는지. 상상조차 할 수 없음. 나는 승합차가 황량한 땅 위에 떨구어놓은 수많은 사람들 중 한 명일 뿐이고. 잘려나간 뿌리만 남은 땅으로부터 내가 알 수 있는 건, 앞으로 이 땅 위에서 벌어지게 될 일들뿐. 황량한, 황폐한, 쓸쓸한, 스산한, 허전한. 잘려나간 뿌리만 남은 땅. 이곳에는 고층 아파트 단지가 세워질 것이다. 누군가 사고팔 것이며, 누군가 그 안에 들어와 살 것이다. 그 집에 사는 건 내가 아닐 것이다. 그저 이 땅 위에서 벌어지는 일들을 목격하는 일. 그것이 나에게 주어진 일이다.

∞

대화는 함바집에서 밥을 먹으면서 시작된다. 과거에 축사를 크게 운영했다는 사람. 정년퇴직을 한 지 얼마 되지 않은 사람. 신용불량자가 되어 일용직 노동을 시작하게 되었다는 사람. 혼자서 자식을 키우는 사람. 말하는 내내 입에 욕을 달고 사는 사람은 나이를 가늠하기 어렵다. 말장난을 좋아하는 사람과 공기업 면접 결과를 기다리고 있는 사람. 학비를 모으고 있는 사람. 고가의 운동화를 사려고 현장에 나온 사람은 밥을 먹는 내내 사람들의 놀림거리가 된다. 그리고 그 누구와도 말을 섞지 않고 밥을 먹는 사람. 반장님의 말에 따르면, 그는 전과가 있다고 한다. 물론, 그 말을 다 믿어서는 안 된다. 한편, 시종일관 죽상을 하고 있는 사람도 있다. 나는 그에게 말을 건넨다. 안 좋은 일이라도 있느냐고. 원래 사는 게 다 안 좋은 일뿐이지마는. 그는 아픈 애인을 혼자 집에 두고 온 것이 걱정이라고 말한다. 그의 표정이 더욱 어두워져, 나는 더 이상 그에게 기분을 내어 말을 건넬 수 없다. 참 안됐네요. 나는 짧게 답하고, 그릇에 남은 제육볶음을 마저 먹는다. 일은 식사를 끝낸 후에 다시 시작된다.

∞

점심을 먹고 돌아오니, 까치 한 마리가 공사장 흙바닥에 부리를 박고 있다. 벌레를 찾고 있는 듯한데, 아무것도 없는 모양이다. 인기척에도, 굴삭기 소리에도, 까치는 도망가지 않는다. 까치는 도망가지 않는다. 잔뜩 굶주려 있기 때문에 도망가지 않는다. 까치가 계속 흙바닥에 부리를 박고 있다. 저 새끼 골때리네. 최씨가 까치를 보며 말한다. 저 새끼. 이 새끼. 이곳에서 이름이 없는 건, 까치나 나나 마찬가지다. 그때 휴학생이 까치를 보며 말한다. 다들, 군대에서 총 좀 쏘셨으면 까치 사냥 가세요. 까치가 전신주에 집을 지어서 아주 문제라던데. 정전을 일으켜서요. 농가 피해도 심각하고요. 지난번 현장에서 만난 아저씨는 주말마다 까치 잡으러 다닌다고 그랬어요. 총기 지급받으려면 수렵면허가 있어야 하는데, 어쨌든 말이에요. 그거 돈이 꽤 되나봐요. 그는 신나게 말하고, 최씨는 그의 말을 끊으며. 야, 이 자식아. 까치 잡는 게 쉬워 보이냐. 까치가 대가리가 얼마나 좋은데. 웬만한 인간 대가리보다 낫다. 얼마나 빠른지 사람도 가지고 노는 자식들이야. 그리고 얘생긴 것 좀 봐라. 봐봐. 까치나 잡을 수 있게 생겼는지. 최씨의 눈에 도대체 내가 어떻게 보이는지 모르겠지만, 사람들은 공사판으로 날아든 까치 한 마리 때문에 말이 많아진다.

∞

꿈이었을까.

현관문을 열었을 때,
싸구려 장판에 부리를 박고 있는
까치 한 마리와 마주한 일.

네가 사라진 그날.

∞

　겨울은 지옥이었다. 변이 바이러스 발생 이후, 정부는 예방적
살처분 범위를 확장시켰다. 변이 바이러스가 발생한 지점으로부
터 반경 오 킬로미터 이내의 가금류는 모두 예방적 살처분 대상
이 되었고, 십오 킬로미터 이내의 농가 거주민들은 이동이 제한되
었다. 가금류 살처분 현장에는 대규모 인원이 투입되었다. 그러는
한편, 원인 불명의 통증을 호소하는 사람들이 폭증했다. 더불어
원인 불명의 통증에 시달리던 사람들이 어느 날 갑자기 새가 되어
날아갔다는 증언도 쏟아지기 시작했다. 사람들은 증언하는 사람
들을 미친 사람 취급하기도 했지만.

　"헛소리 좀 작작."

"사이비지, 사이비. 사이비 종교의 계략입니다."

"세상 말세다."

"사회를 혼란스럽게 만드는 언론 플레이를 멈춰라!"

얼마 지나지 않아, 변이 바이러스에 감염되면 통증에 시달린다
는 유언비어가, 통증에 시달리다가 새가 되어버린다는 유언비어
가, 그렇게 새가 되면 또다시 인간을 감염시킨다는 유언비어가 나
돌기 시작했다. 새는 혐오의 대상이 되었다. 감염에 대한 공포는
이 믿을 수 없는 이야기에 설득력을 부여하기 시작했다. 과학적으
로 증명된 바는 아무것도 없었지만, 증명된 바가 없었기 때문에
오히려 새에 대한 혐오는 더 빠른 속도로 확산되어갔다. 사람들은
새가 되는 것을 두려워했다. 새를 두려워했다. 어떤 사람들은 새
가 되느니 그냥 죽는 게 낫다고 말하기도 했지만. 이미 이곳은 새
가 살 수 없는 세상이 되었다.

∞

병든 닭(쓸모없음/폐기처분). 아픈 닭(쓸모없음/폐기처분). 자
주 아픈 닭(쓸모없음/폐기처분). 시름시름 앓는 닭(쓸모없음/폐
기처분). 체력이 좋지 않은 닭(쓸모없음/폐기처분). 알을 잘 낳지
못하는 닭(쓸모없음/폐기처분). 알을 낳지 못하는 닭(쓸모없음/

폐기처분). 살이 잘 찌지 않는 닭(쓸모없음/폐기처분). 체구가 작은 닭(쓸모없음/폐기처분). 근육이 너무 많은 닭(쓸모없음/폐기처분). 날고 싶은 닭(쓸모없음/폐기처분). 호기심이 많은 닭(쓸모없음/폐기처분). 고집이 센 닭(쓸모없음/폐기처분). 질투가 많은 닭(쓸모없음/폐기처분). 선한 닭(쓸모없음/폐기처분). 산만한 닭(쓸모없음/폐기처분). 똑똑한 닭(쓸모없음/폐기처분). 그리 똑똑하지 못한 닭(쓸모없음/폐기처분). 화를 잘 내는 닭(쓸모없음/폐기처분). 잘 웃는 닭(쓸모없음/폐기처분). 잘 우는 닭(쓸모없음/폐기처분). 소심한 닭(쓸모없음/폐기처분).

건강한 닭. 알을 잘 낳는 닭. 살이 잘 오른 닭. 남은 닭. 그 닭이 그 닭. 알 생산. 대량생산.

∞

올해도 야생 철새의 분변에서 바이러스가 검출되었다. 그게 변이 바이러스였다는 게 문제였지만, 사실 그리 이상한 일도 아니었다. 바이러스는 환경에 따라 끊임없이 변이한다. 변이하고 또 변이한다. 변이하고 또 변이하며, 환경에 잘 적응한다. 살아남기 위한 방식이다. 마찬가지로 철새도 살아남기 위해 이동한다. 먹잇감을 구하기 위해, 알을 낳기 위해, 추위를 견디기 위해. 국경을 넘어 이곳저곳으로 옮겨다니는 철새들이니, 언제 어디서든 얼마든지 바이러스에 감염될 수 있었다. 바이러스에 감염된다고 해서 철새들이 모조리 죽는 것도 아니었다. 모조리 감염되는 것도 아니었다. 물론, 참새나 까치와 같은 텃새들도 마찬가지다. 모조리 감염되는 건, 철새가 아니라 축사의 닭들이었다. 철새들이 다양한 유전자를 가지고 있는 것과 달리, 축사에 사는 닭들의 유전자는 오랫동안 인간에 의해 선택되어왔기 때문이다. 다양성은 산업 시스템을 위해 폐기된 것이다. 나는 오랫동안 수의사로 일했지만, 정작 바이러스 사태가 벌어질 때는 할 수 있는 일이 없었다. 정부가 방역을 총괄했으므로 동물을 살릴 수 있는 권한 같은 건 내게 없었다. 살처분 작업에는 공무원과 일용직 노동자가 동원되었다. 영문도 모르는 채, 그저 지시에 따라 살처분 작업에 참여한 사람은 평생 씻지 못할 아픔을 가지게 되었다. 나는 아무것도 할 수 없었

다. 나는 차마 가늠조차 할 수 없는 것이다. 어느 날 갑자기 영문
도 모르는 채 마댓자루에 담겨 생매장되는 닭들의 슬픔을, 지시에
따라 닭들을 생매장시켜야 하는 사람들의 아픔을, 나는 영원히 알
수 없는 것이다.

∞

친구는 폐쇄 조치 구역에서 총으로 철새와 텃새를 잡고 있다고
했다. 나는 매일 아침 주민센터에 출근해 그물망을 들고 새들을
잡으러 간다고 했다. 주로 잡는 건 비둘기지만, 까치나 참새도 잡
는다고 했다. 어쨌거나 도시에 사는 모든 새를 잡는다고 했다. 나
는 새를 생포한다고 했고, 친구는 새를 사살한다고 했다. 발견 즉
시 사살이라고 했다. 전쟁터가 따로 없다고 했다. 전쟁도 안 겪어
본 놈이 말이 많다고 했다. 아니라고, 진짜라고 했다. 이건 새와
인간의 전쟁이라고 했다. 그건 이곳도 마찬가지라고 했다. 그물망
속에서 살겠다고 발버둥치는 새들을 보면 마음이 아프다고 했다.
사살하는 것만큼이나 생포도 어려운 일이라고 했다. 그럼 새를 생
포한 후에는 어떻게 하느냐고 했다. 쓰레기장으로 보낸다고 했다.
가면 죽는 거 아니냐고 했다. 아마 그럴 거라고 했다. 그럼 왜 생
포하느냐고 했다. 시민들이 보고 있으니까 그렇다고 했다. 시민들
이 왜 보면 안 되느냐고 했다. 시민들이 잔혹한 장면을 보지 않게

하는 게 내가 하는 일이라고 했다. 나는 사회복무요원이라고 했다, 전역이 무려 사백 일 남은. 친구 웃더니, 너 완전 새 됐다고 했다. 그러니까 시발, 이라고 했다. 우리는 그게 무슨 말인지는 잘 몰랐지만 그냥 새 됐다고 했다. 군대에서 새만 잡다가 새 될 새끼들이라고 했다. 그래도 전역하면 새 인간이 되자고 했다.

∞

지금까지 밝혀진 바에 의하면, 조류 바이러스는 인간을 감염시키지 않는다. 그러나 변이 바이러스라면 충분히 가능할 수도 있을 것이다. 나는 변이 바이러스가 인간을 감염시킬 수 있다고 믿으면서도, 감염이 되면 새로 변해버린다는 괴담은 믿지 않았다. 다만, 내가 알고 싶었던 건 괴담의 출처였다. 괴담은 언제 어디서부터 어떤 이유로 시작된 것일까. 나는 그 괴담의 출처가 신흥 사이비 종교와 정말 관련이 있을지, 그 사실 여부를 밝히고 싶었다. 그래서 지난 석 달 동안 스무 명의 목격자를 취재해보았지만, 단서가 될 만한 이야기는 건지지 못했다. 그들은 모두 자신의 가족과 애인이 오랫동안 원인 불명의 통증에 시달리다가 한순간 사라져버렸다고 진술했다. 그리고 새를 보았다고. 까치, 참새, 비둘기, 박새, 까마귀 등등. 새로 변하는 모습을 직접 목격하지는 못했으나, 새와 마주한 순간 그 새가 누군지 단박에 알 수 있었다고. 느낄 수 있었다고. 인간이 새로 변한 게 아니라면 어떻게 새가 집안에 들어와 있었겠느냐고. 나는 그들의 말에 얼마든지 의문을 제기하거나 반박할 수 있었지만 그러지 않았다. 중요한 건 괴담과 사이비 종교와의 연관성이었으므로. 그러나 목격자들 중 신흥 사이비 종교와 관련된 사람은 단 한 명도 없었다. 내 추측은 계속 어긋나고야 말았고, 나는 이 사실을 받아들이기 어려웠다. 그들이 사이비 종교에 빠진 게 아니라면, 어떻게 그런 맹목적인 믿음을 가질 수 있단 말인가. 어떻게 그런 일이 가능하단 말인가. 나는 믿을 수 없었다. 새를 새장에 담아온 사람도 있었지만, 역시나 그마저도 믿을 수 없었다. 새장 안에 갇힌 새가, 그러니까 내 눈앞에서 움직이고 있는 새가 진짜 새인지, 새 인간인지, 구분할 수 없었기 때문이다. 나는 내 눈으로 직접 목격해야만 했다. 목격하고 싶었다. 인간이 새로 변하는 과정을, 인간도 아니고 새도 아니게 되는 그 중간 지점의 모습을. 그래야만 겨우 그들의 말을 믿을 수 있을 것 같았다.

∞

점점 확산되는 말.
빠르게
흩어져 널리 퍼짐.

손을 쓸 수 없이 불어나는 말.

모조리 없앨 수 없는 말.

종식 불가능.

∞

변이 바이러스 발생 지역, 행정구역 단위로 일시적 폐쇄 조치.
일반인들의 출입은 엄격하게 제한되었지만. 매일 오전 아홉시, 제
한구역 안으로 줄지어 들어가는 승합차와 군부대 트럭. 하루종일
제한구역 안에서 울려퍼지는 소리. 반복적인 총성과 닭들의 비명
소리. 한쪽에서는 방역복을 입은 사람들이 농가를 중심으로 가금
류 살처분을, 다른 한쪽에서는 군복을 입은 사람들이 총을 이용해
철새와 그 밖의 새를 무차별적으로 살생하고 있다.

이 모든 일을 기억할 것.

∞

[TV/ON] 모 언론사에서 '새 인간'이라는 표현을 쓴 것이 문
제가 되었는데요. 그러는 한편, 새와 새가 된 사람들을 구분해
야 한다는 의견이 있습니다. 선생님께서는 어떻게 생각하시나

요?/속이 터지죠. 변이 바이러스에 인간이 감염되면 새가 된다는 건 아무런 근거가 없는 소리예요. 과학적으로 증명되지 않은 사실을 가지고, 무슨. 지금 우리가 할 일은 변이 바이러스 백신을 개발하고, 바이러스 확산을 막는 거죠. 만약에, 정말 만약에 말이에요. 변이 바이러스에 감염되어 인간이 새가 된다는 것이 사실로 밝혀지면, 그때 새와 인간을 구분해도 되지 않겠어요? 새 인간이니 뭐니, 말장난할 여유가 없을 텐데요./그런데 목격자가 한두 명이 아닙니다. 어느 날 갑자기 사라진, 그러니까 한순간에 증발되어버린 사람들이 급증하고 있어요./일본도 버블 붕괴 이후로, 증발 인구가 급증하지 않았나요. 부동산 시장이 한순간에 무너지고, 경기침체가 지속된 후로 말입니다. 삶의 궁지에 몰린 사람들이 자진하여 사회 밖으로 나간 거죠. 게다가 현재 한국의 인구 증발 현상을 바이러스 사태와 엮는 건 비약이라고 생각하는데요. 한국은 부동산 시장도 아직 멀쩡하고요. 솔직히 한국에서 사람이 증발된다는 게 말이 됩니까? 이렇게 CCTV가 많은 국가에서./정말 그렇게 생각하세요? 새들의 수도 폭발적으로 증가하고 있어요. 실제로 통계자료도 있지 않습니까. 우리가 이 현상에 대해 조금 더 진지하게 조사할 필요가 있지 않겠어요?/세상에, 그런 통계가 있어요? 통계가 잘못된 거 아닙니까? 통계청을 조사해야 되는 거 아닙니까?/네, 그런 통계가 있어요. 선생님은 모르시겠지만요. 그럼 질문을 바꿔보겠습니다. 지금 현재 대규모 살처분이 이뤄지고 있는 한편, 철새와 텃새들을 포획한 사람들에게도 포상금을 지급하기로 했는데요. 이거 십 년 전, 아프리카돼지열병 때랑 똑같지 않습니까. 당시에도 국가에서 적극적으로 야생 멧돼지 포획에 나섰죠. 지금 우리 정부에서 하는 노력들, 그러니까 살처분과 그 밖의 새들을 포획하는 게 실질적으로 바이러스 예방에 도움이 되는 겁니까. 그게 정말 맞습니까./화근이 될 수 있는 싹은 미리 잘라버리는 게 좋지 않겠습니까. 안전 불감증은 심각한 문제입니다. **[TV/OFF]**

∞

너, 내게 말하다. 더이상 이렇게 살 수 없다. 비닐 소리가 나지 않게 조심해. 우리는 소리 없이 떠나다. 농지 위에 지은 비닐과 천막의 집. 비닐하우스 농작물 같은 삶을 떠나다. 캄캄한 밤이다. 거의 아무것도 보이지 않음. 배 향기가 나다. 그저 배 향기로부터 멀어지면 되는 것이다. 너, 어둠 속에서 내 손을 잡다. 나를 이끈다. 과수원을 떠나다. 몰래. 이 나라를 떠나다. 그러나 아직은 아니다. 떠날 수 없다. 돈이 필요하다. 돈이 필요하기에 걷다. 계속 걷다. 아침이 가까워질 때까지. 시장으로 가다. 우리는 일이 필요하다. 현금이 필요하다. 시장에서 만난 사람. 그는 우리가 필요하다. 그는 우리가 필요할 뿐. 우리가 누군지 궁금하지 않다. 빨리, 빨리. 빨리 타세요. 빨리 타. 그의 말에 따라 우리는 자동차에 올라

타다. 빨리 타다. 빨리, 빨리. 코리안 스타일. 오케이? 자동차 안에
는 사람들이 많다. 모두 처음 보는 사람들. 말이 없는 사람들. 우
리는 의자에 앉다. 너는 말없이 창문 밖을 바라보다. 자동차가 출
발하다. 자동차를 타고 왔던 길을 되돌아가다. 그가 우리를 과수
원으로 다시 데려다놓을까봐 무섭다. 무섭다. 자동차 빠르고 자동
차 빨라서 덜컹거리다. 엉덩이가 아프다. 너는 아프다. 두꺼운 옷
으로 가려진 멍자국. 나는 알아. 너는 아프다. 아파야 하는 이유
없이 아프다. 어둠 속에서 네가 내 손을 잡았듯. 나는 너의 손을
잡다. 저멀리, 창밖으로 보이는 땅. 파헤쳐진 땅. 우리는 그곳으로
가다.

∞

너무 이상하지 않아요?
이렇게 모두가 먹고살기 힘든데,
다들 집이 없어서 전전긍긍하는데,
여전히 아파트는 계속 지어지고,
집값은 계속 오르고,
거기에 누군가 산다는 게.

∞

일반인의 출입이 엄격히 금지된 구역. 출입을 금지하지 않았더라도 그 누구도 출입하고 싶어하지 않을 구역. 고밀도 사육이 이뤄진 구역. 머리가 지끈지끈 아플 정도로, 더러운 냄새가 코끝을 찌른다. 그러나 그때까지만 해도 몰랐다. 냄새의 근원지. 그곳에서 얼마나 끔찍한 일이 벌어지고 있는지를 말이다. 서서히 문이 열린다. 고막을 찢을 듯한 鷄鷄鷄 닭들의 울음소리. 수십만 마리의 닭들이 어둠 속에 파묻혀 있음. 오늘 나에게 할당된 목숨의 개수. 내가 하나둘 끊어 없애야 하는 소리들.

∞

[음소거] 얼핏, 집을 짓고 있는 현장처럼 보인다. 얼핏, 포클레인이 기초공사를 위해 흙구덩이를 파는 것처럼 보인다. 얼핏, 사람들이 모래주머니를 나르고 있는 것처럼 보인다. 얼핏, 공사가

순조롭게 이뤄지는 것처럼 보인다. 얼핏, 구덩이에서 파낸 흙이 산처럼 쌓여 있는 것처럼 보인다. 얼핏 보면 그렇다는 말이다. 모자이크 처리된 화면 속에서. 모든 것은 얼핏 보여진다. 얼핏 보지 않으려면 노력해야 한다. 노력한다. 모자이크 너머를 보려고 노력한다. 모자이크 너머의 진실을 보려고 노력한다. 상상력이 동원된다. 상상력을 동원하면, 집을 짓고 있는 현장이 아닌 것처럼 보이고, 포클레인이 기초공사를 위해 흙구덩이를 파는 게 아닌 것처럼 보이고, 사람들이 모래주머니를 나르고 있는 게 아닌 것처럼 보인다. 공사가 순조롭게 이뤄지지 않는 것처럼 보인다. 공사중이 아닌 것처럼 보인다. 폐사한 닭들이 산처럼 쌓여 있는 것처럼 보인다. **[음소거 해제]** 귀를 찢는, 온몸에 소름이 돋게 하는, 눈물이 핑 돌게 하는, 가슴이 무너지게 하는, 목이 메어 말문이 막히게 하는, 할말을 잃어버리게 만드는, 아직 죽지 않은 닭들의 울부짖음.

∞

닭의 비명은 지속되었다. 집으로 돌아온 후에도. 귓가에 여전히 맴도는 듯. 몸을 아무리 깨끗하게 씻어도 온몸에서 피비린내가 나는 듯했다. 도대체 닭이 왜 이리도 많은지. 죽이고, 죽이고 또 죽이고. 아무리 죽여도 좀체 줄어들 기미를 보이지 않았다. 얼마나 더 죽여야, 이 지옥을 벗어날 수 있을까. 썼다가, 모조리 지

워버린다. 내가 겪지 못한 고통에 대해서는 쓸 수 없음. 차마 묘
사할 수 없음. 함부로 재현할 수 없음. 아니, 재현될 수 없음. 감
히 상상할 수조차 없음. 그렇기 때문에 쓰면 안 된다는 생각과 그
럼에도 불구하고 써야 한다는 생각이 교차한다. 아무도 아프지 않
고 아무도 슬프지 않은, 그래서 아무런 갈등도 없고 아무런 굴곡
도 없는, 그런 이야기를 쓰고 싶다. 차라리 그런 이야기를 쓰고 싶
다. 절망으로 가득한 이야기는 쓰고 싶지 않다. 절망적인 이야기
를 쓰지 않으려면 절망적인 세상이 아니어야 한다. 세상이 더 나
아져야 한다. 세상이 더 나아지길 바라는 마음으로 다시 쓰기. 아
무런 예고도 없이, 그들이 우리를 급습했을 때. 살려줘. 살려주세
요. 우리는 목청이 터져라 외쳤지만, 그 소리는 아무에게도 들리
지 않았다. 인간은 좀처럼 우리의 말을 알아듣지 못했다. 아니, 알
아들으려고 하지 않았다. 그들은 그저 우리의 날개와 다리를 거칠
게 잡아채, 밖으로 내던졌다. 누군가는 땅바닥에 머리를 부딪히며
죽었고, 누군가는 깔려 죽었고, 누군가는 눌려 죽었으나, 그렇게
죽지 않아도 결국에는 파묻혀 죽었다. 우리가 밖으로 나와, 처음
으로 햇빛을 보았을 때. 우리는 빛과 함께 죽었다. 썼다가, 모조리
지워버린다. 인간의 말로 쓸 수 없음. 주어, 서술어. 쓸 수 없음. 주
어, 목적어, 서술어. 쓸 수 없음. 닭은 인간처럼 말하지 않고. 관형
어, 주어, 서술어. 인간처럼 생각하지 않고. 주어, 목적어, 부사어,
서술어. 인간과 다른 방식으로 생각하고 느끼기에 쓸 수 없음. 내

가 쓸 수 있는 건 이성적 사고를 가능하게 하는 말. 이성을 신뢰하는 말. 인간의 말. 인간의 말로 기록된 역사. 인간의 말로 세운 규범. 인간의 말로 만든 문화. 인간의 말로 지은 문학. 휴머니즘. 인간이 나와 인간을 만나 인간에 대해 사유하는 문학. 인간이 인간에게 감동받는 문학. 인간에 대한, 인간을 위한, 인간만의 문학. 오직 인간만을 위한 문학. 인간이 세상의 주인공이 되는 문학. 인간답게 살 수 있는 조건으로서의 문학. 인간이 동물이라는 사실을 잊게 만드는 문학. 망각의 문학. 의인화. 닭에게 인격을 부여하는 건 인간 중심의 사고에서 비롯된 것이라는 생각이 자꾸만 나를 붙잡아 쓸 수 없음. 문장을 이어갈 수 없음. 닭에게 인간의 목소리가 부여되는 것이 아니라, 인간에게 닭의 목소리가 부여될 수 있기를 바람. 바라는 마음으로 다시 쓰기.

∞

특보 [새 인간의 실체, 변이 바이러스 감염 여부는?]

모 언론사를 통해 영상이 최초 공개되었다. 지금껏 보안용 CCTV나 블랙박스를 통해 새가 현관문이나 창문을 통해서 집밖으로 나오는 장면들이 찍히기도 했지만, 인간이 새로 변하는 순간이 촬영된 영상은 처음이었다. 아니, 저게 뭐야. 매우 충격적인, 입에 담을 수 없을 정도로 참혹한, 차마 말을 잇지 못하는. 영상은 모자이크 처리되어 있었지만, 식당에서 밥을 먹고 있던 사람들 모두를 얼어버리게 만들었다. 어머, 소름 끼쳐. 도대체 저게 뭐예요. 윽, 토할 것 같아. 먹은 거 아니야? 먹은 거지? 모르겠어. 저거 진짜야? 식당에 있던 사람들은 일제히 숟가락을 내려놓고. 먹던 입으로 말하기 시작. 순식간에 어수선하고 시끄러워지는 식당 안. 에이, 구라야. 저게 말이 돼? 조작된 영상 같은데. 나는 사람들의 웅성거림 속에서 속이 울렁거리는 것을 느꼈다. 내가 토하기 전에 누군가 바닥에 구토를 했다.

∞

↳ 영상 구라라며.

↳ 나는 이제 그것도 못 믿겠음.

↳ 진짜 아무것도 믿을 수 없는 세상이다.

↳ 어째서 정부는 새 인간 사태의 실체를 밝히려고 하지 않으면서, 몇 달째 대규모 가금류 살처분을 계속 이어가고 있는 거지? 존나 수상해.

↳ 우리 같은 사람들이 알 일이 아니야. 윗대가리들이 알아서 할 일이지.

↳ 바이러스 청정국 이미지를 지키려는 것.

↳ 이미지 때문에 닭들이 죽어야 해?

↳ 이미지가 전부다. 이미지로 먹고사는 거다.

↳ 정부도 새 인간이 실재한다는 걸 알게 된 거지. 당장 치료할 방법이

없으니, 국가가 나서서 무상 치료하겠다고 하면 돈이 많이 드니까. 사실 눈으로 보기에는 새나 새 인간이나 똑같으니까 그걸 가려낼 방법도 딱히 없잖아.

↳ 그래 맞아.

↳ 여기에 줏대 없는 철새 새끼들 너무 많네. 네 생각을 가져라.

↳ 그렇게 말하는 너도 결국에는 새대가리.

↳ 새 인간이 국가를 위해 무슨 일을 하겠어. 새들은 노동력도 없잖아. 새 인간들은 국가 발전에 아무런 도움도 되지 않는 존재다. 똥이나 싸지르겠지.

↳ 제일 좋은 방법은 하루빨리 바이러스를 박멸하는 거 아니겠어? 그게 새든 인간이든. 바이러스 없애고, 건강한 인간들이라도 잘 사는 게 낫지.

↳ 아니면, 다른 나라와 거래함? 닭고기 수입하고 전기자동차 팔려고?

↳ 루머 퍼뜨리는 생각 없는 인간 진짜 많다. 변이 바이러스에 감염되어 새 인간이 되는 거라면, 가족들은 왜 멀쩡할까? 살처분 현장에서 일하는 사람들도 감염 안 되는데. 새 인간의 실체가 어찌되었건, 감염에 의한 것은 아니다.

↳ 새의 개체수가 폭발적으로 증가하고 있습니다. 이러다가 새 세상 되면 어쩌죠?

↳ 새들 때문에 이게 다 뭐예요. 새가 점점 많아지는 거 무서워요.

↳ 여기가 바로 헛소문의 근원지구나. 시발.

∞

　건설 현장 부근, 가로수에 까치 두 마리가 집을 짓기 시작했다. 요즘 같은 때, 까치라니. 더군다나 저렇게 눈에 띄는 곳에 집을 짓는 건 미친 짓이었다. 그들은 목숨을 걸고 집을 짓고 있었다. 나는 일을 하다가 지칠 때면 고개를 들어 까치를 보았다. 까치 두 마리는 번갈아가며 나뭇가지를 물어 온다. 물어 오고 있다. 가로수 나무 위에 물어 온 나뭇가지를 올린다. 떨어진다. 올린다. 떨어진다. 반복한다. 지금까지 얼마나 많은 나뭇가지를 물어 오고, 올리고, 떨어뜨렸는지. 나는 그 반복을 계속 무의미하게 지켜보고 있다. 그러나 그 모습을 지켜보는 건 때때로 내게 힘이 된다. 큰 힘이 된다. 저기 좀 봐요. 까치가 집 짓는 걸 보면 좋은 일이 생긴다는 말이 있어요, 한국에서는. 속설 같은 거? 나는 일터에 나온 외국인 친구들에게 속설을 알려주었다. 그 둘은 꼭 같이 다닌다. 저희도 예전에 일하던 곳에서 검은 새 많이 봤습니다. 꼭 좋은 일이 생겼으면 좋겠다. 그 둘은 내게 번갈아 한마디씩 하고, 나는 이에 맞장구를 쳤다. 맞아요. 좋은 일이 생겨야지. 우리는 짧게 몇 마디 나눈 후, 다시 일을 하기 시작했다. 우리가 일을 하는 동안 까치도 일을 한다. 올린다. 떨어진다. 마치 떨어뜨리기 위해 나뭇가지를 물어 오는 것처럼. 나뭇가지는 계속 떨어진다. 떨어지면 다시 올린다. 우리는 삽질을 계속한다. 아직 집은 지어지지 않았지만, 집을 짓기 위해 삽질을 계속한다. 우리는 집을 지어 돈을 벌기 위해, 까치는 집을 지어 살기 위해. 우리는 법적으로 허가받은 땅 위에다가, 까치는 허가받지 못한 곳에다가. 나무 위에서 아래로, 나뭇가지가 우수수 떨어지고 있다. 말짱 도루묵. 그래도 계속한다.

∞

법에 따르면, 바이러스 발생 농가의 가금류는 안락사 후 매몰해야 한다. 단, 이십사 시간 이내. 그러나 법을 준수하기에는 닭이 너무 많은 것이다. 시간을 맞추기에는 닭이 너무 많은 것이다. 몸을 움직일 틈도 없는 닭장 안에서 살아온 닭들이 너무 많은 것이다. 닭은 너무 많고, 닭은 너무 많고, 닭은 주체할 수 없을 정도로 너무 많은 것이다. 닭이 너무 많아서, 닭을 모조리 죽이는 데 시간이 너무 많이 드는 것이다. 안락사시킬 시간조차 우리에게는 없는 것이다. 鷄鷄 빨리. 빨리! 무조건 빨리! 나는 지시에 따라 닭을 잡는다. 닭은 날지 못하지만, 그걸 잘 알지만, 그럼에도 닭이 어디론가 날아갈까 두렵다. 그래서 더욱더 열심히. 나는 닥치는 대로 잡는다. 목이든 다리든 날개든 어디든 잡는다. 鷄鷄 빨리. 빨리. 빨리! 무조건 빨리! 귀가 먹먹해질 정도. 닭들의 울부짖음. 내가 마댓자루에 처넣는 것은 아무것도 아니다. 아무것도 아닌 것을 마댓자루에 처넣을 뿐이야. 아무것도 아니다. 아무것도 아니다. 아무것도 아니다. 자기암시를 해보지만. 鷄鷄鷄鷄鷄鷄鷄鷄鷄鷄鷄鷄鷄鷄鷄鷄鷄鷄鷄鷄鷄鷄鷄鷄鷄鷄鷄鷄鷄鷄鷄鷄鷄 닭의 체온이 내 피부에 그대로 전해질 때마다. 닭의 심장이 쿵쿵 뛰는 것을 느낄 때마다. 나는 너무도 당혹스러운 것이다. 내가 마댓자루 안에 마구잡이로 처넣는 것이 따뜻해서, 너무 따뜻해서. 금방이라도 눈물이 쏟아질 듯하다. 처넣고, 처넣고, 처넣는다. (……) 처넣고, 처넣고, 처넣

는다. (……) 처넣고, 처넣고, 처넣는다. 鷄鷄鷄鷄鷄鷄鷄鷄鷄
鷄鷄鷄鷄鷄鷄鷄鷄鷄鷄鷄鷄鷄鷄鷄鷄鷄鷄鷄鷄鷄鷄
鷄鷄鷄鷄鷄鷄鷄鷄鷄鷄鷄鷄鷄鷄鷄鷄鷄鷄鷄鷄鷄鷄 빨
리. 빨리. 빨리! 시대가 요구하는 속도에 맞춰.

∞

　죽음이 너무 많았다. 죽음이 너무 많아서 죽음인가보다 했다. 죽음이 너무 많고, 죽음이 여전히 너무 많아서 여전히 죽음인가보다 했다. 죽어가다가 죽음. 죽음이 너무 많아서 나도 죽나보다 했다. 나도 죽어가다가 언젠가 죽음. 그러나 닭들은 너무 빨리 죽어갔다. 알을 낳지 못해 죽고, 알을 많이 낳아서 죽고, 병들어서 죽고, 병들 수 있기 때문에 죽고, 스트레스 받아서 죽고, 끼여 죽고, 눌려 죽고, 깔려죽고, 먹히기 위해 죽고, 죽고 또 죽고, 빠르게, 빠르게 죽고 빠르게 죽으면, 그다음에는 더 빠르게 죽어야 했다. 너무 빨리 죽어서, 그들이 어떻게 죽었는지도 모를 때가 있었다. 내가 아는 죽음보다 사실 더 많은 죽음이 있었다. 더 많은 죽음이 있다. 나는 내가 상상하지도 못할 만큼 많은 죽음들을 빌려 산다.

∞

썼다가 모조리 지워버렸지만, 썼다가 지워버렸다는 사실은 모조리 지워지지 않는다. 사실은 지워지지 않는다. 모자이크로도 가려지지 않는 비극이 있었다. 음소거로도 지워지지 않는 소리가 있었다. 처참하게 죽어가는 닭들의 비명. 죽음 앞에서 고통스럽게 우는 사람들. 그러나 내가 목격한 것은 죽어가는 닭들이지 죽어가는 닭의 심정이 아니다. 울고 있는 사람이지 울고 있는 사람의 심정이 아니다. 나는 그들의 입장이 되어 글을 써보려고 노력하지만, 차마 쓸 수 없음. 이미 벌어진 비극에 대해서는 쓸 수 없음. 상상력이 조금이라도 동원되는 순간, 누군가의 고통은 허구가 될 수 있다. 슬픔은 가짜가 될 수 있다. 그런 생각들이 나를 붙잡아 아무것도 쓸 수 없음. 소설을 쓰는 데 상상력을 동원하지 않기란 사실상 거의 불가능해서 아무것도 쓸 수 없음. 어떤 끄덕거림. 토닥거림. 타자에 대한 공감과 이해는 상상에서 비롯되기도 하지만. 그렇기 때문에 타자는 내가 상상한 타자이기도 하다. 타자를 함부로 상상해서는 안 된다는 생각이 나를 붙잡아 아무것도 쓸 수 없음. 그러나 반드시 써야 한다면, 어디에선가 벌어졌을지도 모르는 일에 대해서는 쓸 수 있을지 모른다. 또는 아직 벌어지지 않은 일에 대해, 어쩌면 앞으로 벌어질 수도 있는 일에 대해. 누구라도 겪게 될 수 있지만, 누구라도 겪어서는 안 될 일들에 대해. 새 인간 사태 이후의 모습을 그려볼 수도 있을 것이다. 이제 비극은 현실이 아니라 소설이 되어야 한다는 가정하에. 반드시 소설적 허구가 되어야 할 일들에 대해서는 쓸 수 있을지도 모른다.

∞

탕!

크게 총성이 울리면,
수백 마리 새들이 숲을 빠져나온다. 뻗어나가듯.
날아간다. 날아가는 새들 속에
새 인간도 있을까. 새 인간을

믿는 사람들과
믿지 않는 사람들에게는

전혀 다른 풍경

∞

도망치고 싶어. 도망치고 싶다. 도망치고 싶은 건 닭들도 마찬
가지였을 거다. 도망치고 싶어. 도망치고 싶다. 수도 없이 되뇌었
다. 나는 도망치고 싶다고 생각하면서, 닭을 마댓자루에 처넣고,

깨끗하게 목욕을 하고 푹신한 침대에 누워 편안하게 잠드는 밤, 그러니까 내게 종종 있었던 그 밤들을 생각하면서, 닭들을 마댓자루에 처넣는다. 닭장에 갇힌 닭들은 상상조차 할 수 없는 그 밤들을 상상하면서, 닭들에게 미안함을 느끼면서, 미안하지만 나도 어쩔 수 없다고 생각하면서, 닭들을 마댓자루에 처넣는다. 닭은 마댓자루 속에서 운다. 울고 있다. 마댓자루에 가려진 슬픔. 그들의 슬픔은 가려져야 한다. 참혹함. 끔찍한 장면들은 가려져야 한다. 좁은 닭장 안에 갇힌 닭들의 삶, 닭들의 죽음, 닭들의 고통. 그것들은 절대로 마댓자루로 가려질 수 없다고 생각하면서, 닭들을 마댓자루에 처넣는다. 처넣으며, 나는 마스크 속에서 운다. 울고 있다. 마스크에 가려진 슬픔. 나의 슬픔은 가려져야 한다. 괴로움. 고통스러운 마음은 가려져야 한다. 계속, 닭은 마댓자루 속에서 운다. 울고 있다. 또다시, 나는 도망치고 싶다고 생각하면서, 닭을 마댓자루에 처넣고, 도망칠 수 없다고 생각하면서, 닭을 마댓자루에 처넣고, 닭을 모조리 죽여야만 겨우 벗어날 수 있는 지옥을 생각하면서, 닭을 마댓자루에 처넣고, 닭을 마댓자루에 처넣으며 닭을 마댓자루에 처넣고 싶지 않다고 생각한다. 도망치고 싶어. 도망치고 싶다. 도망치고 싶은 건 닭들도 마찬가지였을 거다. 도망치는 닭을, 닭의 날개를, 내 손으로 강하게 움켜쥐면서, 도망치고 싶다고 생각한다. 도망치고 싶다고 생각하고, 도망치고 싶다고 생각하고, 도망치고 싶다고 생각하면서 도망칠 수 없도록 만들고 도망칠 수 없게 만들기에 계속 도망치고 싶다고 생각하고, 그렇게 계속 도망치고 싶다고 되뇌면, 닭들의 비명이 들린다. 도망치고 싶어. 도망치고 싶다.

∞

그날의 기억: 죽음을 앞둔 돼지들. 각자 다른 목소리로 외치고 있지만, 나는 그 소리를 뭉뚱그려 한 단어로 말할 수밖에 없다. 비명. 돼지의 비명. 각자 다른 말을 하고 있지만, 나는 그 소리를 뭉뚱그려 한 단어로 말할 수밖에 없다. 절규. 돼지의 절규. 조금 더 최선을 다해 말해본다면. 돼지의 비명과 절규. 그보다 더 최선을 다해 말해본다면. 한 마리 돼지의 비명과 절규. 오직 단 한 마리 돼지의 비명과 절규. 그러나 그렇게 한 마리 한 마리의 비명과 절규에 귀기울이기에는 돼지가 너무 많다. 돼지는 너무 많다. 돼지, 돼지, 돼지, 돼지는 계속 돼지. 계속. 돼지. 죽음은 어떤 식으로든 계속되고. 돼지는 돼지일 뿐. 돼지와 돼지는 구분되지 않는다. 돼지는 돼지일 뿐, 오직 단 한 마리의 돼지가 되지 못하고. 비명이라는 한마디 말 속에 파묻힌 무수한 목소리들. 절규 속에 파묻힌 구체적인 말들. 깊은 흙구덩이 속에 파묻힌 목숨. 침묵. 기어코 침묵. 인간이 이해할 수 없는 목소리와 말들은 매장된다. 기어코 매장된다.

생매장된 목소리와 말.

악취를 풍기며 썩고 있다.

무기명.

입 구덩이를 판다.

∞

십 년 만에 다시 땅을 파헤치자, 악취. 악취는 그날의 악몽을 깨웠다. 돼지 위에 비닐을 덮고 묻은 것이 문제였다. 비닐이 쉬이 썩지 않듯. 쉬이 썩지 못한 건 비닐에 덮인 채 죽어야 했던 돼지들도 마찬가지였다. 더군다나 소독을 위해 뿌린 석횟가루는 땅속에 사는 미생물까지 죽여버렸다. 미생물이 없는 땅에서는 그 무엇도 자연스럽게 부패될 수 없었다. 자연스럽게 썩어 흙으로 돌아가는 과정을 거치지 못하고, 새까맣게 곪아 썩어야 했던 살점들. 그 사이로 보이는 척추와 두개골. 십 년이 지난 지금까지도 돼지는 돼지의 형태를 유지하고 있었다. 이대로는 절대 흙이 될 수 없다는 듯. 마치, 자신들의 죽음을 고스란히 기억하라는 듯. 돼지의 사체는 분명 내게 말하고 있었다. 죽음을 반드시 기억하라고. 나는 돼지의 피와 지방으로 이미 축축해질 대로 축축해진 땅 위에 서 있었다. 살생의 흔적을 간직한 땅에서는 아무것도 자라날 수 없었다. 여기도 열처리 해야겠는데. 우리는 땅을 태워야 했다. 태워야만 했다. 핏물에 적셔진 땅을, 곰팡이로 뒤덮인 땅을. 태워야만 했다. 땅을 태우면, 우리의 과오도 함께 태워지기를. 그게 가능하기만 하다면, 그렇게 되기를. 몇 달간, 악취를 쫓으며 느낀 바는 딱 하나였다. 우리가 늦었다. 우리는 이미 늦을 대로 늦었다.

∞

승합차에 오르기 전, 그가 축사 쪽으로 고개를 돌리며 말했다. 혹시 닭이 된 인간도 있을까요. 그건 왜 물어. 너 설마 새 인간 이야기를 믿는 거냐. 나는 이미 몸과 마음이 많이 지쳐 있었기 때문에, 그에게 따뜻하게 말할 힘이 없었다. 축사에 새 인간이 있겠냐. 전부 다 여기서 태어나서 여기서 죽는 애들인데. 최대한 냉정하게 말하려고 했지만, 그렇게 말하면서도 마음이 무너질 것만 같았다. 몇 마디 더 했다가는 그대로 주저앉게 될지도 몰랐다. 그렇죠? 정말 그렇겠죠? 저도 그렇게 생각하긴 해요. 그런데 혹시 아까 제가 죽인 애들 중에 인간도 있을까봐. 손으로 다 느껴졌는데, 심장 뛰는 거…… 나는 그가 제발 그만하기를 바랐다. 야, 빨리 타. 잊어. 잊어. 그의 손목을 잡아채, 승합차가 있는 곳으로 끌고 갔다. 잊어, 잊어. 나는 주문을 외우듯 그에게 말했지만. 잊어, 다 잊어. 계속 그에게 말했지만. 잊어, 잊어야 해. 정작 모든 걸 잊고 싶은 건 나였는지도 모르겠다. 잊어. 잊어야 돼. 잊어야 산다, 너. 나는 냉정하게 말하며 승합차 안으로 그를 밀어넣었다. 거의 내팽개치듯. 내가 왜 그랬을까. 닭을 다루는 데 익숙해진 탓이었을까. 나는 나 자신에게 놀라, 눈을 동그랗게 뜨고 그를 바라보았다. 당황한 나머지 미안하다는 말도 곧장 나오지 않았다. 그때 그가 내게 손을 내밀었다. 아주 차분하게. 타세요. 괜찮아요. 괜찮아요. 나는 승합차에 올라타 문을 닫았다. 탕! 탕! 멀리서 총소리가 들려왔다. 해질 무렵이 될 때까지도 군인들은 새잡이를 멈추지 않는 모양이었다. 탕! 탕! 죽음 앞에서 냉정해질 수 있는 사람이 있을까. 살처분을 지시한 사람들은 냉정한 판단을 했다고 믿겠지만. 이곳에서 냉정해질 수 있는 사람은 아무도 없었다. 탕! 탕! 총소리가 반복될수록, 하늘은 점점 더 붉게 물들어갔다.

∞

겨우내, 까치가 집 짓는 걸 보다. 지켜보다. 까치 두 마리 서로 힘을 모아 여러 개의 나뭇가지를 쌓다. 쌓고 또 쌓다. 쌓이면 쌓일수록 나뭇가지 얽히고설키다. 다시, 까치 두 마리 서로 힘을 모아 여러 개의 나뭇가지를 쌓다. 쌓고 또 쌓다. 쌓고 또 쌓으면서 얼기설기 엮다. 엮다보면 더 많은 나뭇가지를 엮을 수 있게 되다. 더 빠르게 엮을 수 있게 되다. 서로 엮이면서 단단해지다. 점점 더 튼튼해지다. 까치도 튼튼해지다. 몸집도 제법 크게 자라고 더 높이 날 수 있게 되다. 더 크고 두꺼운 나뭇가지를 물어올 수 있게 되다. 그들은 이제 철사나 솜도 물어올 수 있게 되다. 그들은 적응하다. 도시에 적응하다. 환경에 적응하다. 점점 더 능숙해져가다. 우리도 점점 더 능숙해져가다. 능숙해지다. 집 짓는 일. 우리는 집을 지어 돈을 받다. 집을 사지 못할 만큼의 돈. 그러나 이 도시를 떠날 수 있을 정도의 돈. 우리가 지은 집은 높다. 높은 집 옆에 까치 살다. 까치는 높이 날다. 우리는 떠나다.

∞

박탈. 씨앗을 심고 식물을 기를 수 있는 능력. 박탈. 스스로 식량을 구할 수 있는 능력. 박탈. 스스로 세상을 배울 수 있는 능력. 박탈. 스스로 치유할 수 있는 능력. 박탈. 스스로 옷을 만들어 입을 수 있는 능력. 박탈. 스스로 집을 지어 살 수 있는 능력. 박탈. 필요한 것을 스스로 구할 수 있는 능력. 박탈. 자주성 박탈. 소비하지 않을 권리. 박탈. 시간에 맞춰 움직이지 않을 권리. 박탈. 동물로서 살 권리. 박탈. 되찾기 위해.

羽人羽

날개를 펼치며
방향을 돌리며
도시를 떠나며

∞

그는 일을 그만둘 생각이라고 했다. 그럼 이제 어쩌려고요? 요즘 같은 때 다른 일은 못 구할 거예요. 이번 사태만 끝나면 예전처럼 돌아갈 수 있을 거예요. 나는 어째서 그에게 이런 말을 하고 있는 걸까. 나는 왜 그를 붙잡듯이 말하고 있는 걸까. 몸이 자꾸 안 좋아지는 것 같아서요. 못 볼 꼴을 계속 봐서 충격을 받은 걸 수도 있고, 일시적인 몸살일 수도 있고요. 아니면, 혹시 저도 이러다가 새 인간이 될지도 모르니까요. 그는 웃으며 말했고, 나는 그 말에 웃음조차 나오지 않았다. 아니, 그게 무슨 말이에요. 사람은 감염 안 되는 거 아시잖아요. 그리고 우리가 매장시키는 닭들은 아픈 애들도 아닌데. 나는 조금 격양되어 말했지만, 그는 전혀 동요되지 않은 채 차분하게 말을 이어갔다. 맞아요, 하시는 말씀 다 맞아요. 그래서 제가 정말로 새 인간이 될지도 모른다는 거예요. 곰곰이 생각해보니까, 새 인간이 되는 것도 나쁘지 않을 것 같더라고요. 새로 사는 것도 보통 쉬운 일이 아니겠지만, 제가 잘 도망치면 되지 않을까요? 사실 저도 처음에는 무서웠거든요. 근데 문득 궁금해지는 거예요. 도대체 이게 왜 두려운 걸까. 어째서 새가 되는 게 두려운 걸까. 어쩌면 사람들은 새가 되는 게 두려운 게 아니라 죽임당하는 게 두려운 건지도 몰라요. 어디서 어떻게 죽었는지 아무도 모르게, 누가 누군지도 모르게, 그렇게 이름도 없이 죽는 거 말이에요. 그러니까, 어느 날 갑자기 그냥 죽어도 되는 존재가 되어버리는 거.

∞

날갯짓. 닭들은 살고자 했다. 도망치기 위해 날개를 펼쳤다. 살기 위해 날개를 펼쳤다. 필사적으로 날개를 펼쳤다. 날개를 펼치며, 다시 날개를 펼치며, 오랫동안 잃어버렸던 본능을 깨우고 있었다. 사람 손에 길들여지기 전으로. 훨훨 날 수 있었던 때로. 날개는 스스로를 지키기 위한 것이었다. 닭이 날 수 있었던 때, 그들은 목숨을 스스로 지켜낼 수 있었다. 목숨을 지키기 위해 더 멀리 도망칠 수 있었다. 그러나 지금은 도망칠 수 없었다. 한 마리, 두 마리 (……) 열 마리, 스무 마리 (……) 백 마리, 이백 마리 (……) 수를 헤아릴 수 없이 많이. 오늘은 살처분 현장에 굴삭기가 동원되었다. 우리는 굴삭기가 버킷으로 닭을 압사시킬 수 있도록 돕고 있었다. 그것을 돕는 게 오늘 우리가 해야 하는 일이었다. 우리는 닭을 잡아 굴삭기 쪽으로 내던졌고, 굴삭기는 버킷을 움직여 닭을 압사시켰다. 한 마리, 두 마리 (……) 열 마리, 스무 마리 (……) 백 마리, 이백 마리 (……) 수를 헤아릴 수 없이 많이. 닭들이 압사되었다. 사방으로 피가 터지고. 한 번에 압사되지 못한 닭들은 피를 흘리며 요리조리 도망치고. 도망치기 위해 날개를 펼쳤고. 파닥. 파닥. 파닥거려보지만 바닥을 벗어날 수 없고. 지옥. 우리는 계속해서 지옥으로 닭들을 내던진다. 닭들은 자신들이 던져지는 이유를 모른다. 모를 것이다. 정말로 모를 것이다. 인부 한 명이 갑자기 구역질을 하며 구역을 이탈한다. 도망친다. 펜스를 넘어, 더 멀리 도망친다. 도망친다. 더 빠르게 도망친다. 그제야 상황을 파악한 수의사가 그를 향해 소리친다. 그를 잡으려

하지만. 그는 이미 멀어졌다. 그는 들판을 뛰고 있다. 흰 방역복을 입은 채. 날갯짓하듯. 팔을 크게 휘저으며 들판을 뛰고 있다. 그는 여전히 산속을 향해 죽도록 뛰고 있다.

탕!
탕!

그가 푹― 쓰러진다.

∞

탕.
탕.

두 발의 총성.
쓰러짐.
갑자기 뱃속이 불타는 듯 뜨겁다.
나는 낙엽 위에
몸을 바르게 펼쳐 누워
본다.

저멀리, 나무 위

새집, 헝클어진 머리카락과 같은.
이성으로 가득찬
인간 머리통 같은.

兆兆兆兆
兆兆兆兆兆兆兆
兆兆兆兆兆兆兆兆兆
兆兆兆兆兆兆兆兆兆兆
兆兆兆兆兆兆兆兆兆
兆兆兆兆兆兆兆
兆兆兆兆

탕!

총성이 다시 울리자
집안에서 집밖으로, 저멀리

羽人羽

날아간다.

도망간다.

탕!

나는 도망쳤을 뿐인데

탕!

어쩌다가 이렇게 되었지.
내가 왜
죽어야 하는지.
죽어야 하는지.

탕!

살아야 해.
살아야 해.
수십 번 되뇌고
다시, 다시

탕! 탕! 탕!

새는 살기 위해

모든 것을 남기고 떠났다.

탕!

　　兆兆兆兆
　　兆兆　　　兆兆
　　兆兆　０ ０　兆兆
　　兆　　０ ０ ０　　兆
　　兆兆　０ ０　兆兆
　　兆兆　　　兆兆
　　　兆兆兆兆

새로 살기 위해.

해설 | 박혜진(문학평론가)

내면, 기억, 애정

전기electronic시대의 인간

　정보는 모든 것이다. 정보가 모든 것이라는 말에는 모든 것이 정보가 될 수 있다는 의미는 물론, 정보가 이 세상을 움직이는 본질이라는 사실도 포함되어 있다. 흔히 자연 그 자체라고 생각되는 생물학도 정보의 영역을 벗어나지 못한다. 오히려 생물학이야말로 정보의 진화와 역사를 함께한다. 유전자에는 생물의 세포를 구성하고 유지하며, 생물이 유기적 관계를 이루는 데 필요한 정보가 담겨 있기 때문이다. 유기적인 관계, 즉 네트워크 망을 형성하며 확산되는 생명은 육체가 곧 정보처리기계임을 말해 준다. 육체가 정보처리기계라면 육체의 선택을 기록하는 소설 역시 정보공학의 관점으로 읽을 수 있을 것이다. 픽셀, 비트 등 정보화시대의 근원적 단위들을 문학적으로 형상화하는 서이제의 소설이라면 그러한 관점은 더욱더 강력하게 활성화된다. 텍스트, 이미지, 소리가 네트워크 망을 형성하며 확산되는 과정을 삶의 다양한 규범들이 변화하는 전환의 현장에서 생생하고 적확하게 포착하는 서이제의 소설은 정보화주의의 모순과 한계를 어느 시대 어떤 작가보다 더 탁월한 통찰력으로 드러낸다. 때로는 차가운 이진법처럼, 때로는 뜨거운 경전처럼.

정보화란 정보를 디지털화하는 것이다. 나는 아날로그에서 디지털로의 변화를 사라짐의 일반화로 체험한다. 아날로그는 변화하는 연속된 물리량을 통해 시스템의 진행 상황을 표시한다. 바늘로 시간의 변화를 나타내는 시계나 수은주의 길이를 통해 온도를 나타내는 온도계는 모두 아날로그 방식으로 우리에게 정보를 제공한다. 반면 디지털은 그 어원처럼(손가락을 가리키는 라틴어 'digitus'에서 유래) 물리량을 0과 1이라는 이진 부호의 숫자로 표현한다. 일정한 단위를 통해 자료를 나타내는 디지털은 그 특성상 연속값으로 자료를 나타내는 아날로그에 비해 불연속적이다. 불연속은 언제나 사라짐이라는 상태를 동반한다. 디지털 시계를 볼 때 나는 시간이 나타났다 사라진다고 느끼지만 아날로그 시계를 볼 때 나는 시간이 계속 흐르고 있다고 느낀다.

마누엘 카스텔은 정보화주의라는 개념으로 이 같은 디지털의 불연속성을 이론화한다.* 카스텔이 정의하는 정보화주의는 산업 기술 패러다임에 이어 우리 삶의 조건들을 재구성하는 새로운 기술 패러다임으로, 마이크로전자, 소프트웨어, 유전공학에서 발생한 혁명을 통해 가능해진 정보 가공과 인간의 커뮤니케이션 역량을 증대시키는 데 바탕을 둔다. 따라서 정보화주의는 정보화시대에 사회의 주요 기능과 과정을 네트워크 중심으로 재편한다. 새로운 문명의 풍경을 구성하는 핵심 인자는 네트워크가 되고, 네트워크는 네트워킹 논리에 의해 그 사회에서 살아가는 사람들의 생산과 경험, 권력과 문화 등 삶의 전반적인 조건들을 새롭게 조정한다. 이때 네트워크에는 중심이 없다. 중심을 대체하는 것은 수많은 노드(집합점)다. 서로 연결되고, 연결된 서로는 무한히 확장된다. 그 안에서 살아가는 우리 정보화시대의 인간에 대해 리처드 도킨스는 다음과 같이 정의한다. 우리는 우리가 생각하는 것보다 훨씬 더 유목민이라고.

"모든 생물의 핵심에는 불이나 따스한 숨, '생명의 불꽃' 같은 것이 아니라 정보, 단어, 지시문이 놓여 있다. (……) 생명을 이해하려면 활기차고 약동하는 점액질이나 분비물이 아니라 정보기술을 생각해야 한다. 여기서 전기시대의 인간은 구석기시대의 조상들 못지않게 유목민적이다."**

---

* 김남욱, 『마누엘 카스텔』, 커뮤니케이션북스, 2016, 14~20쪽.

서이제 소설집을 읽는 동안 우리는 반복적으로 나타나는 한 가지 현상을 먼저 마주하니, 그것은 사라짐이다. 언제나 우리를 매혹의 세계로 이끄는 사라짐. 사라짐은 '지금부터 다른 방식으로 존재하겠다'는 변신에의 선언이거나 '지금까지 다른 방식으로 존재해왔음'을 실토하는 고백의 전언이다. 보이지 않는 방식으로 자신의 존재가 계속되고 있음을 드러내는 사라짐은 자신이 다른 존재로서 공존할 수 있다는 것, 즉 우리가 알지 못하는 가능성의 증거이다. 서사의 세계에서 사라짐은 흥미로운 이야기의 발단이다. 하지만 서이제 소설에서 나타나는 사라짐은 호기심을 충족시켜줄 만한 '사건'으로서의 사라짐이 아니다. 이들의 사라짐은 오히려 일상으로서의 사라짐이다. 전기시대를 살아가는 유목민은 언제나 사라지는 중이다.

묘연함

그들은 어떻게, 그리고 왜, 무엇보다 자꾸, 사라지는 걸까. 「낮은 해상도로부터」에서 '나'의 트위터 친구였던 '너'는 어느 날 갑자

** 리처드 도킨스, 『눈먼 시계공The Blind Watchmaker』(New York: Norton, 1986), 112쪽. (제임스 글릭, 『인포메이션』, 박래선, 김태훈 옮김, 동아시아, 2016, 23쪽에서 재인용.)

기 사라진다. 그의 존재가 아니라 그의 계정이. 존재와 계정을 구분하는 사람과 구분하지 않는 사람 사이에서 사라짐의 심각성은 달리 이해될 것이다. 무게중심은 없다. 사진 애플리케이션 개발자인 '너'의 이름도 성별도 모르는 '나'는 '너'와 대화가 잘 통한다고 생각한다. 소통의 밀도라면 현실에서의 연인보다 확실히 더 높았다고 할 수 있다. 그러면서도 '너'는 결코 만나고 싶은 사람은 아니다. '너'는 '있는 것을 확인하면 되는 사람'이며, 만나지 않음으로써 가장 '너'일 수 있는 사람이다. '너'는 '나'와 만나는 모두의 얼굴 속에 존재할 수 있고, '나'는 모두와의 관계 속에서 '너'의 '나'가 될 수 있다. 만나지 않음으로써 관계의 해상도는 낮은 상태를 유지하지만, 그 낮은 해상도 덕분에 상상 속의 '너' 역시 계속 유지될 수 있다. 모르는 사람과의 만남을 지속하기 위해 모르는 상태를 고수하는 것은 정보화주의가 지배하는 시대를 살아가는 사람들에게 내재된 관계의 역학이다.

관계에 있어 현실의 위상은 낮아진다. 「#바보상자스타」에서 '나'의 사촌형 재호도 갑자기 사라진다. 고3이 되기 전에 학교를 자퇴하고 사라진 재호는 연예인이 되어, 그것도 '나'가 호감을 품고 있는 예리의 최애 아이돌 '윤일오'가 되어 나타난다. 사연인즉 연락이 끊긴 이 년 동안 아이돌 연습생 신분으로 지냈고, 계약상의 이유로 자신의 상황을 말할 수 없었다는 것인데, 사연이 어떻든 간에 갑자기 다른 이름과 그보다 더 다른 '위상'으로 등장한 일오에게서 재호의 흔적을 찾기란 좀처럼 쉬운 일이 아니다. 재호와 일오 사이에는 정말이지 연속성이 없다. 친척들은 '나'를 만나면 재호의 안부만 묻지만 재호는 영상을 통해서나 볼 수 있을 뿐 만남은 성사되지 않는다. 사라진 재호는 만날 수 없는 윤일오가 되어 돌아온 것이다. '나'와 재호의 현실적 관계는 '나'와 일오의 현실화하지 않는 관계, 혹은 상상 속에서만 현실화한 관계에 압도된다. 상상 속 관계는 점점 더 강력한 실재성을 획득한다. 가령 '나'는 사라진 꿈들을 재호와 일오를 통해 만난다. 어린 시절 Y2K를 보며 키웠던 가수의 꿈은 가수가 된 재호를 통해, 한때 천문우주학자가 되고자 했던 꿈은 스타가 된 일오를 통해. 가까웠던 재호의 이름은 흐릿해져간다. 반면 멀리 있는 일오의 이름은 소행성 2018VPI와 소행성 2002TX300의 이름만큼이나 선명해진다.

「출처 없음, 출처 없음」에서도 잊힌 배우였던 신이정이 화석을 발견했다는 뉴스로 재등장한다. 여러 논란들로 더이상 연기활동을 할 수 없을 거라고 판단한 신이정은 대중의 시야로부터 자취를 감춘 터였다. 그가 다시 세상에 등장하게 된 계기는 엄밀히 말하면 '루이 16세'라는 게임 속 계정을 통해서다. 게임 속에서 희귀한 디지털 화석을 발견한 '루이 16세'라는 계정의 주인이 배우 신이정 임이 밝혀지고, 그뒤로 사실의 진위 여부에 관심 없는 사람들이 확산시키는 오보투성이 뉴스는 말 그대로 오류투성이다. 사라진 이들이 나타났을 때, 나타난 그들의 존재는 역시나 사라짐을 가능케

했던 것만큼이나 여전히 묘연하다. 「●LIVE」에서 '너'는 동거하는 '나'보다 더 친밀한 관계를 맺고 있는 인스타그램 친구가 있다. 자신에게 호감을 보이며 다가와 용기와 위로를 주었던 그는 무명 배우를 사칭한 계정이었음이 발각되자 사라진다. 그와 주고받았던 대화와 시간들은 실재하지만 그의 존재는 묘연하고, 그의 존재가 묘연하므로 그와 함께했던 시간들을 증명할 길도 요원해진다.

사라진 사람들과의 만남과 결별의 방식은 이들이 맺고 있는 관계가 수많은 교점 중의 하나였음을 의미한다. 교점 그 자체가 보증하는 관계의 밀도는 낮다. 대체로 그들은 사라진 사람의 이름도 성별도 모른다. 그러나 그 낮은 밀도로 인해 관계의 가능성은 무한히 확장된다. 노드로 구축되는 관계망에서 서이제의 '너'는 관계의 기본 단위이자 궁극의 상태가 된다. '너'는 모두이다. 이 말은 모든 사람이 '너'가 될 수 있다는 의미이기도 하지만 '너'가 정보화사회의 본질이라는 말 또한 포함되어 있다. 「낮은 해상도로부터」에서 '너'는 엄마 뱃속에서 사산된 동생일 때도 있고 '나'와 수많은 대화를 나누었으나 어느 날 갑자기 사라지며 종적을 감춘 계정을 칭할 때도 있다. 동생으로서의 '너'는 아직 태어나지 않았고 사라진 계정의 주인공인 '너'는 존재하지만 알아볼 수 없다. 정체화되지 않는 '너'의 편재는 정체화되지 않는 '나'의 편재를 부추긴다. '나'는 특정되지 않는 '너'와의 관계를 통해 "존재하지 않는 사람을 사랑"(193쪽)할 수 있다. 전기시대를 살아가는 유목민들이 지닌 사랑의 능력이다.

너로부터 다시 메시지가 오기를 기다리고 있었다. 기다리고, 기다리고 있었다. 어쩌면 내가 기다리는 것은 네가 아니라 메시지였을지도 모른다. 너는 이미 하나의 메시지였다. 메시지는 내게 감정을 야기했다. 그런데 이름도 성별도 나이도 얼굴도 목소리도 모르는 사람에게 감정을 느끼는 게 정말로 가능한 일일까. 말도 안 된다고 생각했지만, 나는 언제나 기다리고 있었다. 기다리고, 기다리고 있었다.(「낮은 해상도로부터」, 192~193쪽)

연애 못하는 애들

온라인에서 맺는 관계가 오프라인에서 맺는 관계를 대체할 수 있다면 온라인에서의 연애가 오프라인에서의 연애를 대체하는 것도 가능할까? 이 질문은 인공지능화된 대상과의 무생물적 사랑이 가능한지에 관한 낡은 질문처럼 보인다. 그러나 쉽게 사라질 수 있고 사라질 때조차 그의 정체를 알 수 없는 대상을 향한 호감과 함께 "연애 못하는 애들"(81쪽)의 잦은 출현은 낡은 질문을 다시 바라보게 한다. '나'는 연애라고 주장하지만 타인으로부터 연애라고 불리지 못하는 감정들은 온라인에서의 연애와 오프라인에서의 연애가 뒤얽힌 상황 속에서 다른 방향으로 부상한다. 기존의 연애가 포괄하지 못하는 감정들이 자신들을 호명해줄 새로운 이름을 기다리고 있다. 사랑과 연애를 규정하기 위해 필요한 조건들에 균열이 생긴 것이다.

다시 「#바보상자스타」로 돌아가보자. '나'는 대학 시절 천체 관측 동아리에서 만난 예리를 좋아한다. 하지만 예리는 '나'에게 관심이 없을 뿐만 아니라 현실 연애에 관심이 없다. 현실 연애라고 말한 건, 그렇다고 예리의 심리에 연애적 감정이 없는 건 아니기 때문이다. 오히려 더 강력한 연애심이 있다. 아무튼 그 상대가 '나'는 아니므로, 그런 예리와 '나'가 공유할 수 있는 건 "내면, 기억, 애정" 그 무엇도 아닌 넷플릭스 계정이 전부이다. 그러나 넷플릭스 계정은 곧 두 사람 사이의 강력한 연대의 계기가 되는데, 넷플릭스를 통해 예리가 시청한 영상을 볼 수 있게 된 '나'는 예리가 좋아하는 아이돌을 함께 좋아하고, 그로써 둘 사이에 새로운 관계가 만들어졌기 때문이다. 대학 시절 같이 하늘의 별을 관찰하던 두 사람은 이제 함께 텔레비전 속 별을 바라보는 사이가 된다. 연애의 감정은 '나'와 예리 사이를 오가는 대신 텔레비전 속 별이 있는 곳으로 함께 향한다. '나'와 예리의 감정은 우정에서 사랑이 아니라 동호회에서 팬클럽으로 진행된다. 더 강한 결속력과 더 강한 팬심으로 둘은 한마음이 될 수 있을 것이다.

「출처 없음, 출처 없음」에서 현호는 현실에 애인이 있지만 〈로맨틱 아일랜드〉라는 게임 속에서 만난 '루이 16세'와도 친밀한 관계를 맺고 있다. 게임에서 감자만 재배하는 현호는 황금튤립만을 키우는 유저 '루이 16세'에게 경외 섞인 친밀감을 느낀다. '나'의 눈에 이런 현호는 양다리를 걸치고 있는 것처럼 보인다. 두 세계 모두에서 연애를 하고 있는 현호에 비하면 '나'는 유튜브에서 "소개팅 완전 정복"(81쪽) 같은 소개팅 후기나 검색하는 딱한 처지라, 현호가 현실에서도 게임 속에서도 '연애'를 한다는 사실에 질투를 느낀다. 「●LIVE」에 이르면 '갈라진 연애'는 보다 극적인 형태를 보인다. '너'는 이 년 동안 함께 살며 연인 관계를 유지하고 있는 '나'보다 온라인에서 연락을 주고받는 그와 더 친밀하다. 결국 타인을 사칭했음이 탄로나 거품처럼 사라져버린 계정과의 교류에 경제 공동체로서 서로의 삶을 공유하는 '나'와의 관계가 오히려 연애 바깥의 감정으로 밀려난 형국. 이렇게 본다면 이들은 연애를 못하는 애들이 아니라 통합된 방식으로서의 연애를 못하는 애들이라 봐야 하지 않을까. 이들의 연애는 모두 분화되어 있다. 열정으로서의 연애는 아이돌을 향한 사랑에, 친밀감으로서의 연애는 진정한 대화를 나눌 수 있는 SNS 친구와. 특정한 대상과 사랑이라는 종합적 감정을 나누는 연애보다는 여러 대상과 기능에 따라 최적화된 상태로서의 감정을 나누는 연애는 중심 없는 네트워크 사회에서 우리가 맺는 관계의 양상들에 대한 충분한 비유다.

연애는 거리감의 예술이다. 타자와 '나'의 경계가 서로를 침범하거나, 적어도 침범에 가까워질 만큼 경계선이 요동칠 때 그 교란된 거리를 우리는 연애의 상태로 규정하고, 그 규정에는 얼마간 사회의 통념이 작동한다. 온라인 세계의 질서가 오프라인의 질서로 침투하면서 거리는 양극화된다. 우리 사이는 늘 너무 가깝거나 너무 멀다.「#바보상자스타」는 너무 가까운 것과 너무 먼 것을 함께 인식할 수 있게 하는 정보기술이 낳는 혼란을 인간 관계에 비유해서 표현한다. 우주 개발 역사와 '나'의 자전적 역사가 교차되는 것은 기준점을 잃은 인간의 거리감각에 대한 비유일 수 있고, '나'와 함께 자란 재호와 너무 먼 스타가 된 일오 사이에서 누구와도 마땅한 관계를 맺지 못한 것은 연애에 필요한 거리감, 즉 사람과 사람 사이의 거리를 인지할 수 있는 기준의 상실을 의미할 수 있다. 그러나 이러한 상실이 연애의 실패나 패배로 환원될 리는 없다. 우리에게 필요한 사랑의 서사가 기존의 사랑이 점유하던 전개 방식, 이를테면 결혼과 가족이라는 개념으로 귀속되는 대신 개별화되고 파편화되며 새로운 사랑의 서사를 써나간다고 보는 데 동의한다면 말이다. 이들의 멀고 낮고 옅은 관계에도 보편적인 사랑은 존재한다. 이들의 연애는 표면상 결핍이라는 형식을 통해 사랑의 미래를 보여준다.

가능성이라는 허상

그러나 새로운 서사의 출현을 기다리게 하는 사랑의 가능성과 달리, 자본화된 정보의 세계에서 가능성은 일종의 허상으로서 사람들을 기만한다. 「위시리스트♥」에서 '나'는 구매하고 싶은 상품을 장바구니에 담아놓고 결제하지 않은 채 기다린다. 구십 일이 지나면 미결제 상품은 자동으로 삭제된다. 그사이에 위시리스트에 담아놓았던 물품들을 소유하고 싶던 욕망은 사라진다. 그의 욕망은 꼭 실현될 필요는 없다. 이러한 행위는 가질 수 없기 때문에 가지지 않고도 가진 듯한 효능감을 느끼는 방법으로 독해될 수도 있겠지만, 그보다는 이 시대의 가장 값나가는 자본으로 은유되고 있는 '가능성'의 허상을 리얼리티의 방식으로 되받아치는 반격이라고 할 수 있다. 가능성만 경험하고 실제로 구매는 하지 않는 행위를 가능성을 매개로 노동을 착취하는 데 대한 반격처럼 읽을 수 있는 근거는, 그들이 공장에서 만든 아이스크림 '러브♡콘'에 새겨진 하트와 관련되어 있다. 마케팅 방안으로 러브♡콘 일부에 넣은 하트는 정작 공장에서 수많은 아이스크림을 만든 그들의 손에는 들어오지 않았다. 하트는 어디로 간 걸까? 살 수 없는 것을 파는 행위에 대적할 수 있는 방법은 사지 않고도 소유하는 것이다.

정보화주의에 기반한 사회에서 이 같은 역설과 기만은 흔하다고 할 수 있다. 정보의 적정 가격은 적정한가? 「위시리스트♥」의

'너'가 취직한 곳에서 하는 일은 바이럴 마케팅이다. 그러나 '너'는 자신이 파는 것이 무엇인지 알지 못한다. 더욱이 바이럴이라는 정보의 적정한 가치, 즉 가격에 대해 알 수 있는 사람은 아무도 없다. '너'의 노동 반대편에 문호의 노동이 있다. 문호는 좋아하는 영화며 전시 등 대중적 관심 바깥에 있는 예술 지향적 작품들을 감상하고 그 후기를 자신의 블로그에 올린다. 직접적인 경험을 바탕으로 한 지성의 결과물은 분명 신뢰할 만한 정보일 것이다. 그러나 그러한 정보는 누구나 원하면 어떤 값을 치르지 않고 읽어볼 수 있다. 바이럴 마케팅 과정에서 생산되고 유통되는 정보와 블로그를 중심으로 생산되고 유통되는 정보 사이에는 어떤 차이가 있고 그 차이는 어떻게 각각의 가치에 반영될까.

정보화사회의 역설은 보다 추상적인 영역에서도 나타난다. 정보는 가격이라는 기준을 교란시킬 뿐만 아니라 기억을 교란시키기도 한다. 「영원에 다가가기」는 메타버스 프로그램을 통해 경험하는 시간 여행에 대한 소설이다. 주인공은 1919년 파리로 가 조르주 뒤몽을 만난다. 무시간성을 너머 초시간성을 재현하고 있는 이 소설에서 우리는 조르주 뒤몽이 '나'인지 조르주 뒤몽에 관한 '정보'인지 구분할 수 없다. '나'의 기억, '나'의 경험, 그리고 그것을 바탕으로 정보화된 내용 사이에 구분이 가지 않을 때, 가능성은 오히려 혼란이 된다. 가능성이 거대해지는 것과 달리 실체는 위축되기 때문이다.

그에 반해 「벽과 선을 넘는 플로우」는 정보화로부터 뒷걸음질 치는 소설처럼 읽힌다. 이야기의 발단은 시도 때도 없이 들려오는 옆집의 소음이다. 한때 '나'의 자유와 영혼의 집이었던 힙합을 옆집에서 들려오는 소음으로 만나자 '나'는 랩 배틀이라도 붙을 기세로 힙합에 걸맞은 항의문을 쓰고자 백지를 펼친다. 그러나 정작 '나'의 생각은 학창 시절 '나'에게 힙합이라는 세계를 만나게 해준 친구, 그러나 제대로 된 작별 인사도 없이 관계가 단절된 그를 향하고, 옆집 사람을 '디스'하려던 애초의 목적은 온데간데없이 그동안 하지 못했던 말을 고백하는 결과에 이른다. 소음으로부터 과거 못다 한 말이 있는 친구를 향해 편지를 쓰게 되기까지, 쪼개진 비트는 옆집과 '나'의 집을 가로막고 있는 벽이라는 공간과, 친구와 함께한 과거와 현재를 가로막고 있는 시간의 선을 넘어 자신도 잊고 있던 진심을 마주하게 한다.

여기서 우리는 "내면, 기억, 애정"이라는 모종의 조건과 다시 조우한다. 정보화 기술이라는 패러다임 속에서 인간이 스스로를 기만하지 않기 위해 필요한 것은 무엇일까. 힙합을 향한 애정, 자신이 그만한 애정을 가질 수 있도록 해준 친구와 함께했던 그 시절에 대한 기억, 그로부터 긴 시간이 흘렀음에도 불구하고 글을 쓰려고 하자 불쑥 튀어나오는 내면의 힘. 자본으로서의 가능성, 내가 기억하지 못하는 일과 경험하지 않은 일을 '기억'하게 해주는 기술로서의 화려한 가능성이 스스로의 힘으로 성취한 소박한 기억만큼의 성취감도 주지 못한다는 사실은 "내면, 기억, 애정"이야말로 우리가 정보기술 패러다임 속에서, 무한히 가공되며 확장되는 네트워크 속에서 길을 잃지 않기 위해 챙겨야 할 방향임을 알려주는 것 같다.

모자이크 너머

이렇게 많은 정보들이 우리의 삶을 얼마나 '스마트'하게 바꾸어 주었는지에 대해서라면 나는 환하게 대답할 자신은 없다. 그건 내가 정보기술이라는 패러다임과 먼 영역에서 살아가고 있는 탓만은 아니다. 우리의 삶을 이루는 단위들은 진보했지만 그러한 진보가 무엇을 의미하는지에 대해서는 알 길이 없기 때문이다. 정보의 결핍이 우리에게 무해한 무지를 준다면 정보의 과잉은 우리에게 유해한 힘을 준다. 그래서 「자유낙하」를 통해 작가가 묻는 질문에 대답하는 것은 중요해 보인다. 인간의 몸에 생겨난 악성 종양에서부터 인간이 만든 예술 작품의 형식들, 그러니까 연극과 영화, 유튜브와 팟캐스트, 그림과 시를 망라하는 모든 예술 작품들이 모두 데이터화되는 상황. 먼 훗날 지구 시대가 문을 내리고 다른 행성으로 문명의 길이 트일 때, 후손들은 이 모든 데이터들을 어떻게 판단할까? 데이터의 가치를 평가하기 위해 이들이 가장 먼저 확인하는 것이 예술 작품의 '의도'라는 것은 의미심장하다. 그것을 왜 만들었는지, 왜 썼고, 왜 찍었는지. 진실을 말하기 위한 허구인지 무의미한 사실에 불과한 것인지. 이러한 질문들 속에서 예술은 새롭게 정의된다. 예술은 진실한 정보이다.

지금으로서는 인간의 의도에 대한 작가의 신뢰가 그리 깊은 것 같지 않다. 「두개골의 안과 밖」에는 바이러스로 인해 가금류가 예방을 명목으로 살처분되는 상황이 등장한다. 하늘과 땅의 새들은 정보에 휘둘리는 인간에 의해 살해된다. 인간 사이를 떠도는 정보는 '유언비어'의 형태를 띠고 있다. 변이 바이러스에 감염된 이후 통증에 시달리다 새가 되어버리고, 새가 되면 다시 인간을 감염시킨다는 정보 속에서 분명해지는 건 새를 향한 인간의 혐오다. 유언비어에 휩쓸린 인간은 처분 작업이 벌어지는 공사장에서 "승합차가 황량한 땅 위에 떨구어놓은 수많은 사람들 중 한 명"(312쪽) 같은 모습이다. 근거 없는 소문의 결과 엄청난 개체가 살처분되는 이곳은 "잘려나간 뿌리만 남은 땅"(312쪽)이다. 이 땅에서 그들이 할 수 있는 건 "황량한, 황폐한, 쓸쓸한, 스산한, 허전한"(312쪽) 일들뿐이다. 이 땅 위에서 벌어지는 일들을 목격하는 것이 작가에게 주어진 일이라고 할 때, 서이제는 하늘에도 땅에도 인간이 가한 죽음이 가득차게 되는 상황의 원인을 인간의 맹목적 믿음에서 찾는다. 맹목적 믿음이 우리가 정보라 부르는 것들에서 시작되었다는 사실을 잊지 않는다.

모든 것은 얼핏 보여진다. 얼핏 보지 않으려면 노력해야 한다. 노력한다. 모자이크 너머를 보려고 노력한다. 모자이크 너머의 진실을 보려고 노력한다. 상상력이 동원된다. 상상력을 동원하면, 집을 짓고 있는 현장이 아닌 것처럼 보이고, 포클레인이 기초공사를 위해 흙구덩이를 파는 게 아닌 것처럼 보이고, 사람들이 모래주머니를 나르고 있는 게 아닌 것처럼 보인다. 공사가 순조롭게 이뤄지지 않는 것처럼 보인다. 공사중이 아닌 것처럼 보인다. 폐사한 닭들이 산처럼 쌓여 있는 것처럼 보인다.(「두개골의 안과 밖」, 327쪽)

정보는 모든 것이고, 모든 것의 근원에는 정보가 있다. 정보는 우리가 타인과 맺는 관계의 결속력과 시간의 지속성을 바꾸고 사랑과 연애의 양태에도 변화를 준다. 미래를 약속하며 '나'의 노동을 기만하기도 하고 기억을 제작함으로써 '나'의 경험을 지배하기도 한다. 요컨대 정보화는 생산과 경험, 권력과 문화를 재편한다. 재구조의 끝에 진실을 구분하지 못한 채 권력의 도구가 되어 있는 우리가 "황량한, 황폐한, 쓸쓸한, 스산한, 허전한" 모습이 아니었으면 좋겠다. 모자이크 너머 진실을 보기 위해 상상하는 행위. 상상하는 것은 정보처리기계인 인간이 정보화되지 않기 위해 갈고 닦을 수밖에 없는 도구다. 구석기시대를 살았던 자들 못지않게 유목민적인 우리에겐 진실을 보기 위한 시력이 필요하다. 그것은 모자이크화된 정보 이상을 볼 수 있는 능력을 말한다. 서이제가 쓴 아홉 편의 소설은 새롭게 형성되는 문명의 구성체로서 우리가 우리의 시력을 측정할 수 있게 해주는 공인된 검사표이다. '너'의 의미도, 사랑과 가능성의 실재도 이젠 다 '사라짐' 속에 존재한다. 그리고 사라진 것들은 모자이크 너머로부터 다시 나타날 것이다. 사라진 것들에 대해 우리는 기다릴 수 있을 뿐이다. 기다리는 동안 얼핏 보지 않는 '시력'을 무장한 채.

작가의 말

글을 쓰기 위해 눈앞에 흰 페이지를 펼쳐놓는다.

흰 페이지는 언제나 직사각형.

어린 시절에는 공원에 나가 스케치북을 펼쳐놓았다. 스케치북 안에 무엇을 어떻게 그릴지 고민하는 게 좋았다. 나는 내게 주어진 면적 안에서 많은 것들을 자유롭게 결정할 수 있었다. 대상과 주제, 구도와 명도와 채도 등. 나는 주로 나무 기둥이나 돌처럼 단단한 것들을 그렸고, 그것들의 질감을 잘 표현하고 싶었다. 무수히 많은 점과 선이 필요했다. 붓을 터치할 때마다 시선이 필요했다. 면을 채우는 건 시선을 발견하는 일이었다.

상을 받은 적도 꽤 있었는데 하루는 시상식에 부모님이 왔다.

그날 나는 일회용 카메라로 부모님을 찍었다. 꽃다발을 품에 안은 부모님을 프레임 정중앙에 놓고 신중하게 셔터를 눌렀던 순간. 생애 처음으로 뷰파인더를 통해 바라본 부모님의 모습이 아직까지 선명하게 남아 있다. 내게 어떤 기억은 프레임이다.

나는 프레임을 통해 보았다. 텔레비전은 항상 거실에 있었고 나는 그것을 보며 자랐다. 한동안은 텔레비전 속 인물이 나를 본다고 생각하여, 세수를 하고 옷을 차려입어야만 그 앞에 앉았다. 이따금 내가 좋아하는 인물이 텔레비전에 나오면 부끄러워 문 뒤에 숨기도 했다. 그러다가 하루는 텔레비전 가까이 다가갔다가 우연히 픽셀을 발견했다. 빨강 초록 파랑. 빛의 삼원색. 멀리서 볼 때는 몰랐으나 가까이서 보니 모든 게 작은 픽셀로 되어 있었다. 그 순간 나는 픽셀에 매혹되었다. 사랑에 빠졌다. 두 손을 모으고 텔레비전 유리판에 뺨을 댄 채, 그 작은 네모 칸에서 뿜어져나오는 빛을 오래도록 보았다. 그 번쩍임으로부터 눈을 뗄 수가 없었다.

직사각형의 흰 페이지를 채우고 있다는 점에서,
0과 1의 정보값으로 텍스트를 구현하고 있다는 점에서,
소설은 내게 그림을 그리는 일이나 촬영을 하는 일과 다르지 않았다.
흰 페이지는 내게 할당된 프레임이다.

소설을 쓰게 된 이후, 줄곧 디지털과 복제 기술에 관심을 가지고 있었다. 이 소설집에 수록된 소설들은 이에 대한 관심과 고민이 깊어진 시기에 집필되었다. 프레임과 픽셀의 개념은 사유의 방향성을 잡아주는 길이 되어주었다.

디지털은 모든 것이 정보값으로 귀결되는 세계다. 재현된 세계가 아니라, 촬영되는 동시에 눈앞에 존재하는 세계다. 조작과 변형이 가능하고, 허상이 또하나의 진실로 이해되는 세계다. 현재 내가 그런 세계를 살아가고 있다는 사실을 인지하는 것이 중요했다.

소설에 대한 아이디어 대부분은 휴대폰에 저장된다. 기억해둘 만한 일들은 정보값이 된다. 나는 하루 중 꽤 많은 말들을 이모티콘과 이미지를 통해 주고받는다. 소셜네트워크에서 다른 이름으로 불린 적이 있고, 게임 속에서 다른 정체성을 가져본 적이 있다. 디지털 사진 속에서 변형된 얼굴을 가져본 적이 있다. 유튜브에는 20세기 초에 필름으로 촬영된 영화들이 디지털로 복원되어 떠돈다. 그들은 모두 죽었지만 정보값으로 현전한다. 한편 평생 스크린을 통해서만 본 배우가 스스로 생을 마감했을 때, 그러니까 실제로 만난 적도 없는 사람이 죽었을 때, 나는 내가 아는 사람이 죽은 것처럼 슬펐다. 그의 앳된 얼굴은 정보값이 되어 현전한다. 나는 밤새 그들을 보곤 했다.

프레임은 영원을 통과하는 문이다.
또 그것은 나의 오래된 시선이자 인식의 틀이다.
나의 심상은 낮은 해상도이며,
나는 흐릿한, 불투명한, 명확하지 않은 상을 좇는다.
내게는 모호하고 불분명한 상태를 견딜 줄 아는 능력이 있다.
손에 잡히지 않는 것에 매혹되었다.
소설은 그로부터 시작되었다.

책은 언제나 직사각형.

보기와 읽기 사이에서 즐거운 일이 벌어지기를 바란다.

2023년 여름
서이제

| 수록 작품 발표 지면 |

#바보상자스타 …… 『문학동네』 2021년 봄호

출처 없음, 출처 없음 …… 『관종이란 말이 좀 그렇죠』(은행나무, 2022)

벽과 선을 넘는 플로우 …… 『현대문학』 2021년 7월호

위시리스트♥ …… 『릿터Littor』 2021년 10, 11월호

낮은 해상도로부터 …… 문장 웹진 2021년 3월호

●LIVE …… 『왜가리 클럽』(안온북스, 2021)

영원에 다가가기 …… 『TOYBOX』 vol. 7(2021.1)

자유낙하 …… 『문학사상』 2022년 10월호

두개골의 안과 밖 …… 『자음과모음』 2021년 여름호

문학동네 소설집
낮은 해상도로부터
ⓒ 서이제 2023

초판 인쇄 2023년 8월 21일
초판 발행 2023년 8월 31일

지은이 서이제
책임편집 김영수 | 편집 이재현 강윤정
디자인 김유진 이주영 | 저작권 박지영 형소진 최은진 서연주 오서영
마케팅 정민호 서지화 한민아 이민경 안남영 김수현 왕지경 황승현 김혜원 김하연
브랜딩 함유지 함근아 박민재 김희숙 고보미 정승민 배진성
제작 강신은 김동욱 이순호 | 제작처 한영문화사

펴낸곳 (주)문학동네 | 펴낸이 김소영
출판등록 1993년 10월 22일 제2003-000045호
주소 10881 경기도 파주시 회동길 210
전자우편 editor@munhak.com | 대표전화 031) 955-8888 | 팩스 031) 955-8855
문의전화 031) 955-3576(마케팅) 031) 955-2679(편집)
문학동네카페 http://cafe.naver.com/mhdn
인스타그램 @munhakdongne | 트위터 @munhakdongne
북클럽문학동네 http://bookclubmunhak.com

ISBN 978-89-546-9477-3 03810

www.munhak.com